# 唐木田探偵社の物理的対応

似鳥 鶏

KEI NITADORI

角川書店

# 唐木田探偵社の
# 物理的対応

装丁　大原由衣
装画　ＴＥＲＵ

唐木田探偵社の
物理的対応

# 1

汚い月が出ていた。

濃淡まだらの茶褐色をしていて、暗く、そのくせ不自然に大きく、一度見つけてしまうと否応なく目の裏に刻まれ、どこにいるのか、その位置を常に意識させられる月だった。下品に大きいくせに、まるでそこが夜空の基準点だとでもいうようにべったりと一ヶ所に張りついて動かない。見ていると距離感が混乱した。あれは球体の一面が見えているのではなく、こちらを向いた平面ではないのか。あまりにあけすけな違和感で、浮き上がって見える。あれだけ後から貼り付けたようにしか見えない月だった。

何より嫌なのが、こちらを見ていることだった。月というのはもっと高潔に白くあるべきだし、こちらが動くと等速でついてこそくるものの、それは見かけの話であって、実際には巨大な天体らしく、ちっぽけな人間ごときに対してはあくまで無関心を崩さないはずなのだ。それなのにこの月は明らかにこちらを見ていた。天体のくせにいち人間を狙っている。本当に天体なのだろうか。にやにや笑っているようにさえ感じられる。

遠くの轟音が耳に届き、ジェット旅客機の赤い光が視界の右端から現れた。いつもの航路を定時通りに運航しており、いつもの速度だ。だがそれが、そのまま飛ぶとあの月をまともに横切るコースになると予想できたため、わずかに緊張した。機内からはあの月がどう見えているのだろうか。もちろんこのベランダから見るのと同じはずだ。それが物理の法則というものだ。だがここから見る月は、ジェット機を呑み込むほど巨大である。両翼の光点と、かすかに見える翼を広げたシルエット。ジェット機はまっすぐに飛び、月の縁にかかった。そして見えなくなった。

一瞬、反応が遅れた。あれ消えたぞ、と気付いたのは一秒近く経ってからだった。消えた。いや、今のは一瞬でぱっと消えたのではなく。

見ていることを理解しようと努めているうちに、ジェット機が反対側の縁から現れた。エンジン音はそのまま聞こえていて、機体も両翼の光も、何事もなかったかのように左にまっすぐ移動してゆく。機内では、おそらく機長も乗客も、何も気付いていないのだろう。定時通りの運航で、まもなく空港に向けて降下を開始します、とアナウンスが流れているのだろう。だが。

そこでようやく、異常さをはっきり理解した。そんな馬鹿な。今、月の裏に隠れた。

目をこすり、飛んでいくジェット機に目を凝らす。確かに隠れた。月の右側から隠れて左側から出てきた。ありえない。だが月の光に溶け込んだのではない。はっきりと陰に隠れたのを見た。

恐怖を感じた。外部から襲ってくる恐怖ではない。自分の内側から膨らむ、頭がおかしくなったのではないか、という恐怖だ。月の裏に飛行機が隠れる。ありそうに見えて、絶対にありえない狂った事象だ。

だが夜空を見ながら、もう一つ不可解なことが起こっていると気付いた。月は夜空の真ん中にあるのに、左の方にいくにつれて夜空が明るくなっているのだ。つまり光源は左の方にある。月は出ているのに、夜空の明るさとはまったく無関係にただ出ているだけだった。

左側に視線をやった。白く輝く月が昇ってきていた。

自分が何を見ているのか分からず、しばらくの間、口を開けたまま呆然としていた。月。月が、ある。視線を移す。冷涼で清浄な白に輝く、正円よりやや欠けているいつもの月と、茶褐色で不自然に大きい、飛行機が裏側に隠れる狂った月。月が二つある。

やはりこれは偽物だ。偽の月。

だが、それでも分からなかった。どういうことなのだろうか。偽の月はどのくらい離れているのか、距離感が全くなかったが、それでもあの大きさとなれば最低でも直径十数メートルはなければおかしい。そんな巨大なものが宙に浮いていたら、下は大騒ぎになる。だが、あの月はかなり前からずっと出ているはずなのに、さっき携帯を見ていても、ニュースサイトにもSNSにも何も書かれていなかった。

いや、今は書かれているだろうか。掃き出し窓を開け、ベランダから室内に入って明かりをつける。携帯はローテーブルの上に置いたままだ。

だが室内に入った瞬間、違和感を覚えた。どこだ、ここは。

最初は「間違って隣の部屋に入ったのか」と疑った。そのくらいはっきりした違和感だった。

ここはいつもの自分の部屋ではない、と思った。だがベランダには仕切りがあるから、間違えて隣の部屋に入ることはありえない。ベランダに一度出て、そのまま入ってきただけだ。自分の部屋でないと絶対におかしい。

それなのに、全くしっくりこなかった。ベランダに出ている間に、別の部屋にすり替えられているとしか思えなかった。それとも泥棒でも入ったのだろうか？　いや、そうではない。なぜなら。

部屋だけではなかった。置いてあるものすべてに違和感があった。床に脱ぎ捨ててあるスウェットのロゴ。白い壁紙の質感。カレンダーに「赤口」という文字が書かれている、その文字が気になる。「赤」という文字は本当にあんな形だっただろうか。あんな不安定な文字が一般的に使われているのはおかしい気がする。違和感に囲まれすぎて息苦しくなってきたので、再びベランダに出た。夜景と言うほどでもない、たまたまこのアパートが斜面に建っているがゆえに見えるいつもの景色が広がっている。だがそれもおかしかった。遠くに見える、右側のあのビル。いや、あれはいいがその隣のあのビルだ。あんなところにビルがあっただろうか。あの近くなら通学とバイトで毎日二回以上通っているはずだ。あんなビルがあれば覚えているはずなのに、全く記憶になかった。そんなことがあるのだろうか。あのビルは、本当に初めからあったのだろうか。今、急に出現して、あたかも初めからあったかのように装っているのではないか。いや、それどころか。

周りのすべてが、前からあったもののように見えなかった。あそこの電線も、足元の排水口も、履いているサンダルも。まるですべてが二分前に作られて、それを隠すために「前からあった」という記憶を僕の脳に書き込んだかのようだ。

「……そんな、馬鹿な」

意図的に口に出して呟(つぶや)く。声がかすれてはっきり聞こえなかったので、音量を上げてもう一度呟く。「そんなわけがない」

世界のすべてが一瞬で変わるなどありえない。ビルが突然出現するなどありえない。ありえないはずだった。だからおかしくなったのは自分の方だ。この世界が突然おかしくなる確率と、僕一人がおかしくなる確率。高いのは圧倒的に後者だろう。きっと疲れているのだ。ここのところバイト先で突然休む人が続出して、その穴を埋めるためにけっこう連勤していた。

背後から声がした気がした。――それなら、これはどう説明する?

振り返る。茶褐色の「偽の月」は、そのままの大きさでまだはっきりとその位置にいた。あれは何だろう。はっきりしすぎている。それに。

今になってようやく気付いた。白く光る本物の月が上がってきていて、もう地上からかなり離れている。偽の月との位置関係が変わっている。偽の月は動かないのだ。ずっとあの位置に張りついている。地球は自転しているはずなのに。

初めて気持ち悪さを覚えた。月なのに、何かの意図を持っているように見えた。しかもそれは、間違いなく悪意だ。

見られているような気がして再び掃き出し窓から部屋に戻る。ベッドの上に座り、握っていた携帯を操作して検索する。「偽の月」「動かない月」「〇〇市上空」……どれも、何もヒットしなかった。「偽の月」でヒットするのは「人類は月に行っていない」というアポロ計画陰謀論についてだったし、「動かない月」でヒットするのはFXの解説サイトだった。「赤い月」ではタイトルだと認識されてドラマがヒットするし、「〇〇市　バルーン」などで検索しても何もヒットしない。今夜この時、この街どころか日本の上空に、いつもと違う何かが飛ぶ予定は全くないようだった。

……じゃあ、あれは何だ。

もう現れてからそれなりの時間が経過している。他の人にも見えているなら騒ぎになっているはずだ。なのに個人のSNSですら誰も言及していないとなると、見えているのは僕一人だけということになる。やっぱり僕は何か病気なのだろうか。

近所に住んでいる友人がいる。どう見えるか訊いてみようか、と思いつき、それが危険であることにすぐ気付く。空に偽の月が浮かんでいる。月の裏を飛行機が通った——どう見てもまともな話ではない。早く医者に行け、と言われるのがおちだ。

それでも確かめずにはいられなかった。「なんか今日の月すごくない?」とメッセージを送ってみる。返信は「普通。むしろ月どこ?」「文学部ぽい」だった。偽の月が見えているなら、この返信はありえないだろう。やはり、あれは僕にしか見えてはいないらしい。だとすると、この違和感も僕だけなのだろうか。

論理的に、科学的に考えようと努めた。だが違和感に囲まれたこの状況で「科学的に」というのがいかにも上滑りしていて、無駄だと自分でも分かっているのにあえてやっているような手続きじみた感触があった。「科学的に」考えれば、僕は何らかの病気なのだろう。偽の月が見える病気。そんなものがあるはずがないのは分かっていたが、検索してしまう。

だが、「偽の月」で検索していると、一つだけ全く違う話をしているサイトがヒットした。

**同じパターンで、警視庁四号文書に載っている代表的な話としてもう一つ挙げられるのが「思い出女」でしょうか。真っ白なナース服を**

検索画面ではそこまでしか出てこない。気になったのでそのサイトに飛んだ。この記述はすぐに見つかった。

**同じパターンで、警視庁四号文書に載っている代表的な話としてもう一つ挙げられるのが「思い出女」でしょうか。真っ白なナース服を着て、手に鎌を持った女です。これは他人の「思い出の中」にいつの間にか紛れ込んでいます。これに取り憑かれた人は、過去の思い出を探ると、いつの間にか「そういえば、ナース服の女がそこにいた」と「思い出し」ます。最初は遠い、つまりかなり昔の、小さい頃の思い出の中に紛れ込みます。ですが一度侵入されると、徐々に近付いてきます。十年前のことを思い出した時に「そういえば、ナース服の女はあの時もいた」と思い出します。次には七年前のことを思い出しても「そういえば、あの時もいた」**

**と「思い出すようになり」ます。こうして取り憑かれてしまった人は、徐々に最近の記憶にも「ナース服の女がいた」と「思い出す」ようになり、最後は「そういえば、今、後ろにいるんだった」と思い出し、後ろから来た思い出女に首を切られて死にます。最初に思い出してから背後に来るまでは数日らしいです。出現のきっかけはこの話を聞くことで、この話を聞いたら、その人は一週間以内に、「そういえば昔、ナース服の女を見たことがある」と思い出すようになります。**

背後に何かが出現したような気がして振り返った。部屋の壁があるだけだったが、ふわり、と風のようなものが首の後ろで広がった。見回しても何もいない。コバエ一匹飛んでいない。
携帯のブラウザアプリを閉じた。妙に気になる話だったが、都市伝説を扱っているサイトだったのだろう。他にも初めて見る話が載っていた。

**ある日突然、携帯のGPSがおかしくなったそうです。現在地を示すマーカーが勝手に動く。何度再起動しても現在位置を正確に出してくれず、いつも同じ、近所の路上の一点にいることになってしまう。気になった女性がその場所に行ってみたら、交通事故の現場らしく花が供えてありました。女性はそれを見た時、とても嫌な予感がしました。ここからすぐに離れた方がいい、と思って走り去ろうとすると、後ろから「チッ」と、舌打ちのような音が聞こえたそうです。**

**正式名称かどうかは分かりませんが、Another と呼ばれる怪異です。学校のクラスとか、メンバーが決まっている集団に、本来いないはずの人が一人、いつの間にか紛れ込んでいます。他のメンバーの記憶もそれに合わせて変わっているし、名簿なども改変されているため、メンバーは誰が Another なのか分かりませんし、そもそも誰も一人増えていることに気付きません。ですが一人増えたままだと矛盾が生ずるので、Another はしばらくするとメンバーの一人を殺します。殺された人は記憶からも記録からも消えて、人数が合うようになります。**

どれも初めて聞く話ではあったが、読んでみると、それほど目新しいものではないというのが分かる。特に「思い出女」などはお決まりの表現ばかりだ。怪異はだいたい女性。だんだん近付いてきて、首とか脚を切りがちで、「この話を聞いた人のところにも一週間以内に来る」といった、嫌がらせ目的の一文がつけられる。作った人間の、いささか独創性に欠ける悪意を感じさせる創作。それだけのことだった。

だが、思い出していた。ナース服の女については僕も小さい頃、見たことがあったのだ。かなり昔の記憶で、たぶん学校に行く前。四、五歳の頃だったと思う。夕暮れ時でまわりすべてが橙(だいだい)色に染まる中、誰かに手を引かれて歩いていた。歩いていたのは地元の、たぶん家の近く。懐かしい「時田(ときた)書店」の前だっただろうか。振り返ると、周囲と同じく橙色に染まったナース服の女が立っていたのだ。

その時は特に恐怖は感じなかった気がする。何も分かっていなかったのだろう。手に鎌を持っていたかどうかも曖昧だが、おそらく持っていたとしてもその意味は分からずきょとんとしていただろう。ただ、あの人はどうしてあそこにずっと立っているんだろう、とは思った。こちらを見ていた。首が不自然に右に傾いていた。そういえば確かに、僕も見たことがあったのだ。この話を作った人も同じような……。

そこで気付いた。おかしい。

ナース服の女。確かに見た記憶がある。だがこの記憶は昔からあっただろうか？　幼い頃の記憶は断片的で、「橙色の中、時田書店の前を、誰かに手を引かれて歩いた」というところまでは、ずっと昔から確かにあった。だがナース服の女がいただろうか。いたとしたら、この記憶の中ではそれが最も特徴的な要素ということになる。なのにその部分だけすっぱり忘れている、ということがあるだろうか？　これまで何度も思い出してきたのに。

部屋がわずかに暗くなった気がした。

決定的な矛盾がある。さっき回想した思い出が本当だったとするなら、携帯で「思い出女」の記述を見た時にそれを思い出さなかったのはなぜだ。本当に四、五歳の頃からずっと忘れない記憶で、その中にナース服の女がいたなら、携帯で見た時点で「ナース服の女、僕も見たことがある」と先に思い出していなければおかしい。なのになぜその時は何も感じず、しばらくしてから思い出したのか。

玄関の外、アパートの前の道で、誰かがあはははははと笑っている。

# 2

日差しは明るいし、自転車を漕ぎながら感じる風も心地よいのに、目の奥の眠気が取れなかった。具体的なことは覚えていないが、長々と妙な夢を見ていて、あまりぐっすりと眠っていないのだ。寝ているベッドが自分のものでないような気がして、なんとなく気を遣ってしまったせいかもしれない。

寝て起きて朝になっても、昨夜の違和感は続いていた。今漕いでいるこの自転車も、他人の物を勝手に乗っているような気がして落ち着かない。リング錠がいつもの番号で開けられた時、意外に思ったくらいである。

走りながら空を見る。青空の高い位置に、昼間の半月が、一切の幻想を排した天体の確かさで浮かんでいる。偽の月は見えない。昼間は見えないのだろうなとすぐに納得した。夜になればどうせまた出るだろう。だとすれば今、大学で友人に会っても、偽の月の検証はできないということになる。今夜また出たら、その時に友人に電話でもしてみよう。

今日の授業は二限からで、本当ならもう少しのんびりしていてもよかったのだが、少し早めに出ていた。寄り道をして、昨夜見た「前からあったとは思えないビル」を見てみようと思ったのだ。

大学までの道のりを全七エリアに分割すると第四エリアに当たる区画で直進ではなく左折し、

路地に入る。問題のビルはこのすぐ裏のはずで、そう考えるとやはり、通学中に何度となく見ていなければおかしい。それなのに。

路地に入って自転車を停める。ビルはあった。周囲のビルより高い七階建てで、グレーのタイルの外壁と、白地に「(株)オークラ」「妹尾税理士事務所」「三島測量」と三つが書かれた看板が出ている。マンションではなくオフィスビルのようだ。自転車を下りてみた。古くも新しくもなく、エントランス回りに変わった物品が置かれるでも変なにおいがするでもない、何の変哲もないビルだ。エントランスはオートロックではなく、ガラスの自動ドアを開けて入ってみると、郵便受けには看板にあった三つ以外の名前はなかった。どれにも新しいチラシが詰め込まれている。つまり、普通にここに郵便を届けにきた者がいるのだ。

外に出る。ビルは当然という顔で街の一部になっている。だがやはり、違和感はそのままだった。

あの時の感覚に似ている、と思い出す。小学校の頃、何かのきっかけでたまたま、初めて会った隣町の子と意気投合したのだ。年末だったので「年賀状を送る」と言って別れ、むこうからはうちにちゃんと年賀状が届いた。恥ずかしながらこちらの方は出すのを忘れていて、慌てて書いたのだが、今から出すと届くのは四日になるよ、と母に言われ、なら直接持っていってやる、と自転車に乗った。ついでに挨拶の一つもしてくれれば、むこうは驚き、喜んでくれるだろうと思っていた。

だが年賀状に書かれた住所に着いてみると、そこにあったのは家ではなくオフィスビルだった。どう探しても相手の家はない。わけがわからないまま家に帰った。今から考えれば、単に相手の子が自宅の住所を書き間違えたのだろうが……。

そこで思い出す。そういえば、たしかあの帰り道でも、白いナース服の女が立っていた。保育園の頃より近くで見た。首を右に傾けて。そう、たしかに右手に鎌を持っていた。それでこちらをじっと見ていて、急いで自転車に乗って逃げ帰ったのだ。

やはりあの女は以前からいた。追いかけられた記憶はないが、鎌を持って子供を見ていたとなると、今思えばかなり危険な状況だったのではないか。

そこまで考えてから気付いた。違う。

あの時の思い出にそんな要素はなかったはずだ。そもそももう五年生だった。そんな目に遭っていたら親に報告していたはずだし、すれば大騒ぎになっていたはずだ。なのにその後の記憶はない。それに保育園の頃に見た女が小学五年生の時にそのままの姿で現れるというのもおかしい。歳をとった様子はなかったし、何年もそんなことをしていれば絶対に問題視され、「事案」として騒ぎになるはずだった。

思わず体が硬直した。背骨に冷たい鉄棒を通されたようだった。

昨夜「思い出した」時点ではまだ、気のせいだと思うことができていたのだ。四、五歳の頃の記憶など当てにならない。ネットで見た「思い出女」の印象が強かったところに偽の月の衝撃が加わり、思い込みによって記憶が捻じ曲がってしまうことだってあるだろう、と思うことができた。だが今度は小学五年生で、分別もついている頃の記憶だ。なのにはっきりと「あの時、ナース服の女がいた」と僕は覚えている。ただの暗示でこんなにはっきり記憶が変わるものだろうか。それに。

四、五歳の頃から、小学五年生に。近付いてきている。より最近の記憶に。

それだけではない。保育園の頃は遠目に見ただけ。だが小学生の頃は、走ってこられれば捕まってしまいかねない距離で見た。物理的にも近付いてきている。

**こうして取り憑かれてしまった人は、徐々に最近の記憶にも「ナース服の女がいた」と「思い出す」ようになり、最後は「そういえば、今、後ろにいるんだった」と思い出し、後ろから来た思い出女に首を切られて死にます。**

まさか、と思った。そういう話を聞いたから、その通りに暗示にかかっている。それだけだ。人の記憶に侵入し、記憶から記憶へ飛んで近付いてくる女——なんてものは、いない。常識的に、科学的にありえない。

そう念じた僕に、後ろからもう一人の僕が問う。今のこの違和感の中、科学だの常識だのがそれまで通りに当てはまるのだろうか？

僕は自転車にまたがり、ペダルを立ち漕ぎで踏んだ。まるで今、背後にナース服の女がいるかのように感じ、ビルの前から逃げ出す。

その日と翌日は、なんともいえない嫌な生活だった。思い出女についてはずっと意識しているわけではなく、授業中もバイト中も基本的には忘れていられたのだが、教官の話が退屈になってぼけっとした時や、注文が来なくて手が空き、冷蔵庫のドアに寄りかかった時などにふと思い出した。そしてその夜、中学の頃の記憶が蘇(よみがえ)った。そういえば、と、なにげなく思い出したのだ。修学旅行先にもいた。班のメンバーと一緒に橋を渡ろうとしたらそこに立っていて、気持ち悪い、と皆で固まり、反対側を避けて通った。すると女は振り返り、こちらに向かって歩き出した。その後どうなったか。誰からともなく悲鳴をあげて逃げた、という気がするが、どうも曖昧ではっきりしない。その時の班のメンバーは全員覚えているのに、その後、担任に報告したかどうかは覚えていなかった。女の姿は近くではっきり見ている。白いナース服で首を右に傾け、右手に錆(さ)びた鎌を持っていた。髪は長く、ぼさぼさで、ところどころに白髪が交じっていた。

さすがに我慢ができなくなり、その夜、バイトから帰ると、一人だけIDを知っていた当時の班のメンバーにメッセージを送った。だが彼からの返信は危惧(きぐ)していた通りのものだった。「覚えていない」「そんなことあったっけ?」「あったら絶対覚えてるはず」……「記憶違いだと思う」。

そう。記憶違いなのだ。僕の記憶が違ってしまっているのだ。取り憑かれた。もう中学二年の記憶にまで来た。

その晩は恐怖でなかなか寝付けなかった。電気を消すと暗がりにナース服の女が立っているような気がして、結局、常夜灯を点けたまま寝るという慣れないことをしようとしてうまく眠れず、翌日も睡眠不足になった。翌朝になっても、違和感はまだ続いていた。むしろ違う世界に、違うまま新たに慣れ始めていた。だが違うことは確実な世界だった。夜になるとあの位置に現れる偽の月以外にも違うところがあるはずなのに、それを言葉にできなかった。最後の一つだけがいつまで経っても見つけられない間違い探し。いや、一度確かに正解を見つけたのになぜか忘れてしまい、どうやっても思い出せない間違い探しだった。

そしてその翌日、大学のトイレの中で、僕はまた思い出した。大学の二次試験の日。雪が降っていた。試験が終わり、曖昧な手応えに不安を残したまま会場を出ようとした時、いたのだ。正門の横にナース服の女が。他の受験生に紛れて通り抜けたのに、なぜか僕を見て追いかけてきた。朝よりだいぶ積もっていた雪に足をとられながら走り、駅について振り返ると消えていた。寒かったはずなのに、ナース服でじっと立っていた。皺だらけの顔で、目が。

あの目を思い出し、しばらく動けなくなった。黒目が異様に大きく、隅にわずかに白目がのぞくだけの異様な目。不自然なほど深く額に刻まれた皺。女の顔もはっきり覚えている。

そう、覚えている。受験の頃の記憶に入られた。もうそこまで来た。

### 3

最初は、カタカタと鳴る音だった。冷房も暖房もつけていない僕一人の家でそんな物音がするはずがないので、読んでいた本から顔を上げる。カタカタという音はまだ続いていて、それだけでなく地面が震動していた。電灯の紐（ひも）もはっきり揺れている。地震だ。本を置いてベッドから体を起こすと、ぐわり、と地面が左右に揺れて倒れそうになった。大きい。

横揺れが続く。最初より大きくなっており、どんどん大きくなったらどうしよう、という不安が走る。本棚が倒れてこない位置にはいたが、這（は）ってパソコンデスクの下に移動し、全身は隠せないものの頭だけでも護（まも）ろうと脚を摑（つか）んで丸くなった。家は揺れ続けていて、ちゃんと閉めていなかったのか震動で開いたのか、どこかのドアが繰り返し叩（たた）きつけられてばん、ばん、と派手に鳴っていた。本棚に横積みしていた本がばさりと落ち、隣のキッチンで、がちゃん、と何かの割れる音がした。うわあ、これはひどい、早く止んで、と祈っていたら、じきに揺れがおさまった。

けっこう揺れた。

パソコンデスクの下から這い出し、キッチンに行くと、調理台の上に出したままにしていたガラスのコップが一つ、床に落ちて割れていた。だが他の被害はないようだ。部屋に戻り、雑誌を曲げて箒（ほうき）代わりにし、破片を掃き集める。そうだ、現実の地震の方がよっぽど怖い。都市伝説の「思い出女」なんかより。

それは現実的で確かな、安心できる考えだった。今日は朝からここまで、思い出女がずっと気になっていて、何をやっても痺（しび）れたように現実感がなかったのだ。こんなことではいけなかった。確かにサイトで見た通り、ナース服の女はこちらの記憶を遡（さかのぼ）ってきていた。受験の時といえば一年ちょっと前だ。正直なところ恐ろしかった。本当に「来る」のではないか、と。だが違う。こうして実際の地震の恐怖を体験してみると、大局的で現実的な落ち着きが取り戻せた。あれは暗示だ。確かに迫ってきている。まだ近付いてくるだろう。そう思ってしまう暗示であり、その程度のものに過ぎない。

「……そうだ。現実の地震の心配をしなきゃ」

　一人で呟きつつ、見えない破片を集めるため床に膝をついて雑巾をかける。そうしていたら腹が鳴った。もう夜九時を過ぎた。夕飯を食べておらず、家には食べるものがないのに、買い物に行っていなかった。件の不安のせいで、一人で夜道に出るのがなんとなく億劫で、もう今日は夕飯いいか、などと思っていたのだ。こんなことではいけない。

　自分の服装を確認し、まあ下だけ替えればコンビニまでなら行ってもいい、と判断し、部屋の衣装ケースからデニムを出して財布と携帯だけを持つ。ついでにアイスでも買ってこよう。一人暮らしを始めて数ヶ月した時、夜中ふと「アイスが食べたいな」と思い、そのまま近所のコンビニに買いにいったことがある。夜道を一人で歩きながら「そうか、自分は自由なんだ」と実感した。あの時の気持ちが嬉しくて、それ以来、夜中にコンビニに行くとついアイスを買ってしまう癖がついた。またあれをやろう。いや、でも、あの時は。

　そこで唐突に思い出した。あの時は確か、帰りにナース服の女が立っていたのではなかったか。アパートの前に。今度はこちらを見ると突然走ってきて、僕はパニックになりながら逃げ、アパートのまわりをぐるりと一周してから玄関に駆け込んだ。オートロックはなかったが、女は玄関から中には入ってこなかった。

意図的に強く溜め息を吐き、いつも通りの動作になるよう気をつけながらスニーカーを履き、ドアを開けて夜空の下に出た。これはただの暗示だ。明らかに矛盾している。今、思い出すと確かにいたようにしか思えないが、もしそうであったら、このままこのアパートに住み続けているはずがないのだから。これは嘘だ。ナース服の女などいなかった。

玄関から出ると、偽の月は相変わらず張りついていた。あまり見続けると何か囁きかけてきそうな気がしたので、視線を下げて早足で歩く。いつものコンビニで弁当とアイスを買い、無言のまま暗い路地に戻る。歩きながら思いつき、携帯で地震速報を検索した。

## 関東地方　五月六日　七時二分

最新情報のはずだった。だが表示されたのは何日も前の朝に起こったらしい地震だった。このあたりの震度は一。最大震度も二。僕などは眠っていて発生にすら気付いていない。これではない。更新がされていないのだろうかと思い、更新の矢印ボタンをタップする。だが何度更新しても、最新情報がこれだった。別のサイトを覗いても、やはりこの地震までしか出ていない。

どういうことだろうか。あの揺れ方だと震度四はあった。あれの情報が出ないはずがないのだが。

テレビにつなぎ、ニュースを見る。そこにも何の情報も出ていなかった。ＳＮＳでも誰も言及していない。いつの間にか立ち止まったまま携帯を操作していることに気付き、アイスを持ってるんだった、と歩き出す。友人にＳＮＳでメッセージを送る。

**地震大丈夫だった？　うちはコップが一つ死んだ**

すぐに返信があった。

**地震あった？　飯食ってたけど気付かなかった**

そんな、馬鹿な。

この友人はそう遠くないところに住んでいる。外出中かと訊くと、家らしい。なら揺れたはずだ。こちらはいろいろ落ちるほど揺れたのだ。ほんの数キロ先は気付かない程度しか揺れなかった、などということはありえない。

地震速報のサイトを見る。やはりさっきの地震の情報はなかった。どういうことなのだろうか。さっきのは地震ではなかったのか。だがあんな激しい揺れが、少なくとも数十秒持続していた。地震以外でそんなことはありえないし、もしあったなら、それはそれで皆が騒いでいるはずなのだ。

思わず空を見上げた。夜空の真ん中、僕の真正面に偽の月があって、僕をまっすぐ見ていた。現実がずれていた。偽の月。なかったはずのビル。存在しない地震。僕の実体験と皆の認知する事実がずれてきている。

不意に危険を覚えた。この路地は暗い。人もいない。この状況はまずい。忘れていたが、先週だってここでナース服の女に襲われたのだ。指にかけているコンビニの袋が汗でぬらつき、かさり、と頼りない音をたてる。駄目だ。ここは危険だ。早く逃げないと。

だが、逃げる間はなかった。僕は直後に思い出した。

……そうだ。今だって後ろにいるんだった。

いきなりすぐ後ろから、じゃり、という足音が聞こえた。危険の存在を背中越しに知覚し、同時に、今から走り出しても無駄な距離であることも知る。一瞬後に殺されることが明確に分かって脱力する。駄目だ。終わったのだ。それでも最後、せめて相手の顔を見ようと振り返る。目の前に歯をむき出しにした女がいた。ぼさぼさの髪。前に見た時より顔はずっと皺だらけで、くしゃりと丸めた紙のようだった。ほとんど黒目だけの、あの忘れられない目が、こちらをまっすぐに捉(とら)えている。真っ白なナース服。手に持った鎌が振りかぶられる。その高さはぴったり僕の首で――

突然、閃光(せんこう)と爆音が横から来た。破裂音というより短い爆発音の連続。それと同時に、鎌を振りかぶっていた女がふらついて倒れた。街路灯の明かりに照らされ、赤い血しぶきが散るのが見える。

「そこの君、伏せなさい！」

鋭い声が飛ぶ。振り返ると、こちらに向かってマシンガンを構えた男が二人いた。眼鏡の男と髭の男。いま叫んだ眼鏡の男が銃を構えたまま、こちらに駆けてくる。後ろにいた髭の男が発砲し、連続する重い銃声と発射炎の閃光で一瞬、眩暈がする。ナース服の女が跳んで離れる。僕は眼鏡の男に頭を押さえられ、地面にねじ伏せられた。

「伏せていなさい。……豊後さん」

「駄目だ。見た目より素早いぞ。跳んで逃げた。ダメージ軽微、距離二十。右手に鎌」豊後と呼ばれた髭の男はまた射撃した。「ナース服だった。『思い出女』の特徴と一致。その子は無事か？」

「はい。……至急、至急。こちらフラン。状況発生。遭遇です。要救一名。負傷者なし」眼鏡の男は僕を押さえつけながら、どうやら無線に喋っている。しかし空いた手で銃口を路地の隅に向けている。「敵は一体。目標の『思い出女』である可能性が大。甲二種装備にて交戦中。応援及び発砲許可求む。どうぞ」

許可も何もすでに撃ちまくっている。人通りが少ないとはいえこんな公道で。僕は混乱していた。思い出女を見た時の、どこか達観していた予想通りの混乱よりはるかに激しい、水流の中で揉みくちゃにされる混乱だった。撃った。本物の銃、どころかマシンガンだ。この人たちは何なのか。だが考える間に二人はまた発砲している。凄まじい発射音だった。弾の当たったブロック塀が火花を散らし、一部が崩れた。

あの、とようやく声が出た。だがその途端に眼鏡の男にねじ伏せられる。「頭を抱えてうずくまっていなさい。いいと言うまで目を閉じて」男はまた撃った。「それが一番です」

怖いが、敵ではないようだ。そこまでは反射的に理解できた。だが何者なのだろうか。マシンガンを持った警官なんているわけがない。自衛隊？　市街地でいきなり発砲する自衛官はもっとありえない。それによく見れば、二人の男は服装もばらばら、どころか滅茶苦茶だった。フランと名乗った眼鏡の男はぴしっとしたスーツにネクタイなのに手にはマシンガン、豊後の方は和服の上に黒い荷物入れをくくりつけ、なんと腰に帯刀している。それで手にはマシンガン。トンデモ時代劇の恰好(かっこう)だ。

断続的に発砲音を響かせていた豊後が「リロード」と叫ぶと、フランが立ち上がって同じように射撃を続ける。豊後は立ったままマシンガンの弾倉を落とすと、替えの弾倉に一瞬で交換して射撃を再開した。飛んだ薬莢(やっきょう)が一つ、僕の頭に落ちてきた。熱い。火薬のにおいがすごい。

「フラン、弾あるな？　こっちは残り一つだ。後半は頼む」

「了解です」フランは路地のむこうに狙いを定め、発砲した。「しかし、まさかいきなり遭遇とは」

「まあ、ついてるな。甲種装備でやれる」豊後は撃ちながら、弾んだ声で応じる。「だがあこの車両が邪魔だな。回り込むか？」

「『近接は最大限避ける』」フランが発砲しながら説教口調で言う。「怪異は巻藁(まきわら)じゃありませんよ。しかも今は要救がいます」

「怒るなよ」

「残弾が不安です。ボムを投げます」

フランはそう言うと、豊後とお揃いのバッグから金属製の丸いものを出した。一瞬、安全バーがついているのが見えた。あれは、と思っている間に腕を振り、道端に停まっていた軽ワゴンに向かって投擲する。僕の頭が押さえつけられると同時に二人も姿勢を低くし、一瞬後、塀の前で爆発が起こった。ワゴンの車体が一瞬浮き上がり、ガラスが割れて弾け飛ぶ。

……爆弾を投げた。手榴弾だ。

後ろでどこかの家の窓が開く音がするが、それを掻き消すように二人が発砲音を響かせる。破壊されたワゴンの陰から白い姿が飛び出した。さっきのナース服の女だ。着地した女は両手両足で地面に踏ん張る。すでに血でナース服が赤白まだらになっていた。女が再び横に跳び、血飛沫の残った地面に豊後の銃弾が火花をあげる。

銃撃をかわした女は倍速再生のような高速でこちらに突進してきた。鎌を振りかぶる。フランの銃撃がその胸と頭部を捉えて女をのけぞらせる。しゅ、という音がして、見ると豊後が刀を抜いていた。

「豊後さん」

「最後くらい、いいだろ」

女が体勢を立て直し、幾分遅くなった走りで豊後に襲いかかる。鎌を振りかぶったが、腰だめに構えた豊後の刀が横一文字に閃き、女の首を斬り飛ばしていた。

　それはあまりに鮮やかで、一瞬だけ、僕は恐怖も驚愕も忘れていた。豊後という男の動きは定規で引いたように正確でブレがなく、体幹がまったく揺れていなかった。繰り出された斬撃は見えないほどの速さで、動いたと思ったらコマ落としで振り抜いている。刃の動きは一点の無駄もない完璧な線で、斬り飛ばされた首までもがその動作の一部のように、美しい放物線を描いて飛んだ。首をなくした胴体が三歩ほど走って派手に倒れる。豊後が姿勢を戻し、刃を斜め下に振る。血払い、納刀。だがその動作が終わる前に、フランが倒れた胴体に駆け寄り、見下ろす近さで弾丸を浴びせた。至近距離からフルオート連射を受けた胴体が肉と血を撒き散らし、ずたずたの肉塊になっていく。反動でばたばたと手足が跳ねあがる。僕は思わずのけぞった。もう死んでいるのに、なぜ。だがフランの手つきは、掃き集めたごみをちりとりに入れて屑籠に持っていくかのように自動化されている。

　フランがこちらに叫ぶ。「豊後さん。残心より残骸処理ですよ」

「あいよ」

　豊後もバッグから拳銃を出し、まるで弾丸を捨てていくためにそうしているかのようなあっさりとした動作で、落ちた首を連続して撃った。銃声が夜の路地に響き、首と胴体は二つの血の塊になった。

「おっし。ずらかるぞ」

「だいぶ散らかしましたが、掃除は」

「警察には社長が。こっちにはバンチが向かってるとさ。あの変態、滅茶苦茶悔しがってるってよ。『二人だけ89式撃ちまくれてずるい』って」

「日本語の乱れですね。『羨ましい』を『ずるい』と言ってしまうのは子供の語法です。そういう幼さが要らぬトラブルを生む」

二人はやりとりをしながらこちらに来て、両側から僕の腕を取り、抱えて立たせた。

「もう大丈夫ですから。なるべく自分で歩いてくださいね」

「おお、立てるじゃねえか。小便漏らしてねえだけでも上出来だ」

両側から支えられて歩く。かなりの早足だったが、支えられるより自分で歩いた方が楽だった。途中で二人の手を離す。

「あの……どこに」

「事務所ですよ。当社の」フランが言う。怒っているような様子はないが、どこか気乗り薄そうではあった。

「若えなしかし。君、いくつだ?」

「……十九ですが」

「ナギちゃんの次じゃねえか。……気が滅入るね」

豊後の方はより明確に嫌そうだったが、わけがわからないままの僕の背中を大きな手で叩いた。「ま、見えちまったもんは仕方ないな。前向きにいこうや」

その単語が引っかかった。「見えた」。

「あの……」

「ああ、まだ確認していませんでしたね」

隣のフランが言い、空を指さした。「あれ、見えますか?」

指さされた方向を見る。上。そういえば、戦いが始まってから全く上を見ていなかった。

フランの指すその先には、偽の月があった。

返事をするまでもなかった。フランは僕の表情を見て頷(うなず)いた。「やはり、見えていますね」

「採用、だな」豊後が肩を落とす。

「そのようで」フランも肩をすくめる。

角を曲がったところに藍(あい)色のハイエースが停めてあった。フロントガラスと前方のサイドウインドウ以外はすべて真っ黒にシールドしてある怪しげな車だったが、豊後はさっさとドアを開けて乗り込んだ。フランがスライドドアを開け、こちらに手を差し出す。

「たった今、あなたの就職が決まりました」

就職。大学生なら誰でも気になる単語が、予想外のタイミングで、考えてもいなかった相手から発せられた。

「……ようこそ。唐木田(からきだ)探偵社へ」

# 4

よその家の車のにおいがする。ハイエースなんて乗ったのは初めてで、トラックのようなエンジン音に、以前やったことがある日雇い派遣の移動を思い出した。「業務」の車だ。後ろにはかなりの量の荷物が積み込まれている。走り出してしばらくしてから気付いた。乗ってしまった。他人の車に、促されるままに。しかもただの他人ではない。マシンガンを撃ち、爆弾を投げ、たった今、怪物をぐちゃぐちゃにした謎の男たちの車だ。

ハイエースが交差点を左折して国道に入った。近所ではないようだ。どこに連れていかれるのだろうか。だがあの場では、この男たちに逆らうことはできなかった。何より僕は殺される寸前で、一刻も早くあの現場から離れたかった。だがこの後、僕はどうなるのだろうか。

男たちを観察した。運転席の豊後なる男は黙って運転し、ときおりこちらの様子を窺(うかが)うように視線をよこす。さっき一度目が合い、会釈したら、わりと意外そうな顔をして頷いた。和服でハンドルを握るのは変な感じだが、慣れているらしい。

後部座席の隣に座るフランなる男は、さっきからずっと無線で話している。相手は「本部」と言っているが、どこかの会社だろうか。どうもさっきの「状況」の報告と、現場の後片付けといった処理を警察に依頼しており、そのために申告することがたくさんあるらしい。隣で聞いていていいものなのだろうか？　フランは「お願いします」を多く用いているが、通話しながら頭を下げるでもなくどちらかというと指示をする感じで、おそらく警察であろう相手方との関係が窺えた。もっとも「遭遇」「イレギュラー」「保護」といったことを言いながら時折こちらを見るから、現場に僕がいたのは、彼らにとっても例外的なことだったらしい。

そう。保護、と言っている。僕は保護されたと考えるべきなのだろう。

ただ一つ、これまでと違うことがあった。乗せられているハイエースの車内は他人の車の空気そのものだったが、それはこれまでも経験のある、現実的なものだった。あの違和感。作られた偽物の世界にいるような違和感は、この車に乗ってからは消えていた。その理由の一つは分かっている。ずっと自分だけが現実からずれてしまっているように感じていた。だがこの人たちは、いともあっさりと指さした。偽の月を。つまり、僕と同じものを見ている。

落ち着こう。きっとこの人たちは味方だ。

深く呼吸し、背もたれに体重を預けた。すると豊後さんが振り返った。「落ち着いたか。たいしたもんだ。……お前、あれかもしんねえし、才能あるかもな」

無言だったが、どうもこちらの様子をチェックしてくれていたらしい。話してもよさそうな感じだったので、こちらから訊いた。

「あの、さっき……月が見えるか、って」言い直す。「あの、本物じゃなくて茶色い方です」

「『偽の月』」

「それです」頭の中で同じフレーズを使っていたのでつい前のめりになってしまう。「あれ、何なんですか？　僕はてっきり、自分にしか見えないものだと……」

「そうだよ。普通の人間には見えないが、たまに見えちまうようになる奴がいる」豊後さんはハンドルを回して車線変更した。「で、見えた奴はだいたい死ぬ。要するに『死兆星』だな」

「はあ」

「あー、若い世代は知らないか。『あたたたたたたぁ！　……お前はもう、死んでいる』『あおうとして途中で破裂して『ぶっ』が入った、ってことらしいぞ。[*1] つまりあいつら、実はちゃんと喋ろうとしてたんだ」

突然裏声を交えてアニメの物真似を始めたので驚いた。「……それってたしか、『北斗の拳』[*2]とかな」

「おっ、知ってたか。まあ俺もリアルタイムじゃないんだが。『退かぬ！　媚びぬ、省みぬ！』

「豊後さん」フランさんが眼鏡を直しつつ窘める。「漫画ではなく現実の説明を」

「悪い」豊後さんはそこで、初めて口角を上げ、ちょっと微笑んだ。「まあ簡単に言うとあれだ。あの『偽の月』が見えちまったやつは、これから先、化け物に遭遇する。化け物だけじゃないけどな。だから見えちまったら、大急ぎで戦闘技術と武器を手に入れるしか道はねえんだよ。そうしねえとすぐ死ぬ」

話が飛びすぎてどういうことか理解できなかったが、豊後さんは運転しながらこちらに視線を寄越す。

「……お前、死にたいか？」

「死にたくないです」

「じゃあうちに就職しろ。少なくとも戦って死ねる」

冗談。比喩。そういう可能性を探したが、豊後さんの口調にも表情にも、それらは欠片すら窺えなかった。

だが当の豊後さんは平然としている。「ところでお前、なんか自分のニックネームとか決まってるか？　うちじゃみんな本名では呼ばないから、会社に戻る前に何か一つ、ニックネームを決めておいてほしいんだが」

「えっ……」そういえば「豊後」も「フラン」もニックネームのようだ。コードネームみたいなものが必要な仕事なのだろうか。「……いえ、よく使うIDは『ハム太郎』とかですし」

「じゃ、『ハムスター』かな。長えな。『ネズミ』でいいか」

「えっ」

「豊後さん。雑すぎます」フランさんが無線で話しながら、こちらにも言う。「あなたも、簡単に承諾しないでください」

「はあ」

「名前というのは個人の尊厳に深く結びついています。多くの一神教が名付けによって信者個人を帰依させ、犯罪組織はしばしば構成員に二つ名を与えて仲間の証(あかし)とする。東アジアだけでなく実は世界中に『実名敬避俗』の文化がありますしね」フランさんは一方では無線でやりと

---

＊1　本当。

＊2　武論尊・原哲夫・堀江信彦／集英社。発表は一九八三年であり、当時はまだ冷戦中であったため、核戦争により人類文明が崩壊する、という未来予測はかなり実感的だった。「一九九九年七月に人類が滅亡する」といういわゆるノストラダムスの大予言もかなり信じられていたため、「世紀末」という単語には「終末」のイメージが重ね合わされてもいた。驚くべき話だが、あるアンケートでは大学生の半数近くがあの「大予言」に「不安を感じる」と回答している。

りをしているのに、こちらを向いて人差し指を立て、講義口調になる。「虐待される子供はしばしば"it"と呼ばれます。戦争になれば軍は敵国の国民を全員『イワン』や『フリッツ』と呼んだり単に"enemy"と呼び名前を剝奪(はくだつ)します。囚人たちが名前でなく囚人番号で呼ばれるのもプライバシーや管理上の必要性だけではありません。名前を奪うことは個人の尊厳を奪うことで、物理的暴力を用いない手軽な支配の一形態だからです」

突然の長広舌に驚いたが、フランさんの方は僕のその反応を「話に感銘を受けた」と勘違いしたようで、満足げに頷いた。「分かりましたね？　あなたも名前は慎重に決めなさい」

「……はい」

「もっとも『ネズミ』は、まあ悪くないでしょう。敏捷性(びんしょう)と隠密性。新人がさしあたり目指す社員像としてはまずまずです。それにしましょうか」

慎重じゃないじゃないかと思ったが、つっこみを入れられる空気でも相手でもなかった。なぜか豊後さんも頷いている。

「ま、俺たちの仕事は鷹やライオンじゃねえわな。ネズミくらいがちょうどいい」

このやりとりをきっかけに二人とは会話ができる雰囲気になった。どちらも粗暴な雰囲気ではないし、こちらに対しては少なくとも「保護」をしようとしている、ということも理解できた。だが、どうも二人そろって脱線する癖があるらしく、肝心の状況説明については、ようやく始まる雰囲気になった、というところで目的地に着いてしまった。

# 5

そこその距離を走ったし、車窓を見ていたので予想できたのだが、唐木田探偵社の社屋は都心からやや外れた荒川（あらかわ）沿いにあるようだった。五階建てのわりと古いビルだが一階は厳重なゲートを備えた駐車場であり、同じ色のハイエースがもう一台と社用車らしき軽自動車が一台、それに明らかに誰かの私物であろう真っ赤なミニクーパー・コンバーチブルが停まっていた。「本社」「支社」という単語は出てこなかったから、明らかに中小企業だ。ここに就職しろ、という。まだよく分からない。二人にただついていくだけだった。

だが二階のオフィスに豊後さんが「おいーす」と挨拶しつつ入ると、五人ほどの従業員たちが一斉にこちらを向いた。いや、最初は「従業員なのか？」と訝（いぶか）った。まあ座れ座れ、と豊後さんに促されて応接セットについた僕にハーブティーを出してくれた女性と、奥のいい席にいる年配の、おそらく経営者であろう女性の二人だけはオフィスカジュアルだったが、「よろしくー」と手を振ってくれた女性は銀色のツインテールにゴスロリな黒ドレスという、コスプレ会場から帰ってきたような恰好だったし、お茶菓子どうぞ、と「博多通りもん」[*3]を出してくれた眼鏡の男性はなぜか白衣、一番こちらに無関心な様子でパソコンに向かい続けている女性は

*3 明月堂（福岡県）が販売する、ミルク風味のある白あん饅頭。しっとりと甘く大変美味であり、つい一箱一気に食べてしまう。

パーカーにデニムである。服装規定が緩すぎる会社のようだ。というより。

「あの」パソコンに向かっている女性を見る。女性、というか女の子である。「……時間、大丈夫なんですか？　深夜労働に」

ついそう口にしてしまったが、それを聞いた豊後さんたちはぴたりと動きを止めた。

それから全員が爆笑した。

「あはははは。深夜労働。そうか。ナギちゃん年少者」白衣の男性が机をばんばん叩いてのけぞった。

「はははははは。し、深夜労働、だって。そういえば。あはははは。し、深夜労働」一番笑っているゴスロリの女性は苦しそうに身悶えすらしている。「あはははは。ナギちゃんよかったね。あなたを子供扱いしてくれる人がまだ、この世に」

「労基の六十一条ね。確かに十時過ぎてるわ」年配の女性まで壁の時計を見つつ口を押さえて肩を震わせている。「そんなこと言った新人、初めてだわ。雄馬さんですら言わなかった」

お茶を淹れてくれた女性が年配の女性に頷く。「雄馬」さんというらしいが、どうも一番真顔ながら、彼女も必死で笑いをこらえている様子である。話題の中心になっている女の子は皆を見回したが、特に関心がない様子ですぐに作業に戻った。

まあ、暗かったりぎすぎすした職場ではないらしい。オフィスも綺麗にしており、個々の机こそ散らかったり趣味全開の装飾がしてあったりと自由だが、部屋全体は広々として明るく、窓際の観葉植物や壁にかかった版画など、「いい空間にしようという努力」は感じる。もっとも壁にあるのはドガと天明屋尚(てんみょうやひさし)と某アニメのポスターという脈絡のなさだが。

年配の女性が立ち上がり、こちらに来た。偉い人なのだろう。僕は慌てて立ち上がり、お辞儀をした。「あの、よろしく……」

失礼なことだが、お願いします、の部分はぼそぼそと収縮してしまった。はっきり言ってしまうと就職が確定してしまう気がした。

だが女性の方ははっきりと言った。

「よろしく。知ってると思うけど、うちは名刺もないし、従業員同士は本名で呼ばない。私のことも『社長』でいいわ。ええと……」

「『ネズミ』だそうです」フランさんが応(こた)える。

「……ちょっと。また豊後さんがつけたんでしょう？　変更できないんだから」

「まあ、いいじゃないすか。なんとなくネズミっぽい顔してますし」豊後さんは笑った。「本人もこれがいいっつってますし」

言っていない。だが社長は軽く肩をすくめただけで「まあ、いいか」と納得してしまった。業務命令で取り消させてほしかった。

「一応、『名前』だけ紹介しとくわ。あとはおいおい覚えて」社長はオフィスを振り返る。「この変態二人はいいね？　豊後とフラン」

「ひでえな」

「誰が変態ですか」

「どの口が言うの。で、こっちのマンガちゃんが『雪花』」

　ゴスロリの女性は立ち上がり、スカートをちょいとつまんでカーテシーをした。少女のようなドレスだが、本人は三十代くらいのようだ。よろしくね、と微笑む声には年相応の落ち着きがあった。

「こっちの白衣は『アラマタ』。彼も変態だから、話は半分くらいで聞いた方がいいからね」

「ひどいっす社長」アラマタと呼ばれた男性は座ったままで、苦笑しながら眼鏡を直し、こちらを見た。「我が業界へようこそ。今日から君も『こちら側』の人間だ」

　にやりと口角を上げるので嫌な予感しかしない。マッドサイエンティスト然としているが、左眉の上にくっきりとした傷痕があるのも怪しげだった。

「唯一まともな恰好してるのが『雄馬』。迷ったら彼女の言うことだけ聞きなさい。……で、こっちの年少者が」社長は自分で言って噴き出した。「『ナギ』ちゃんね。確かもう十六歳……に、なったよね?」

　ナギという女の子は無表情で頷く。社長とは長い付き合いのようだが、だとすればいくつの頃からここで働いているのだろうか。

「言っとくけど、この子優秀だからね。で、調査部はあと一人バンチっていう変態がいて、それで全部」変態ばかりじゃないか。社長は天井を指さす。「三階は総務・経理・法務。ただ、三階の事務方とは原則的に顔を合わせないし、会ってもあまりやりとりをしちゃ駄目ね。あとで渡すけど、これ、就業規則にもちゃんと書いてあることだから守るように」

「……あの」

「あ、肝心なこと言ってなかったか。初任給は月四十三だけど、深夜と休出がつくから一年目だとだいたい五十五弱？　賞与は基本的にはないけど、調査部の場合は『調査』『試行』『状況』ごとに手当が出る。あと面白いとこでは『出張訓練手当』ってのがあるかな。自衛隊とか警察に出向いて訓練の相手役をする仕事があるの。これはその時に説明するけど」

耳を疑った。こんな中小の、怪しげな職場でこの給料額。いや、むしろこの給料額であることが怪しさを増大させている。かえって不安になった。なにしろさっきのアラマタさんと同様、雄馬さんにも左手に切り傷の跡があるし、豊後さんは見える範囲だけでも顎と右手、さらに和服の襟元から覗く左の鎖骨付近にも縫合の痕跡があるのだ。やはり、マシンガンを撃ち手榴弾を投げるような「業務」だからこその危険手当だということだろうか。

「勤務形態は基本的にはシフト制だけど、休日に出動がかかることも多いからそこは覚悟しておいて。装備品と服装は支給だけど」社長は親指で後ろの従業員たちを指す。「現実はこの通り。携帯と住居も支給する」

雪花さんがラメ入りの薔薇風デコレーションを施されたスマートフォンを二つ取り出して振る。どちらもあの装飾がされているということは、社用携帯もああしていい会社らしい。

「住居に関しても、『支給』ではなく『強制移住』が適切かと」フランさんが眼鏡を直す。「いえ、『収容』ですね」

「ついでに喜べ。健康保険もちゃんとある」

豊後さんが言い、にやりと笑う。従業員たちにとってはあまり面白くない冗談なのか、笑ったのは雪花さんだけだった。

「……あの、まだ」ようやく口を開くことができた。「僕、就活もまだで」

「君の就活は現時刻をもって終了。もちろん法的拘束力はないから、どうしても就職したくありません、って逃げたいなら家まで送ってあげるけど」社長は理解しかねる、という顔をして眉根を寄せる。「その場合、たぶん再来月までに死ぬけどいい？」

死ぬ。

車の中でもそう言われた。あらためて告げられ、僕はようやく、先刻のことを思い出した。ナース服の女。首の高さの鎌。マシンガン。爆発。飛ばされる首。蜂の巣にされる死体。

社長が手を差し出してきた。握手だと気付くまで数秒かかった。

握った手はマメができて乾いていたが、僕の手より温かかった。

「詳しいことは……」社長はオフィスを見回し、雄馬さんに手招きした。「彼女に聞いて。豊後さん、フランさん、あなたたちは報告書」

二人はやや残念そうに離れたが、豊後さんの席は一番手前なので、結局パーティションの横からこちらをちらちら覗いている。

やってきた雄馬さんに促されて座る。雄馬さんはあくまで真剣な表情だった。「急な話でごめんね。混乱しているでしょう」

まさに、と思う。よく考えてみれば、こちらの心境に関心を払ってくれたのはこの人が初めてだ。

「とにかく、まず落ち着いて、状況を把握してもらうことから始めましょう。……ネズミくん。あなたが体験したことを、思い出した順番でいいから話して。最近、おかしなことが起こったでしょ？　そのことを全部」

カウンセラーのような口調だった。全部、と言われてもどこからどう話すべきか迷ったが、雄馬さんはこちらが頭の中をまとめるまでのかなりの間、当然のように待っていてくれた。そのおかげで、これまで固まっていた口が「ちゃんと縦に開く」感覚があった。飛行機が裏側に隠れる偽の月。世界の違和感。それまでなかったはずのビル。確かに揺れたのに存在していないことにされている地震。そして記憶の中を近付いてくるナース服の女。話しているうちに安心してきた。雄馬さんからは、ここの人からは誰一人として見えなかった「いたわり」を感じた気がした。実際にそうなのだろうと思った。最初に出してもらったカモミールティーは淹れたてだった。僕たちが着く前から用意してくれていたのだ。

「……どこから説明しようかな。そうね。まず」雄馬さんは斜め下に視線を外して少し考えてから、こちらをまっすぐに見た。「あなたが襲われた『思い出女』はいわゆる『新種』なんだけど、ああいった化け物が、この世界にはたくさんいるの。もちろん海外にも。日本の花子(はなこ)さん、カシマレイコ、コックリさん、マッハババア……あたりは、聞いたことがある？」

頷く。

「あれらの都市伝説は最初はただの噂だけど、不特定多数の人間の手で繰り返されているうちに本当に出現してしまう。より正確に言えば、『存在するもの扱い』することの積み重ねにより、もともと曖昧である『存在』と『不存在』の境界を越えて、こちらに来てしまう」

「怪談とか聞いた時に、ちょっと思っちまうだろ？　『本当に起こったらどうしよう』って」話に入りたくて仕方がなかったようで、豊後さんが椅子を回して割り込んできた。「そうやって怖がってる時点で、もうその話は、そいつにとっては何割か存在しちまってるんだ。鬼を語れば怪いたる。怖がってると本当に来るぞ、っていうやつさ。ムラサキカガミ系の『いついつまで覚えていると死ぬ』っていうやつだって、怖がりすぎて本当に死んじまうやつもいる。そいつが死ねば、そいつにとっては完全に『存在』してるわけだろ？　その話が他人に伝わる。『こういう例もあったらしいよ』ってな。するとそれを聞いたやつの中でも存在度が跳ね上がる。それの繰り返しさ。そうしているうちに、最初はどんなに荒唐無稽な伝説でも、現実に存在する『五十本脚のタコ』だの『雷に二度も打たれた男』だのと同程度の存在度になっちまう。そうなると今度は、特に話を聞いたわけでもない、無関係なやつのところにも現れ始める」

雄馬さんが豊後さんの背後を見ている。豊後さんはそれに気付き、後ろから自分を睨んでいる社長にも気付き、慌ててパソコンに向かい直した。

「類型化した怪異はもっと厄介」雄馬さんが溜め息をついて説明を引き継いだ。「たとえば『ババサレ』という怪異がある。家の戸をノックしてきて語りかけてきて、『ババサレ』と唱えれば去っていくけど、唱えないと入ってきて殺される。……これと似た話は、古今東西無数にあるの。『バーサレ』、『うばよ去れ』、『時空うばば』、『バーバラさん』……要するに人間の想像力というのはたいしたことはなくて、ある原型を参考に、マイナーチェンジされた同じような話が時と場所をおいて何度も繰り返し発生する」

こちらに飲むのを促す意味もあってか、雄馬さんは自分の席から持ってきていたカップとソーサーを持ち上げてコーヒーを飲む。僕もそれに応じてカモミールティーをいただいた。

「この『想像力のなさ』が逆に問題なの。一度に一ヶ所で流行(はや)っただけなら『流行った噂』で済むし、駆除して目撃例が途絶えれば忘れられて存在をやめる。でも時をおいて何度も、離れた地域で同じような話が語られると、その原型は何度駆除しても、人々の中では『ある』ことになり続ける」

確かに、トイレの花子さんなどはすでにキャラクター化している。日本人なら誰もが知っている話だ。

「今回の『思い出女』はまだ類型化していない『新種』だから、これで出現がなくなるかもしれない。でも『赤マント青マント』みたいに有名なやつはもう無理。出るたびに駆除するしかない」雄馬さんは揃えた膝の上で手を重ねる。「私たちの業務はそれを抹消すること。怪異を駆除し、市民の生活上の危険をなくす」

「マタギみたいなもんだな」そこの席から豊後さんが言う。

「マタギの本質は『山から命を頂く』ことですから適切ではありませんね。駆除業者でしょう。スズメバチなどの」フランさんが口を出してきて、社長に「説明は雄馬さんに任せなさい」と窘められる。

「日本では、スズメバチによる死者は年間平均二十人程度。だから日本には相当数の駆除業者がいるし、役所も対応している」雄馬さんも「駆除業者」という言葉を使った。マシンガンで怪異を駆除する業者。「同じことなの。日本における永続的な行方不明者、及び変死者の数は年間平均千名ほど。そのうち、怪異による死亡が確認されている『特定死亡者』は三百から四百人。平均すると一日に一人、日本のどこかで怪異に襲われて死んでいるの」

思わず窓の方に視線をやってしまった。ここからでは見えないが、まだ出ているはずだった。茶褐色の、夜空に張りついた悪意の月。こちらを見ている——と感じたのは、気のせいではなかったのかもしれない。実際に人が死んでいるらしい。そして僕も今、狙われている。

「私たちは、この特定死亡者をゼロにするために働いているの。公的機関からの補助もある。装備品、弾薬、それに状況後の現場処理と情報統制」雄馬さんはちらりと視線を動かす。空いた席。バンチさんという人が今やってくれているのだろう。「今回はいきなりの遭遇戦で、しかも甲種装備っていう珍しいケースだったから大変でしょうけど、たぶん『暴力団の抗争』という形で報道されると思う。通常は屋内や人のいない現場が多いし、火器を使えない場合も多いから、こんな派手にはやらないんだけどね」

確かに、あんな現場が頻出していたら、「情報統制」の一言で簡単に片付けられはしないだろう。

だが、日本全国であんなことが起こっている、というのは、にわかには信じられなかった。理屈で言えば、僕だけが異常な体験をしている、というより、日本中で起こっていて僕はそのうちの一人、という可能性の方が、明らかに現実的なのだが。

雄馬さんがカップとソーサーを取る。一拍置こう、と示してくれているのだろう。いただいたカモミールティーの熱さと香りが、落ち着け、と言ってくれていた。

「……怪異って、何なんですか。生き物なんですか？」

「……分からない」雄馬さんは首を振る。「生物ではない。客観的に観測できる存在でもない。写真には写らないし、赤外線も発していない。何もないところに突然……というか、いつの間にか現れるの。そしていつの間にか消えている。海外では捕獲した事例もあったようだけど、衆人環視で各種モニターを取ってもいたのに、いつの間にか消えていたそうだから」

「二時間程度は檻(おり)の中にいたらしいっすよ。立ち会いたかったなあ」遠くのデスクからアラマタさんが言う。「まあ、人型のだけじゃないのが面白いとこなんだけどね。異界エレベーターとか幻の堤防とか」

「なぜ出現するのか。偽の月との関係は何か。自我はあるのか。何も分からない。『これではない』という否定形の情報しかない存在なの。おそらくは客観的に存在しているのではなく、何割か『主観的存在』なのだと思う」雄馬さんは自嘲(じちょう)的に口許(くちもと)を緩める。「その調査研究も私たちの仕事なんだけど、その余裕はないのが実情なの。駆除で精一杯」

「僕はやってますよう。研究」

遠くからまた主張してきたアラマタさんに「君のはただのコレクションでしょー」と雪花さんが言う。

「でも、駆除の方法はおおむね確立されている。……つまり、物理」

雄馬さんの簡潔な言い方でも理解できた。マシンガンで銃撃し、手榴弾で爆破し、最後は刀で斬った。あれは最上級に「物理」だった。

だが確かに、それで斃せない怪異はいないかもしれない。仮に怪異に銃弾が効かないというなら、一体どう「効かない」のか。弾丸がすり抜けるというなら、怪異の方から人間に摑みかかれるのはおかしい。金属のように跳ね返す。スライムのように貫通した後に再生する。それともダメージを受けた後に肉同士がくっついて復活する。どれかしかないが、いずれも怪異の、ホラーのイメージではない。これではSFのモンスターだ。怪異にそういうイメージはない。いいいいいいいい、だからそういう性質もない。

「『もし本当に現れたらどうしよう』……怪談を聞いた時に、誰でも一度は思ったことがあるよね。答えは簡単。殴ればいいの。思いきり」

雄馬さんの言葉に、フランさんが溜め息をついた。「……つくづく、知性に欠ける仕事です」

「人間性にもな」豊後さんがそう言って笑う。どう見ても笑うところではなく、あはは、と応じたのはまたしても雪花さんだけだった。

「それが私たちの仕事。同業者は全国にいる。表向きの業種は、海外だと民間軍事会社(PMC)のところが多いけど、日本だと色々。うちみたいな興信所や警備会社、それこそハチの巣駆除業者まで。『日本事故調査協会』っていう、警察庁と国交省の人間が入っている公益財団法人があって、依頼と資金はそこから下りてくる。政府機関が直接、こんなことをするわけにはいかないからね」

「つまり、うちらの給料は税金なんだよね」雪花さんは笑顔である。「だからばりばり働かないと」

「あの、でも、そうしたら」おそらく結論は出ているのだろうが、雄馬さんに訊かざるを得なかった。「警察とか、自衛隊とかで……は？」

「きみが考えている通りの理由だよ。警察の装備では危険だし、自衛隊を簡単に出動させて、ましてや火器を使わせるなんて自衛隊法上できないの。それに……」

雄馬さんはそこで言葉を切り、ちょっとごめん、と言って立ち上がった。「社長、ネズミくんですが、今夜はうちに連れていっても？」

「ああ」電話をしていた社長は受話器を押さえて頷いた。「……そうね。告知もあるし」

「えー。男の子ですよ。いいんですか？」

口を尖(とが)らせる雪花さんに社長が「あなただったら許可しないけど」と呆(あき)れ顔になる。「急だったから、まだ住居の手配ができないの。ネズミ君、悪いけど今夜は雄馬さんの家に泊めてもらって。明日には用意できると思うから」

まだ就職するとは言っていないが、これはすでに業務命令なのだろうか。人手不足が深刻で、入社を断らせないための戦術なのだろうか。

だが、頷くしかなかった。あんな経験の後で、現場からすぐそこの自宅に帰って一人で過ごすなど、とても耐えられる気がしない。おそらく雄馬さんの方はそれを察してくれたのだろう。

感謝しかない。

……「告知」とは何だろう。

それもおそらく、雄馬さんから聞けるのだろう。はっきりしているのは、もうこれまでの日常には戻れそうにない、ということだった。

それを裏付けるように社長が言った。

「大学とバイト先には、こちらから話を通しておく。明日からは行かなくていいわ。手続きもいらない」

## 6

テレビ画面の中でお笑い芸人が慌てふためいている。ターゲットにした俳優や芸人に先輩の思い出話をさせ、その人に対する文句や陰口が出てきたタイミングで本人を登場させる、というバラエティ番組の企画である。お笑い芸人が露骨な陰口を言って慌てふためく一方、二枚目役を崩せない俳優は先輩を真剣に尊敬している、という話をして感動の場面になっていたりして、まあ仕込みだわな、こんな企画本当にやらせたら問題になってしまう、などと思う。それと同時に、「くつろいでテレビを観ている自分」を発見して、ソファに背を預けてみた。

「……どう？　落ち着くでしょ。テレビのバラエティ」

後ろから雄馬さんが来た。慌てて上体を起こしたところを「いいから」と止められる。「何飲む？　ビールかサワー系しかないけど。あ、もらいもののワイン飲んでくれない？　もらったけど私、ワイン苦手なんだよね。悪酔いするし」

「あ、じゃあ……」それをいただきます、と口に出すのは抵抗があったが、座ったまま頭を下げる程度にはリラックスしている。

雄馬さんの自宅というが、実際は法人側から提供された「官舎」なのだった。独身者用のマンションとしてはかなり豪華な方で、会社からは徒歩十分。都内でこれならば相当な家賃になるはずだが、タダだという。そのかわりに強制で、住んでいるのは「同じ業界の人」と、偽の月が見えてしまった人ばかり。唐木田探偵社の従業員も社長以外は全員どれかの部屋に住んでいるらしく、フランさんが「収容」と言った意味が分かりかけてきた。もっとも収容所としては優雅に過ぎるが。

「ワイングラス持ってなかった。普通のグラスでごめんね」

そう言ってボトルとグラスを持ってきてくれる雄馬さんは肩にタオルをかけた風呂（ふろ）上がりの姿で、今はアディダスのジャージである。僕もすでにシャワーと、帰り際に社長から渡されたジャージを借りていて、プライベートな空気に「いいのかな」と思わないでもなかったが、雄馬さんは化粧っ気もなく髪もさっぱりしたショートで、ついでに筋肉もついているので「運動部の先輩」みたいであり、変な緊張はあまりしなかった。この家の雰囲気も同様だ。カーテンも本棚も、家主の趣味なのかシンプルかつ機能的で、宿舎、という印象がある。泊まるのが雪花さんのところだったら落ち着かなくて眠れなかったかもしれない。

「ありがとうございます。今日、一人だったらしんどかったです」

もう一つのソファを向かいに移動させて座った雄馬さんに、座ったままながら頭を下げる。ただ一緒にいてくれるというだけでなく、こちらがリラックスできるようにいろいろと気を遣ってくれている様子だった。

「本当は、調査部内でも個人的なつきあいは避けろって言われてるんだけどね。うちはヴェテランばっかりだから、そのへんはいい加減かな。この間も雪花さんと美術館行ったし」

雄馬さんはワインボトルの開け方が分からないらしく、あれ？　これどうするんだっけ？と悪戦苦闘していた。僕は代わろうと立ち上がりかけたのだが、彼女は「もういいや」と言って指の力だけで栓をねじ取った。怪力すぎる。「まあ飲もう。あれ？　十九歳だっけ？　……でも、今は飲んでおいた方がいいかな」

そう言われて、社長の言葉を思い出した。「告知もあるし」――と、たしかそう言っていた。

「いただきます」

ワインの入ったグラスをぐい、とあおる。繊細な香りと奥行きのある味わいで、しまった高級品じゃないか、と思った。こんな飲み方をしていいやつではなかったかもしれない。

「……ええと」顔が、ぽ、と熱くなった。「大事な話が、あるんですよね」

「そう。とても大事な……つまり、きみの『余命』の話」

雄馬さんはクラフトビールをグラスに注いで口をつけはしたものの、それだけで、こちらに視線を合わせなかった。「今のままだと、きみの命は長くて六年といったところなの。うちに就職するのは、それを延ばすのが最大の目的。才能と努力と運次第では六年が十年に、二十年に延びるかもしれない」

衝撃はあるにはあったが、それよりも疑問がたくさん出てきた。なぜ六年なのか。どうして唐木田探偵社に就職すると延びるのか。二十年にするにはどうすればいいのか。才能とは？一瞬遅れて、雄馬さんがあえてそういう言い方をしてくれたのだと気付く。ただ「あなたの命はあと六年」とだけ言われていたら、もっと衝撃を受けていたはずだった。

だが、ことの重大さの方は全く変わらないのだ。僕は長くて六年で死ぬ、という。「……それはつまり、今日の……『思い出女』のせいで？」

「いいえ、あれはもう片付いたって、バンチさんから報告があった。残骸処理もきちんとしてたみたいだし」雄馬さんはそこで初めてこちらを見た。「でも、あれで終わりじゃない。きみは『偽の月』が見えてしまった以上、これからあの手のやつに続けて遭遇することになるの。たぶん平均すると二ヶ月に一回くらい」

「二ヶ月……」予想していたよりもはるかに短い間隔だった。

「怪異には遭遇のトリガーや兆候がある。たとえば『こっくりさん』系統なんかは避けやすいけど、今回のような『この話を聞いた人のところにも来る』という系統は避けにくい。それでも避け方を知っていれば、九割程度は実際に出現して攻撃される前に回避できる。それができないものや、状況から関わらざるを得なくなる怪異が残りの一割。そのうちの七割程度は、遭遇してもただ怖がらせてくるだけのものや、怪我をさせられたり不運な目に遭ったりするだけの命に関わらないものなの。でも残りの三割……つまり全体の３％になる『不可避性致死性怪異』が当たった時点で死ぬ。平均して二ヶ月に一度、３％の確率で弾が出るロシアンルーレットをさせられ続けている状態、といったところだね。当たりが出る確率が五割を超すのが二十三回目から。つまり約四年後。その二年後には、一度も当たりを引かない確率は約三分の一にまで下がる。だから、長くて六年」

最初に「六年」と言われた時より衝撃があった。誇張して脅しているのではなく、曖昧な感覚に基づく数字でもなく、ちゃんと計算した上で、本当に「長くて六年」であることがはっきりしてしまった。

六年。たったの六年。まだ三十歳にもなっていない。就職はしても、結婚なんかもまだだろう。そこまでしか生きられない。

「でも、それを延ばす方法があるの。……今夜、実際に見たよね」

つまり。……そこから先は、自分の口から言えた。

「『物理』。……戦って、勝てばいい」

雄馬さんは強い眼差し（まなざし）でこちらを見て、はっきりと頷いた。

「今回みたいに長物の火器が使えれば、かなりの確率で被害なく勝てる。現実にはそういかない場合が多いけど、それでも近接戦闘、徒手格闘の技術があるだけでも生存率はぐっと上がる。こっちだって黙って殺されるだけじゃないってこと」雄馬さんは、ぐび、とビールをあおった。「不可避性致死性怪異に当たっても、そいつに勝てば生き残れる。一度勝てば六年が十二年に。

二度続けて勝てば十八年になる。十八年後のきみは何歳？」

……四十近くになる。想像もつかない年齢だ。絶望で真っ暗になっていた思考の底から、わずかに曙光(しょこう)が差したのを感じる。

「……じゃあひょっとして、皆さんは全員」

「うん。みんな偽の月が見えた人間だよ。簡単に言うと『霊感の強い人』みたいな感じ。そういう人間は普通の人の何十倍も怪異に遭遇する確率が高いの。普通の人は、十回やそこら『こつくりさん』をやっても、怪異には遭遇しない。でも私たちは、運と条件次第では一回目で遭遇する。……ここに就職して戦い方を覚えるしか、生き残る道がないの」雄馬さんは瓶の残りをまとめてグラスに注いだ。「でも、私たちみたいに調査部に入って戦う必要はないからね？ていうか、それはやってほしくない。唐木田(うち)の場合、三階でバックオフィスを担当してもいいんだし、大抵の人はそっちを選ぶの。そっちでも身を護る技術と装備は与えられるし、『官舎(このたてもの)』に住めるから、怪異に出くわしそうになってもすぐ救援が呼べる。ほぼ同じレベルの安全は得られるから」

部屋を見回す。なるほど会社の近くにあるというのはそういうことなのだ。怪異に遭遇しやすい人間を一ヶ所に集めて保護する。……いや、この建物の周囲が妙に開けていることを考えれば、むしろ「他の人間が巻き込まれないように隔離する」が本音だろうか。「お前ら同士で助け合え。他の人間を巻き込むな」——なるほど、フランさんが「収容」と言っていた意味がようやく分かった。

「調査部に残るかバックに回るかは自由だから、よく考えて決めて。……ただし私個人としては、調査部はとてもお薦めできないけど」雄馬さんは僕の目をまっすぐに見て言った。「特に今、この時期はお薦めできない。……ここしばらく、おかしいの。日本が」

「……日本が？」

「海外ではそういう話は聞かない。日本だけなんだけど」雄馬さんはグラスに視線を落とし、縁を人差し指でとん、と叩く。「最近、既存の都市伝説のパターンにない『新種』の出現数が多いの。もちろんこれまでだって一定の割合で『新種』は生まれていた。でも、そのペースが速すぎるの。先々月の報告数はそれまでの倍。先月はさらにその五割増。今月はきっと、もっといってる。異常事態なの」

僕が遭遇した「思い出女」も新種だった。実感はある。

「『新種』はマニュアルがない分、不測の事態が生じやすい。新人には危険すぎる。でもこのペースで『新種』が増え続ければ、新人だからと外しているわけにもいかない」雄馬さんの指がグラスの縁で止まる。「『新種』が急速に増えているせいで、日本全体で戦力が足りなくなりつつある。怪異による死者数が増えれば増えるほど、怪異の噂も広まる。その噂がまた怪異を出現させる」

怪異が出現するのは「本当に出たらどうしよう」という恐怖。だとすれば、確かにそういうことになるだろう。死者の発生が新たな「目撃談」となり、噂が広がり、被害は指数関数的に増えていくことになる。感染を拡げるウイルスのように。

「本音を言えば、一人でも多くの戦力が欲しい。……でも、今の状況は危険すぎる」

僕の脳裏に「思い出女」の姿が蘇る。振るわれる鎌の刃。獣より素早い動き。あれと戦う仕事。

目の前にいる雄馬さんの筋肉を見れば、厳しい、というより死と隣り合わせの仕事だということは分かる。雄馬さんの話し方、纏う空気にも覚えがあった。NGOに所属して紛争地などで人命救助をしている親戚がいるのだ。その人に似ている。命のやりとりが当たり前な現場にいる人特有のタフさ、思いきりのよさ、そして乾いた死生観。

「……でも、皆さんは長いんですよね？」

「唐木田はヴェテランばかりだね。社長なんか三十年やってる」雄馬さんは目をそらした。

「でもこの業界のヴェテランって、まともな人、いないから」

「……そうなんですか？」

「そうでないと生き残れないの。初仕事で死ぬ新人も多いし、前線に居続けた場合、十年生存率は25%と言われているから」

これまでの話の中で、最も明確に「衝撃」だったのはこの言葉だった。25%。たったの。

「……そんなに少ないんですか？」

「大抵は十年もやらずに異動するから、調査部に入るイコール死、っていうわけじゃないけど」雄馬さんは出る溜め息を隠すようにビールをあおり、二本目の瓶を開けた。普通の金属王冠なのに親指で開けている。どういう指をしているのだろうか。「まあ、当然そのくらいにはなるの。怪異による被害は普通なら『避けられない時』だけ対応すればいいけど、調査部は襲われている人を探して助けにいく。つまり自分から状況に突っ込んでいくから」

警察や自衛隊が動けない理由が分かった。あれらの組織が怪異の駆除をするとなると、専門部署を設けてそこが担当することになるが、十年生存率が25%、などという滅茶苦茶な部署には自殺志願者しか行かないだろう。持ち回りにするのはもっと無理だ。どの部署にいてもそういう仕事が回ってくる可能性がある、となれば、自衛隊や警察そのものへの就職希望者がいなくなる。組織が立ちいかなくなってしまう。

「……なるほど」

いいワインを雑にあおらずにはいられなくなる話だった。だから専門の組織を作って、そこに全部押しつけたのだ。やらなければ自分が死ぬ、という人たちに。これはつまり「お前らの問題だろ？　自分でなんとかしろ」という切り捨て。自己責任の論理である。

「……税金払ってるのに」そうも言いたくなるが、現状では話が突拍子もなさすぎて、社会問題になどならないだろう。「みなさん、バックに異動したくはならないんですか？」

「私たちはもう、ね。……いろいろ理由があるの。人それぞれだけど」雄馬さんは布巾を取り、テーブルの上の滴を拭いた。「採用直後は一応、半分くらいの人が調査部を希望するかな。だけど研修期間が終わってもまだ残ってる人はそのうちの一割もいない。よほど『変な人たち』でなきゃ残らないし、そういう一部の人たちが調査部を回しているの」

変態、という言葉を思い出した。社長がそう繰り返していた。

「明日から訓練が始まる。最初は最低限の護身術から。その後に本格的な戦闘訓練もやるけど、調査部に来るかはその後に決める」雄馬さんが瓶とグラスを持って立ち上がった。「ベッドは用意しておいたから。今日はゆっくり休んで。私は隣の書斎で寝るけど、何かあったらすぐに呼んでね」

「……はい」

考えろ、ということらしかった。いや、自覚しろ、だろうか。自分の置かれた状況を。なるほど素面(しらふ)では話せない……というか、雄馬さんは、僕がショックを受けたらすぐに酔っぱらえるように、こういう場で「告知」をしてくれたらしい。

雄馬さんが横に来た。「一人で大丈夫?」

一瞬、無理です、と言いそうになった。

「……大丈夫です。ありがとうございます」

「そう。……おやすみ」

雄馬さんがドアから出ていく。あとは僕一人で考えるしかなかった。いや、むしろ考えるべきではなかった。やるべきことは決まっていて、やらないと死ぬ。考えてもネガティヴなことが浮かぶだけで、やるべきことの障害になる。それだけだ。さっさとベッドに入った。とにかく、明日から研修。だから早く寝る。そこだけは絶対に間違いがないのだから、そうする。

もっとも、結論からいえば、この時の僕はまだ状況をちゃんと理解していなかったのだ。あとから思えば、この夜はまだ気楽だった。

# 7

翌日朝八時出勤で、僕の「研修」が始まった。

最初の二日間は「護身」だった。怪異に遭遇するパターンにはいろいろある。たとえば「この話を知った人のところにも一週間以内に来る」という怪異なら、遭遇まである程度の猶予がある。「一週間後に来る」と明記されていれば遭遇時期も特定できる。だが怪異には「特定の場所を通った人間を即、襲う」といったタイプもある。いわくつきのトンネルだったり、薄暗いトイレだったり、道端にいきなり立っている者もいる。そのてのタイプといきなり遭遇した場合に、とにかくその場を生き延び、救援を呼ぶ技術が最優先で必要だった。なにしろもう今日、遭遇するかもしれないのだ。そしてそれが致死性であれば、僕は今日死ぬことになってしまう。習得が一日早まれば、その日から即、危険が減る。

二日間で学べる「護身」の内容は単純だった。支給された大音量の防犯ブザーを鳴らしながら逃げ、これも支給された閃光発音筒（フラッシュバン）を投げつける。そうしながら叫んで周囲に助けを求めつつ、なるべく人通りが多い場所に走る。野次馬がたくさん集まってきた中で人をとり殺す花子さんを想像できるだろうか？　防犯ブザーの大音響の中でなお襲ってくるカシマレイコを想像できるだろうか？　要するにそういうことだった。怪異は基本的に、人間が不安感を覚える状況でしか出現しない。霊が出る旅館でも、カメラを構えスタッフをぞろぞろ連れていっては何も出ない。であれば逆に、そういう「らしくない状況」をこちらから作ってしまえば身を護れるのだ。うまくいけば、これだけで怪異はいつの間にか消えているという。怪異が「主観的存在」であるが故の攻略法だった。

もっとも、過信しないように、ということは、教育担当になった雄馬さんから何度も言われた。ゲームなどに出てくるフラッシュバンは使うと相手が気絶したり、何秒間も顔を押さえてふらふらしたりするが、あれはゲームのアイテムとして登場させるための演出であって、現実にはそんなことはない。実際には効果時間はよくて二秒、期待できるのはせいぜい一秒間だという。だが実戦では「一秒間、相手が動きを止める」のはかなりのアドバンテージなのだ。防犯ブザーにしても同様だった。怪異に襲われた状況を想像してみれば分かる。このての道具が「なぜか故障して鳴らない」という状況はありがちで、すぐ思い浮かぶ。不安が浮かぶということは、それが起こる可能性が大きい、ということでもある。場合によっては「いつもは人通りの多い路地なのに、その時は通行人が誰もいなかった」ということすら起こるらしい。怪異の出現中（これを「状況」と呼ぶ）では無線や携帯電話は通じない方がむしろ当たり前だし、交番は無人だし、都合よく停まってくれたタクシーにはむしろ乗らない方がいい。ほいほい乗ると、今度は運転手の怪異が襲ってくることがあるという。小泉八雲（こいずみやくも）の『貉』（むじな）が有名なよくあるパターンだが、怪異には安心したところを狙ってくるタイプのものもいる。状況中であることがトリガーになり、別の怪異に連続して遭遇してしまう——つまり二つの都市伝説が「習合」する危険なケースだ。そしてそういう場合、プロでもまず助からない。

もちろん最も重要な「護身」はそれらではなく、「そもそも危険に近付かないこと」だった。これも一般の護身術と同様だ。不安を覚えるようなひと目のない場所に行かない。深夜と、人が少なくなる平日午後二時頃の外出はできる限り控える。神社仏閣や心霊スポットは言うに及ばず、学校や病院、トンネル、古いエレベーター、水の近くといった怪異の現れやすい場所は避ける。ネットで余計な検索をしない。いわくのある場所には近付かない。深夜にテレビを観ない。ドア等を細く開けたままにしない。すべて完璧に守り続けるのはかなり大変だったが、「水を避けたら一日、ドアをきちんと閉めたら一日、生きていられる時間が長くなったと思って」と言われれば、やらないわけにはいかなかった。

そして「護身」の内容をひとまずこなせるようになったら、今度は拳銃を渡された。

最初に渡されたのは小型のグロック26だった。装弾数は10＋1発（マガジンは10発だが、あらかじめ1発装塡しておけば11発になる）。これは外出時常に携帯しておけるものだというが、見つかった時のために渡されたのがなんと「警察手帳（身分証）」と名刺だった。

「警察官に見つかったら、この名刺にある通り『警視庁警備部の相馬警部』を名乗っていいの。その上で『兼山警備部長に電話をさせてくれ』と言えば、あとは兼山さんがなんとかしてくれるから」

雄馬さんにそう言われて驚いたが、しかし考えてみれば、それが最も合理的だった。「事故調」の活動を警察は黙認しているが、日本の警察官の総数は三十万人。中途退職者も多いし、内情を暴露して動画再生数を稼ごうとする奴だって中にはいる。であれば、末端のいち巡査にまで秘密を共有させるはずがないのだった。「事故調」関連の秘密を知っているのは一定以上の幹部だけ。ごたごたの際にはそこにつなげば、「あとは上の人との話」で片がつく。警察官の性質上、上に「ご苦労。あとはこっちでやるから」と言われれば、それ以上ごねる者はいないのだ。

拳銃を渡されて最初に覚えたのは拳銃の仕組みと各部の名称、そして手入れと分解・組み立ての手順だった。さらに服装ごとに隠して身に着ける方法を学び、それが終わるとようやく実射撃になった。この日を待っていた部分は、なかったとは言えないが。

初めて撃った拳銃は軽く、花火のような音で、こんなものか、と思った。

だが予想のはるか上を行く当たらなさだった。会社は地下二階と三階が訓練施設になっていて、地下三階の射撃場では爆弾の音すら漏れないから最高にハッピーに撃ちまくれる（バンチさん談）ということだが、十発全部撃っても、十メートル先の人型に三発しか当たらなかった。しかも急所など無関係にただ「どこかに当たった」というだけだ。

教育担当でも副担当でもないのに「ネズミ君の初射撃だって聞いたから」と射撃場に見にきてくれていたバンチさん（意外なことに全体的にネコっぽい印象のある、小柄な女性だった）は僕の肩をばんばん叩いて爆笑し、的を指差して「優秀優秀。三発も当たった。赤点は回避だね」と言った。一発十点。

「……僕の行ってた高校、四十点未満が赤点だったんですけど」

「厳しー。じゃあ赤点だね」

「……射撃センスのテストだったんですね」

「違うよ。運の」

もっと大事なやつではないか。バンチさんはにこにこして雄馬さんを指さす。「この子はすごいよ。六十点だったもん」

さすがだ。「……バンチさんは？」

「私はほら。あらかじめハワイで撃ちまくってたから」

この職場が「変わり者の巣窟（そうくつ）」だということを、僕は最近理解してきた。

「まあ、これから訓練して百点にするんだよ、でないと死ぬから」

バンチさんは笑顔で言う。その通りだった。動かない的ですらこれなのだ。記憶にある「思い出女」は、獣以上のスピードで動いていた。

「……豊後さんとフランさんは当ててました。凄（すご）さが分かりました」

「あれはアサルトライフルだから。長物は拳銃よりずっと当たるよ。ていうか拳銃が当たらないの。長物撃ってみる？」

「バンチさん」

「雄馬顔怖い。ちょっとぐらいいいじゃん。どれにする？　いろいろあるよやっぱり89式（バディさん）？　H&K MP5K（クルツ君）？　あ、お手本に私がまず撃ってあげるね」

「それがやりたいだけでしょう？　引っ込んでてください」

バンチさんは首の後ろを摑まれ、完全にネコの様相でじたばたしながらつまみ出されていった。

雄馬さんは戻ってくると、怖い顔で言った。「銃器で一番怖いのは誤射と暴発。扱い方をちゃんと覚えるまではあの人にどんなに誘われても絶対撃っちゃ駄目。ダメ、ゼッタイ。……いい？」

「はい」

「声が小さい」

「はい！」

戦闘訓練に入ると、覚えることが一気に増えた。拳銃、機関拳銃、散弾銃、突撃銃とサイズが大きくなっていく各種火器の取扱い方。分解・整備の方法から持ち方、各種姿勢での撃ち方、銃種ごとの早撃ち(クイックドロウ)、故障時(ジャム)の素早いリカバリーや射撃を継続しながら弾倉を交換するタクティカルリロード。二人班(バディ)、三人班(トリオ)での連携方法（原則的に一つの班しかないので「ツーマンセル」「スリーマンセル」とは言わないのだそうだ）。覚えることが同時かつ多角的になだれ込んでくるので僕は必死だったが、なるべく早く生存能力を高めなくては、ということで、教える側も必死なようだった。もちろん休日などなく、主担当の雄馬さんを中心に豊後さんやフランさんが入れ代わり立ち代わりついてくれるのである。89式5・56㎜小銃(アサルトライフル)。セレクターをセーフティにしてチャージングハンドルを引く。マガジンは手から抜けないよう底側に小指を当てたビアカングリップで。弾丸は30発フルには入れない。マガジンを確実に押し込んだら一度引き、確実に装着されているかを確認。チャージングハンドルを引いて一発目を薬室に送り込む。ここまでの動作を目を閉じていてもできるようになるまで自動化させる。装塡。構え。うちの89式は右側にしかセレクターがついていないタイプなので、伸ばした人差し指でセレクターを操作し中指でトリガーを引く。射撃。三点バーストからフルオートに切り替え弾幕を張る。最初の一斉射で当てなければ死ぬと思え。H&K MP5K（サブマシンガン）。肩に銃床を当てたスタンディングポジション。セレクターは最初から「連射（フルオート）」で。レミントンM870（ショットガン）。反動の制御と跳弾方向のイメージ。撃ち抜ける材質と厚さ。拳銃二種。常時携帯用のグロック26と、ふた回り大きいグロック17フルオートカスタム。唐木田にある火器は皆どこかの組織から下りてくる使い古しか未使用の余りものらしく、グロック17にいたっては反社会組織からの押収品ではないかという疑いもあったが、それらを見ていて痛感するのは「世界にはこんなにも武器が余っている」という事実だった。誰だって殺しあいはしたくないから、購入された武器は大部分が使われずに溜まる。なのに無数の会社が無数の新商品を開発し競争し続けている。となれば当然、それを「消費」する機会を全力で創出しなければ「回らない」わけだ。なるほど地球上から戦争・紛争がなくならないわけですね、と言ったら、雄馬さんは頷いた。「私たちは猟師と並んで、武器をまっとうに『消費』する数少ない業種だね」

　そう。銃は触っているうちにすぐ慣れて、生活に馴染（なじ）んでしまった。二週間もすると僕は、それこそ愛用スマートフォン程度の感覚で使い心地を比較していた。自動小銃の威力は想像を超えていて、特にフルオート射撃の反動と音響はすさまじく、豊後さんとフランさんがあれを思い出女に当てていたことがいかに凄いかを思い知った。だが発射炎にも発射音にもじきに慣れた。最初のうちは暴発したり味方を撃ってしまう悪夢を見たし、風呂に入っていても自然と湯船の中で両手がグロックの分解と組み立てを繰り返していたが、慣れるにつれ、テレビなどで銃器を見ると、反射的にセーフティはここでコッキングレバーはここでサイトのタイプはこうだから、と考えるようになった。

そうして教わっているうちに、「対怪異用」の戦闘技術は「対人用」のそれとは大きく違うのだということも分かってきた。小銃の持ち方一つとってもそうだ。通常は戦闘中でも、誤射や暴発の危険防止のため、移動する時は銃口を下に向ける。海外では“antiterror（アンチテラー）”という俗称で呼ばれるこの業界では銃身は胸の前で斜めに立てて、自衛隊で言うところの「控え筒」にして移動する。怪異が突然飛びかかってきて首や心臓を狙われた際の防御を兼ねていて、雄馬さんも新人の頃、この構え方のおかげで命拾いしたことがあるのだという。加えて基本がフルオート連射だ。「銃を持って隠れている遠くの相手と撃ちあう」軍隊と違い、アンチテラーの敵は「突然出現して斬りかかってくる」ものが基本だ。しかも人間よりはるかに速く動き回る。精密射撃などしている暇はなく、相手の予想進路にとにかく弾をばらまく「偏差射撃」が基本で、接近させずに一方的に攻撃することが最も重要となる。

だが本当に驚いたのは同時に始まった「近接」の研修だった。

通常、現代の軍隊では白兵戦などというものはめったにあるものではなく、まして徒手格闘などは「皆無」が常識なのだが、この仕事においてはこれが非常に重要なのだという。

そして「近接」の一日目、地下二階の道場で雄馬さんと豊後さんから僕が手渡された近接武器は「金棒」だった。

「これ……何ですか？」

「それが近接でのメイン武器。特殊合金製スパイクロッド。イタリア製で、通称『麺打ち棒（マッタレッロ）』」

　銀色の金属光沢をきらめかせる、長さ五十センチほどの棒だった。先端部が太くなっているわけではなかったが、グリップ以外にはトゲトゲの突起がついていて、まさに「鬼の金棒」だ。ずっしりと重く、威力があるのは分かるが。

「……これなんですか？　ナイフとかではなく」

「ナイフも使うから、あとで教えるけど」今日の雄馬さんは全身を剣道の防具のようなものでがっちりとガードした恰好をしている。「刃物は習熟に時間がかかるから。豊後さんの打刀なんてその最たるものだよ。初心者が緊張した状況だと、斬れないどころか折れる。それどころか鞘（さや）から抜くだけで自分が怪我をしかねない」

　素人だと巻藁を断つだけで大変だと聞いたことがある。握っているスパイクロッドを見る。確かにこれなら、日本刀のように「肉体を両断する技術」はいらない。ぶん殴ればいい。しかしこれまで技術の結晶である銃をいじっていたのに、いきなり「金棒」だ。文明レベルが後退しすぎではないだろうか。「原始時代ですね」

「怪異は人間とは……というより、動物とは全く違う。動物が相手なら、先に一ヶ所、どこかを斬りつければ優位に立てるし、通常のナイフ術なり剣術なりも、とにかく先に相手に傷をつければ、怯（ひる）んで動きも鈍る、という前提で考えられている」雄馬さんが自分のロッドをぶん、と振る。重量感のある低い唸り音がした。「でも怪異はそうではない。彼らは痛覚も恐怖心も鈍い。少々の傷では気付きもしないし、怯むこともない。両脚を切り落としたら手で這って攻撃してくる。首を飛ばしても首だけで噛みついてくる。もちろん胴体の方も首なしで向かってくる。だから綺麗に両断することより『面で潰す』『汚く壊す』ことが必要になってくるの」

　豊後さんとフランさんが「思い出女」にしていたことを思い出した。「残骸処理」。首を飛ばしたのに、二人とも過剰なほど、怪異の死体がぐちゃぐちゃになるまで念入りに駄目押しをしていた。あれはそういうことだったのだ。

「俺たちがやるのは『制圧』でも『駆除』でもない。感覚的には『抹消』だ」雄馬さんの隣でスパイクロッドを撫でていた豊後さんも言い、にやりと口角を上げる。「な？　ろくな仕事じゃねえだろ」

「これで殴るんですか……」握っている棒のトゲトゲはいかにも痛そうだ。とてもできるとは思えない。「……なんかもっと、お札とかでなんとかなればいいんですけど。そういうのって効かないんですか？」

「字を書いた紙や布袋に入った板がなんで効くんだ？」

　身も蓋もない。雄馬さんも肩をすくめた。「まあ、ちゃんと宗教的修行を積んだ一部の人なら対抗できるけど、それは『心が平穏になるから、そもそも怪異に遭わない』っていう意味だから。……状況が発生してからお守りなんて用意したところで、むしろ遭遇を確実にするだけだよ。ああいうのは普段からの信心が大事。毎日積み重ねて心の平穏を保っておくことで、状況を遠ざけるの」

雄馬さんは言外に「他人事(ひとごと)」だと滲(にじ)ませている。確かに、僕たち「見えてしまう人」にとっては縁のないものかもしれない。

「それにしても……銃で片付かないケースがそんなに多いんですか？」

そう訊くと、雄馬さんは不審げにこちらを見た。「……ひょっとしてまだ社長から説明聞いてないの？　雇用主が説明するって規定になってるんだけど」

「……何を、でしょうか」

「俺たちの仕事、何割かは白兵だぞ」豊後さんがあっさりと言った。「だから死亡率が高いんだよ。いつも銃が使えりゃ、もっとずっと安全なんだが」

いきなり「このレポートの提出日、明日だぞ」と言われたようなものだった。そんなことは聞いていない。

だが僕の反応を見て、雄馬さんは天を仰ぎ、豊後さんは頭を掻(か)いた。「社長」「肝心なとこを」「昔からそうなんだよあの人は」

白兵。つまり実戦でもこの棒で怪異を殴る、という。あの思い出女のようなやつを。「……なんでですか？」

「怪異は『主観的存在』なんだから、当然だろ」豊後さんは溜め息をついている。「小銃持って鉄帽(テッパチ)かぶった一個小隊が『花子さん、遊びましょ』つって、出てくると思うか？」

言われてみればその通りだった。これまで習ってきたことだ。怪異は「不安の現実化」。つまり、こちらが不安に思うような状況でないと出ない。

「人数、装備、それに周囲の環境。……やつらはこちらが『これなら勝てる。さあこい』って態勢で行くと、そもそも出現しねぇんだよ。小銃持ってても出てくるやつは少数派だ」豊後さんは麺打ち棒をぽんぽんと手で叩く。「近接武器なら長物を持っていてもわりと出てくるんだが、銃持った途端に出なくなるやつが多いな。銃の安心感ってのは、やっぱり桁(けた)が違うんだよ」

詳しくはあとで教えるつもりだったけど、と雄馬さんが説明してくれた。アンチテラーの仕事では装備や人数が細かく設定してある。全員出動の「全隊(フル)」。前衛+出現後に駆けつける後衛で構成される「F&B(フロントバック)」。三人班(トリオ)。二人班(バディ)そして単独(ソロ)。個々人の武装もアサルトライフルや手榴弾を持てる「甲種」から普段着で武器使用不可の「丁種」まで細かく設定されている。怪異の性質に応じ、これらのうち一つでも上の等級で状況に入れるかどうかが最も重要な、文字通りの死活問題となる。

「そういえば『思い出女』の時はたしか甲種……」豊後さんが「ついてる」と言っていた。

「ありゃあ、すげえラッキーなレアケースだ。あの時、俺たちは甲二種装備の二人班だったわけだが、あの系統は普通、そんな態勢じゃ出ない。たまたまあの時、お前が襲われている最中に駆けつけたからそのままやれただけだ」ぽん、と肩を叩かれる。「襲われてくれてありがとう。おかげであの時は余裕だった」

ひどい冗談だ。だが二人が来てくれるのが0・5秒遅れていたら、僕は首を飛ばされていただろう。本当にぎりぎりの幸運だったのだ。

「ま、実際にはそれだけじゃないんだがな。そもそも仮に銃を装備していたとしても、状況中じゃ使えない可能性がある」

思い出女の動きを思い出す。だが、当たらないんですか、と訊いたら、豊後さんは首を振った。「そもそも撃てねえんだよ。いきなりジャムることがある」

「……銃ってそんなによく壊れるんですか?」

「手入れさえしてりゃ、本当はそこまで壊れない。特に新しいやつはな」豊後さんは言う。「だが状況中は違う。怪異に遭ってる最中ってのは『なぜか携帯が通じなくなる』だろ? 防犯ブザーですら突然壊れることが多い。それで銃が何事もなく撃てると思うか?」

不安の現実化。確かに銃には、「弾が出なかったらどうしよう」といった不安が付属する。複雑な機構を持ち、中で何が起こっているのかを理解しにくい銃は、防犯ブザーや携帯電話と同様「機械」にカテゴライズされ得るものなのだ。そして怪異と遭遇すると、そういう「機械」はなぜか突然壊れる。無線にはノイズが入るし、車のエンジンはかからなくなる。

「だから銃について学ぶの。どういう構造をしていて、どういう仕組みで弾丸が出て、壊れるとしたらどこで何が起こるか。それを完璧に把握していれば、銃のブラックボックス性が失われ、『機械』から離れていく。突然わけもわからず壊れる危険が減るの。何も分からないまま頼っている人ほど、状況中に『なぜか弾が出なかった』となる確率が上がる」雄馬さんは僕が持っている麺打ち棒を指さす。「それでも完全には頼れないから、これなんだけどね」

手の中の麺打ち棒が重みを増す。本当に、これでやらなければならない時が来るのだ。しかも、おそらくはわりと頻繁に。

「じゃ、とっととやるぞ。まず覚えるのは……」

豊後さんはそう言うと、隣の雄馬さんの顔面を麺打ち棒で思いきり殴った。

「これだ」

## 8

あっ、と思う間もなかった。殴られた雄馬さんは仰向けに倒れ、防具が床に当たる派手な音がした。

「……いや、えっ？　あの」

こちらが混乱している間に雄馬さんがむっくりと起き上がる。「慌てすぎ」

どうやら、防具のおかげで怪我はないらしい。とはいえ。「……いきなり」

「だから、これだよ」豊後さんは麺打ち棒で自分の掌(てのひら)をぱんぱん、と叩く。「人間の顔を躊躇(ちゅうちょ)なく殴る。それも全力でだ。まずはそこから」

「そんな……」

だが何も言えなかった。確かにまず、それができなければ話にならない。

「状況は突然発生する。さあ殴るぞ、なんて深呼吸している暇はない。来た、でもう殴ってなきゃいけない」豊後さんは麺打ち棒を横薙ぎに払い、また雄馬さんの顔面を殴って倒した。「このくらい簡単にやれるようになれ」

ぞっとした。防具をつけていて、安全だということはあらかじめ分かっているのだろう。だが殴られた方は倒れるくらいの勢いなのだから、首をはじめとしたどこかに怪我をしないとも限らない。それなのに、こんなに簡単に同僚の、しかも女性の顔面を武器で殴った。

「まあ、びびるのが当然だ。それがまともな人間の反応だ。どんなに安全だと分かっていても、人間の顔面を思いきり殴るのは、理屈を超えて抵抗があるわな」豊後さんはこちらを見て言った。「だが俺たちは全員こうだ。だからこの仕事に就いてるやつらはその時点で、一人残らずクズなんだ」

「……そんな」

「似たようなことはよそでもやるけどね。犯罪組織とかでは」雄馬さんが再び立ち上がる。首を左右に捻っているから、やはり衝撃があるのだろう。「まあ、最初は手首を痛めない殴り方を覚えなきゃいけないから、サンドバッグでいいけど」

奥に吊られているサンドバッグの前に連れていかれ、ひと通り麺打ち棒の使い方を教わったら、サンドバッグを思いきり殴るように言われた。

最初はサンドバッグですら思いきり殴れなかった。思いきりやったつもりでも、何度も「まだ」「駄目」とやり直させられた。そしてやり直してみると、確かにさっきは力を抜いていた、と分かるのだ。

足を踏ん張り、腰を入れて何度もサンドバッグを殴りながら恐れていた。これを雄馬さんにできるのだろうか。雄馬さんの顔面に。だが防具付きで動いてもいない雄馬さんを殴れないようでは、実戦での近接など絶対にできない。実戦で殴らなければいけない怪異は初対面で、防具などつけておらず、しかも僕の半分の背丈しかない女の子の姿をしていたりするのだ。

僕がサンドバッグを殴っている間も、豊後さんは時折麺打ち棒を取り、「こうだ」と示しながら雄馬さんを殴った。そんなに殴る必要は、と言いかけてやめた。「必要がなければ殴れない」ようでは近接はできない。0・1秒の遅れで首を落とされるかもしれない仕事なのに、攻撃する前にいちいち「必要かどうか」検討している人間など使い物にならないのは、僕でも分かる。必要性も何も考えない。「見たら殴る」。それをしなければならない。豊後さんも、殴られても文句ひとつ言わない雄馬さんも、それを言っているのだ。

紛争地帯の軍隊やテロ組織等では、「度胸試し」だの「入隊の儀式」だのといって、くくりつけられた捕虜を新人に殺させることがある。あれは共に罪人に――こちら側になることで結束を強めるというだけでなく、次からも殺せるようにするための訓練なのだ。「やってしまった側」の人間になることで、ある種の諦め（あきら）がつく。

会社のオフィスで感じていた空気の正体が分かった、と思う。先輩たちは皆、明るいながらもどこか投げやりな空気を纏っていた。どうせ自分たちは、という共通了解があるような感じだった。その正体はこれなのだ。

一時間ほどで、サンドバッグではなく雄馬さんを殴るように言われた。物だと思え、ということだった。

　僕は麺打ち棒を握り、目の前に立つ雄馬さんを見たまま、何分も動けなかった。

　地下訓練場の、汗臭さが染みついた空気が鼻から入り、出ていく。握ったグリップが汗で濡れてくる。それでも滑らないようになっているのがにくらしかった。

「……すいません。やらなきゃいけないのに」

「最初はそのくらいでなきゃ、こっちが引くって」雄馬さんは笑っている。「『必要だから』となった途端に暴力を振るえる人間なんて、ろくなものじゃないよ」

「最初は軽く、とかは」

「経験上おすすめしない。さっき、サンドバッグを叩いて分かったでしょ？　それをやってしまうと自分の『本気』がどこなのか、分からなくなる。そのまま実戦に出れば、実戦でも気がついたら手加減をしていた、なんてことになる。殴る時は常に全力。条件反射でそうなっているようじゃないと」雄馬さんは目を細めた。「死ぬよ」

「分かりました」深呼吸をして麺打ち棒を握りしめる。「いきます」

「駄目」いきなり言われた。「殴るのに準備を必要としちゃ駄目。いきなりやんなきゃ」

　その瞬間、腕が、体が動いていた。自分の意思ではなく、かといって誰かに動かされたのでもなく、ただそちらの方向に向かって働いている力に乗っただけ、といった感覚で、僕は麺打ち棒を振りぬいていた。硬いものを弾き飛ばす感触があり、顔面を殴られた雄馬さんが仰向けに倒れた。

「……こうですか」

「早えな。合格」豊後さんが手を叩いた。「……気分はどうだ？　けっこう爽快だろ？」

「いえ、特に何も」

「正解だ」豊後さんは袖手して頷く。「気持ちよくなるバカ、たまにいるんだよ。そういうやつは弱い」

だが、すぐに起き上がるはずの雄馬さんが、倒れたまま呻き始めた。

ぎょっとする。大丈夫なはずではなかったのか。「あの」

「あー、当たり所が悪かったな。よくあるんだよ」豊後さんは平然としている。「全治一週間てとこだろ。ついでだ。追撃の練習。あと三発殴れ」

「そんな」

「ダメージ受けてる相手は殴れないのか？　それじゃやっぱり死ぬぞ」

僕は雄馬さんの頭側に回り、仰向けに倒れる彼女の顔面に麺打ち棒を振り下ろした。今度はずっと反動があり、棒がすっぽ抜けそうになる。体が吹っ飛ばず、床に支えられている分、力が逃げないのだ。そう理解し、もう二回殴った。

それからすぐに膝をつき、雄馬さんの防具を外そうと試みる。外さなければ応急処置ができない。だが外し方が分からない。

「豊後さん、手伝ってください」

豊後さんは袖手したまま動かず、ひゅう、と口笛を吹いた。

「満点だな。こんな奴初めて見た」

何を悠長に、と思ったが、下から雄馬さんに押しのけられた。雄馬さんは手を上げ、あー大丈夫だから、と僕を止めて立ち上がった。

「うん。合格」

そこで初めて気付いた。演技だ。ここまでが訓練だったのだ。

力が抜けてしまった。僕は床にへたり込んでいた。「……なんて人の悪い」

「ははは。躊躇なく殴ったやつに言われたくねえわな」豊後さんはさも痛快、というように笑った。「殴った上ですぐ手当てしようとしたか。いい判断だ。お前この仕事向いてんじゃねえのか?」

「余計なこと言わないでください」雄馬さんは頭の防具を取り、僕の前に膝をついて顔を覗き込んでくる。「ごめんね。大丈夫? ……でも、おかげで一回で終わった。あとは大丈夫だから」

背中をぽんぽんと叩かれる。この人は最初からそうだった。優しい姉のように、「やってしまった」僕の気持ちを心配してくれている。

そして僕はその人の顔面を躊躇なく殴った。倒れて「怪我をしていた」のに、上から棒を振り下ろしてさらに殴った。

思い出女に襲われた時、豊後さんが言っていた。「お前、あれかもしんねえし」——その時は何のことか分からなかったが、今は分かる。「生まれついての殺人者」。

軍隊では、そう呼ばれる人種がいるのだ。アメリカ軍についての研究で、第二次世界大戦中、戦闘中に実際に発砲していた兵士は20％に満たなかった、というものがある。あの研究自体は信憑性が疑問視されているが、発砲率が実際はかなり低い、ということは事実のようだった。軍隊ではそれを「教育」し、人殺しへの抵抗感をなくす。訓練すると発砲率は90％以上にまで上がったというが、それでも、最後まで撃てないままの人間が10％残ったという。

その一方で、最初から何の躊躇もなしに人を撃てる人間も、2％程度は存在するという。殺人に全く抵抗がない、危険な人間。他人の痛みを想像はできても、それが行動に繋がらない人間。

顔を上げる。豊後さんも、優しい雄馬さんも。そしてたぶん僕も、それなのだ。

「……今後とも、よろしくお願いします」

豊後さんを見てそう言う。自分の顔に諦めたような笑いが張りついているのを自覚していた。

訓練はその日から進行が早くなった。そう思ったが、実際はそうではなく、僕の覚えの方が早くなったのだと豊後さんは言った。

確かに、できる気がした。近接では、お互い防具をつけ、雄馬さんと殴りあった。アンチテラーの訓練組手は相手が倒れても終わらない。倒れた相手に対し即座に上から追撃をし、五秒間以上相手が動かなくなったことをもって終了とする。もちろん、やられたふりをして下から反撃するのもありだ。火器の扱いも慣れた。走りながらの射撃。飛ぶように動く的の射撃。三人一組で、三人目が「ジャム」「右足負傷」など、実戦で起こりうる「不測の事態」を叫び、訓練側は即座にそれに対応する状況模擬戦。ゴーグルをつけて怪異の動きを疑似体験するVR模擬戦。十回やって一回でも失敗するようでは失格だった。訓練ですら十分の一の確率で死んでしまうような従業員を実戦に出せるはずがなかった。

二ヶ月が過ぎ、地下訓練場は冷暖房完備だったが、それでも防具をつけて動くと暑い季節になってきた。その間に僕は一度、帰宅時に後ろに誰かがいるような気配を感じた。振り返ると誰もおらず、そこで初めて「怪異かもしれない」と判断した。運よく携帯が通じ、僕は指示通りに防犯ブザーを鳴らしながら振り返ることで怪異を消し、助かった。訓練の日々でいつの間にか忘れていたが、僕には今後、このペースで危険が振りかかってくるのだった。

地下訓練場は静まり返っていて、自分の荒い呼吸だけが耳に届く。正面には麺打ち棒を持った雄馬さんが倒れている。左にはペイント弾で全身ピンクになったバンチさんが、後ろにもペイントボムで下半身が緑色になったアラマタさんが座り込んでいる。

裁定を待つ時間が長く伸びて感じられた。腕と脚を組んで壁際のパイプ椅子に座っている社長が一言、言った。

「……合格。ネズミ君、研修終了。明日は休んで、明後日(あさって)から通常業務ね」

わっと皆が拍手してくれ、豊後さんに肩を叩かれる。ありがとうございます、と頭を下げる。自然と笑みがこぼれた。やった。ここまで来た。

「うんうん。いい動き」ペイントボムで吹き飛んだアラマタさんがずれた眼鏡を直しつつ褒めてくれる。

「うえーい！　You made it!」蜂の巣にされたバンチさんが自分のことのようにぴょんぴょん跳ねつつ喜んでいる。「火器も躊躇なく全弾発射できてえらいっ」

「じゃあネズミ君」社長の声が飛んできた。「希望は決まってる？」

「調査部を」僕はすぐに答えた。

すると、室内の空気が停止した。バンチさんはうんうん、と頷いていたが、フランさんは無表情で、豊後さんは品定めするようにこちらを観察している。雄馬さんは斜め下を見ていたが、やがて、すっと立ち上がって防具をつけ直し、麺打ち棒を構えた。

「……調査部を希望する理由は？」

正面からそう訊かれ、僕は最初に思いついたことを言った。「……なんとなくですが、自分に合っている気がします」

また空気が止まった。まずいことを言ったのだろうか、と不安になる。アラマタさんは眼鏡を直し、雪花さんも腕組みをしていて、無表情でこちらを見ているのはナギさんだけだった。

「……『合っている』ね」雄馬さんは僕が訓練中に投げ捨てた麺打ち棒を投げてよこした。「じゃ、ちょっともうひと試合してみようか」

雄馬さんの雰囲気から、自分が負かされることが予想できた。だが黙って予想通りになるつもりはなかった。ここで実力を見せておけば、実戦でも半人前扱いはされないだろう。僕はいきなり打ちかかった。上段と見せて横薙ぎ。だが雄馬さんの姿が消える。直感で後ろに振る。とらえた、と思ったが、彼女の麵打ち棒で受けられていた。そのまま押し込まれ、棒を持った腕が折り畳まれる。まずい、と思った時には股間に膝蹴りを入れられ、続けて顔面に一撃もらっていた。倒れると上からさらに二発。

床に仰向けになって力を抜き、降参の意を示す。あっという間。十秒ももたなかった。だが。

僕は上体を起こしながら左手を背中に回し、ペイント弾を装塡してあるグロックを抜いた。近接だけとは決まっていない。五秒しないと一本にならないルールだし、残骸処理まで教え込んだのは雄馬さんだ。左手でも撃てるように訓練させたのも。

だが発射したペイント弾は壁に飛んで力なくインクをつけただけだった。僕は籠手の上から左腕を打たれ、頭部に追撃を受けていた。倒れた後、また二発、追い打ちを受ける。今度は五秒経ってしまった。腕と頭が痺れている。

「はい、死んだ」雄馬さんが僕を見下ろし、手を貸してくれた。

立ち上がると、皆の表情が少し緩んでいるのに気付いた。僕を引っぱって立たせた雄馬さんが言う。

「この時期、多いの。訓練を全部こなして、火器も近接も全部できるようになって、自分は無敵だ、完璧だ、って舞い上がっちゃう子。海外では“freshman's grace”っていう言葉がわざわざあるくらい、誰でも陥る」雄馬さんは防具越しに僕の目を見る。「……忘れないで。死亡した従業員も全員、今のきみと同じことはできていた」

　全身の血が一気に冷えた。そうだ。自分の「完璧」はあくまで「研修における完璧」に過ぎない。実戦に出ればまだレベル1。そもそも、自衛隊の訓練だって基礎の基礎だけで三ヶ月はかかるという。すさまじい詰め込みだったとはいえ、こんなに早く一人前になれるはずがないのだ。

「新人の中での相対評価では、きみは中の上。新人のうち三分の一はきみより強い」雄馬さんはこちらをまっすぐに見ていた。「それを踏まえて進路を決めて。もちろん途中変更してもいい。大事なのは決めつけないこと」


「……おおっ。ちょっとレモンきいてるのがアクセントでいいです」

「よかった。ほんとはライムなんだけどね。私ビール派だからライムってそれにしか使わなくて。それだけのために買うか、っていうと」

「分かります。新しい料理試してみたけどそれ以外にこれ使うか？　っていう調味料ありますよね。そこの棚にピンクペッパーとオールスパイスの瓶ありますけど持って帰ります？　前の家から持ってきたやつなんで三年ものとかですけど」

「なんで引っ越しの時、捨てなかったの」

「なんででしょうね」

「でも私もそうだった。なんていうか、引っ越し荷物、全部持っていきたくなるよね。まだ異常じゃなかった前の生活の欠片、みたいな気がして」

「あ、僕もそれかもです」

雄馬さんが作ってくれたのは帆立の貝柱とベーコンを焼いたおつまみで、彼女は「つまみ限定で料理をする」タイプの人らしい。大学にもそのタイプいたな、と思う。大学。随分と遠くなってしまった気がする。友人達には「急遽(きゅうきょ)就職することになった」と伝えたきりで、まだ会って話す機会もないままだった。会ったところで、今の状況をどう説明すればいいのか分からない。うん。就職して今は研修中。アサルトライフルの撃ち方とか習ってる——ありえない。

かわりに、退勤後に自宅でこうして先輩と飲む機会があった。前にも言われたことだが、アンチテラーの業務についた場合、本当は個人的な交流は控えるべきなのだという。銃刀法違反で長物を振り回している違法業務だから、というのが表向きだが、実際は「親しくなったら死ぬのが辛(つら)いから」だろう。怪異は駆除するまで人を殺し続ける。しかも日々、新たな怪異が生まれているから、誰かがやらないと、死ぬ人がどんどん増えていくことになる。だから状況中にあっては仲間や要救（怪異に攻撃されている一般人）の保護より攻撃を優先するのが原則だ。そういう仕事だから、お互い親しくなるのは確かに都合が悪かったが、唐木田(うちだ)の先輩たちは堂々と指示を無視して仲良くしているようで、先月にも一度、豊後さんとフランさんとバンチさんが飲みに来た。同じマンションに住んでいるのだから、帰りが遅くなったとしてもさして危険はないのだ。

雄馬さんが来たのは三回目で、間取りが同じせいもあるのか、慣れた様子で台所を使って手製のおつまみを作ってくれた。僕は食事専門でこうした料理はやらないのだが、この業界の人間は総じて健康に悪い食事をしている中、きみは偉い、と褒められた。訓練中は厳しい先輩達は、仕事が終わると優しかった。

リビングのローテーブルを挟んで食べながら、話はぽつぽつと続いた。雄馬さんは口数が多い方ではなかったが、少ない言葉で多くのことを喋る。機銃掃射のごとく喋るピラニアタイプも、水を向けられるまで喋らないカタツムリタイプも苦手としている僕にはちょうどよかった。

だがこの日のやりとりはどこか空虚だった。お酒の話、料理の話、同僚のこと。いろいろ話していても、二人とも視線は別のところに向けている、という感じだった。

その理由は分かっていたので、僕は早めに言った。

「……仕事の話、ですよね？」

雄馬さんは、ん、と頷いた。特に気まずそうな様子はなく、普通にこちらを見る。

「……部署、決めた？」

あまり即答しては考えなしだと思われるかもしれない。だが一応再考してみても、結局考えは変わらなかった。これでも一人の時、じっくり検討してみたのだ。

「調査部にしようと思ってます」

「……理由を訊いていい？」

「それは……」

研修中、社長から「特定事故」——つまり怪異との遭遇件数と死者数の統計を見せられた。遭遇しても死者が出ない事例だと事故調が確認できないことが多いので、実際の遭遇件数は統

| 月 | 遭遇件数 | うち新種 | 死者数 |
|---|---|---|---|
| 1 | 29 | 3 | 15 |
| 2 | 26 | 2 | 12 |
| 3 | 44 | 2 | 17 |
| 4 | 30 | 0 | 13 |
| 5 | 41 | 5 | 22 |
| 6 | 79 | 8 | 39 |
| 7 | 94 | 11 | 50 |
| 8 | 122 | 13 | 58 |
| 9 | 70 | 5 | 35 |
| 10 | 43 | 7 | 24 |
| 11 | 33 | 2 | 14 |
| 12 | 16 | 1 | 9 |
| 計 | 627 | 59 | 308 |

××年　特定事故件数(月別)　警察庁

計の倍程度にはなるそうだが。

　この数字を見せられてしまうと、何もしないではいられなかった……という理由も、ないわけではないのだが。

　正直なところ、それは動機の一部に過ぎなかった。主な理由は他にある。はずなのだが。

　僕自身も困っているのだ。それが具体的に言葉にできない。だがそれをそのまま言うわけにはいかない。その一方で、無理矢理言葉で表現しようとすると「なんとなく」とか「合っている気がする」といった、ひどく曖昧で、適当に決めたかのような印象になってしまう。

「……すいません。うまく説明できる言葉がないんです」正直に言うしかなかった。「でも、軽い気持ちでは絶対ないんです。なんていうか、調査部以外に行く道は、先がぜんぜん見えないっていうか」

「調査部の道が見渡せるのは、すぐそこで終わってるからだよ」雄馬さんは溜め息をついた。「十年生存率が25%。つまり能力的に『上の中』まで行っていない人は全員死ぬ計算。悪いけどきみは『中の上』。今年中に死ぬことも考えておかなきゃいけないけど?」

　雄馬さんは腕と脚を組む。本人には威圧するつもりはないのだろうが、威圧的な面接をされている気分になる。しかしそれでも、調査部だ、という気持ちは揺らがなかった。「希望」ではなく「決定事項」という感覚がある。なぜだろうか。

「『三階に回れば十年以上生きられる可能性が充分ある。そちらでも生活は保証される。わざわざ調査部に来れば、すぐに死ぬかもしれない』」僕は訓練中、雄馬さんに言われたことを繰り返した。

「そう」雄馬さんが頷く。

「……じゃあ、どうして先輩たちは皆、調査部を希望したんですか?」

あなたもです、という問いを込めて雄馬さんを見る。名誉も賞賛もない。いつ障害の残る怪我をするか分からない。給料は高い方だが命を張るには到底見合わない。先輩たちはどうして、そんな仕事を続けているのか。

雄馬さんはしばらく動きを止めて熟考していたが、僕のグラスに入った氷がかたん、と動くと、それを合図にしたように組んでいた腕をほどいた。

「……豊後さんが言っていたでしょう。あれはだいたい本当。調査部(うち)は全員、まともじゃないの。プライバシーに関わることだし、仕事上は知る必要もないことだから、いま言える範囲でしか言わないけど」

「はい」絶対に他言しません、と視線に込めて頷く。

「アラマタさんは怪異マニア。自分の最期は怪異に殺される以外にありえない、って公言してる。あの人の悩みは『カシマレイコに脚を抜かれるのと口裂け女の鉈(なた)で頸動脈(けいどうみゃく)を切られるののどちらがいいか』とか、そういうレベル。バンチさんは筋金入りのトリガーハッピー。銃を撃つ快感にとりつかれていて、調査部には『人っぽいものも撃ちたいけど、人殺しは嫌だから』っていう理由で留まってる」雄馬さんは例の、諦めたような顔になった。「世界は広いから、そういう人間もいるの」

言葉にする必要はあまりなさそうで、僕は話を促すつもりで雄馬さんを見る。

……では、あなたは？

「私は……」

雄馬さんの視線が揺れる。あるいは、話さないで済ませる方法を探そうとしたのかもしれない。だが元々、そういう人ではないのだった。溜め息を一つついて、口を開く。

「……私はたぶん、弟のことが理由」雄馬さんは言った。「『雄馬』は弟の名前」

※

## EMPLOYEE LIST ① 雄馬（中沢　紗英）

七歳の時、お母さんから「あなたはお姉ちゃんになるのよ」と言われた。

プレゼントをくれる時と同じ、秘密めかした囁き方だった。

幼稚園でも小学校でも、弟や妹のいる友達はいた。赤ちゃんだったり、ようやくよちよち歩けるくらいの小さい子だったり。どれもかわいかった。わたしも「ねーね」と甘えられながら、弟や妹の面倒を見てみたかった。

だからそれは、まさにプレゼントだった。プレゼントは男の子だった。わたしの元に来る日が近付くにつれて、お母さんのお腹の中で少しずつ大きくなっていく。それが楽しみだった。どのくらい大きくなったら出てくるんだろう。それを訊いたら、お母さんは「予定日」を教えてくれた。わたしはカレンダーを何枚もめくり、その日に丸をつけた。その年は、クリスマスと誕生日の他にもう一日、楽しみな日が加わった。

弟は元気に生まれた。赤ちゃんは不思議議で、ふにゃふにゃで、でも、指に触れさせるときゅっと握ってきてかわいかった。得体が知れない生き物ではあった。夜中に泣きだすし、何でも口に入れるし、かじるし、何もないのに三十九度五分の熱を出した。でも、わたしがあやすと不思議と泣き止んだ。なぜかお母さんよりわたしの方が泣き止んだ。お母さんに抱っこされていても、わたしを見ると「こっちがいい」というふうに手を伸ばしてきたし、寝ていたのが目を覚まして、わたしの顔を見ると、ふわ、と笑顔になった。それがすごくかわいかった。わたしは弟のおむつを替え、ミルクを冷まし、服を着せ替えてベビーパウダーをはたいてあげた。家の中でわたしのできる仕事が急に増えて、それが嬉しかった。それまでの「お手伝い」と違って、お母さんが本気でわたしを頼りにしてくれているのが分かった。急に大人になった気分だった。わたしは大人の仕事をしている。お母さんがいつも家にいるから、厳密には必要ないはずだったのだが、わたしはよく友達に「弟の世話があるから」と言って自分だけ帰り、弟と遊んだ。友達もうちに来た時は弟をかわいいかわいいと言っていたけど、はしゃいでいるのは一時間くらいで、みんなじきに飽きて、自分たちの遊びを始めてしまう。やっぱり保護者のわたしとは違うよね、と、わたしは密(ひそ)かに得意だった。

弟は歩けるようになり、喋れるようになると、ますますはっきりとわたしになついた。「ママ」の次に覚えた言葉は「ねーね」で、お父さんは悔しがった。わたしが視界から消えると捜し回るようになり、トイレにまでついてきた。「もう！」と困ったようなふりをしながら、わたしは自分が必要とされている喜びを噛みしめていた。学校ではその時期入っていたグループがあまり居心地がよくなかったこともあって、わたしはしばしば放課後、遊びにいかずに家にすぐ帰った。お母さんは「そんなに頑張らなくても」「遊んでらっしゃい」と言っていたが、実のところ学校でショボかった日も、家に帰って弟にかまっていれば、ある程度までマイナスが減って「いつも通り」になる感覚があった。だから行ける日は、パートに出ているお母さんに代わって幼稚園のお迎えにも行った。まわりにいる大人たち、ママたちに交じってわたしが登場すると、幼稚園の先生たちは笑顔になった。しかも弟はわたしが行くと喜び、「きょうはねーね?」「やった」と笑顔になる。弟の幼稚園では、わたしはちょっとした有名人だった。

弟は五歳からわたしを「ねーね」ではなく「おねえちゃん」と呼ぶようになったが、それでも寝る時はおねえちゃん、お風呂もおねえちゃん、トイレの時もおねえちゃんにいてもらいたがった。小学校に入ってもそれは変わらなかった。母は呆れ顔で「甘えんぼなんだから」「おねえちゃん、おねえちゃんって」と窘めたが、そういうことを言われるたび、弟はえへへ、と照れた顔になってごまかしつつわたしにくっついてくるのだった。弟にとって世界で一番大切な人間は、まぎれもなくわたしだった。小学校に入るくらいになると、弟もルールのある遊びができるようになった。必ずしも「遊んであげる」のではなく「一緒に遊ぶ」になって、わたしも楽しかった。もちろん喧嘩(けんか)になる時もあったけど、弟はわたしと喧嘩をしている状態に一時間たりとも耐えられないようで、すぐに仲直りした。わたしは中学で部活をやらなかったこともあって、まっすぐ家に帰って弟と一緒に遊んでいる日が多かった。

もし、そうでなかったなら、と思うこともある。わたしが部活やら何やらで忙しくなって、弟も自分の友達と遊ぶのが楽しくなって、わたしたちの距離が少しずつ開いていっていたなら。あんなことは起こらなかったのかもしれない。

---

**隙間男。ある夜、繁華街を歩いていた男性がふと視線を感じて立ち止まった。だが周囲を見回しても、男性を見ている人間はいない。それなのにどうしても視線を感じる。誰かに見られているのがはっきりと分かった。だが誰もいない。路上駐車している車の中にも、向かいのビルの屋上にもいない。だが男性が後ろを振り返ると、ビルとビルの間の二十センチくらいの隙間の中に男がいて、こちらをじっと見ていた。驚いて逃げようとしたが捕まってしまい、男性は隙間の中に引きずり込まれた。**

**男性はそれ以来行方不明になった。そして一週間ほど後、繁華街の、男性が消えたあたりで変な臭いがする、という騒ぎが起こった。近所の人が原因を調べてみると、ビルとビルの間にバラバラになった人間の胴体と手足が落ちていた。それが腐って臭いを発していたのだ。死体は行方不明の**

**——男性のものだったが、なぜか頭だけはいくら捜しても出てこなかった。**

隙間男。その時にはまだ、この都市伝説の存在自体知らなかった。なのに突然襲われた。十一月九日、日曜日の午後一時四十分過ぎ。わたしは中学二年生で弟は小学二年生。まだ八歳だった。買い物に行った。ゲームソフトとトレーディングカードがたくさん置いてあるいつもの店で、弟は悩みに悩んで、本当にささやかな買い物をした。待ちきれなくて買ったカードのパックをすぐに開け、欲しかったレアカードのうちの一枚が入っていることに飛び上がって喜び、そしてそれが弟にとって人生最後の幸せになった。

あの時、立ち止まっていなければ。

親から電話が来て、それに出るためにビルの壁際に寄って立ち止まった。話しながら誰かの視線を感じた。弟の方が勘はよかったのだろう。急にわたしのシャツの裾を引っぱってきて、「おねえちゃん」と呼んだ。切迫した声だった。弟はビルの隙間を見ていた。昼間なのにこんなに暗いはずがない、という真っ暗闇の、二十センチほどの隙間。

その隙間の中に男がいて、こちらをじっと見ていた。

目が合った。わたしはとっさに身を引いた。隙間から男の手が伸びてきて、一瞬で弟のトレーナーを摑んだ。弟の手から持っていたカードがばらばらに飛んだ。

「おねえちゃん」

隙間に引きずり込まれながら、弟は悲鳴をあげ、わたしを呼んだ。「おねえちゃん」

「雄馬」

「たすけて」

弟が手を伸ばしてくる。隙間に駆け寄ったわたしも手を伸ばした。まだ届く。弟の指がわたしの手の甲に触れた。

その瞬間、男と目が合った。

こちらを認識した、ということが分かった。恐怖に体全体を貫かれ、わたしは触れていた弟の手を摑まないまま体を引いていた。弟が暗闇に引きずり込まれていく。弟はこちらを見ていた。おねえちゃん、おねえちゃん、と叫び、叫びながら遠ざかっていき、暗闇の中に消えた。

その一瞬後に、ごきり、という重い音が聞こえた。

わたしは背を向けて逃げた。どんなに急いで逃げても、真っ黒で恐ろしいものが後ろから追いかけてきて、時折髪や背中に届いて撫でた。歩道で派手に転び、握っていた携帯を飛ばすと、まわりの人が助けにきてくれた。そのあとのことはよく覚えていない。どう説明したんだろうか？

だが、弟は翌日、死体で発見された。通夜でも棺(ひつぎ)は閉じられたままで、本当にそこに弟が入っているのかも分からないのに、顔を見ることは最後まで許されなかった。そのまま葬儀が済み、弟のいない我が家が残った。

今でも思い出して悩む。最後のあの一瞬。弟の手が、確かにわたしの手の甲に触れていた一瞬を思い出す。どうして摑めなかったのか。というより。

考えたくなかった。だが考えてしまう。あの瞬間、わたしは本気で摑もうとすれば摑めていたのではないか。

もちろん、摑んでいればわたしも一緒に引きずり込まれ、今ここにはいなかっただろう。だが、本当は摑めていたのではなかったか。いや、それどころか。

あの一瞬の感触ははっきり覚えていた。だからそれを何度も再生して検証した。

あの瞬間、わたしは振り払ったのではないか。弟の手を。

だがいくら考えても思い出せなかった。思い出したくないのかもしれなかった。弟の手。どこにどう触れたのか、どのくらいの確かさで触れたのか、はっきり覚えている。だがそれに対し、自分の手をどう動かしたのかが思い出せない。

何年経ってもその疑問は消えず、ふとした瞬間に思い出しては悩んだ。それがあった日は必ず、夜に悪夢を見た。弟がビルの隙間に引きずり込まれていく。それは妙にゆっくりで、充分助け出せそうなのに、わたしの体は動かない。弟はその間にゆっくり引きずり込まれていく。わたしをじっと見たまま。そして突然耳元で囁かれる。

「おねえちゃん」

驚いて目を覚ますと、じっとりと汗をかいているのがいつものことだった。

あの怪異の正体は、後になって、家を訪ねてきたスーツの人たちから聞いた。当時は警察の人だと思っていたが、あれは事故調だったのだろう。弟は変質者に殺害されたという扱いになっていたが、犯人は死亡した、と話していた。プロになった今なら分かるが、「隙間男」は致死性で、通りがかっただけの人間も襲う「無条件型」ではあったが、攻撃方法は直接かつ素手のみで、出現さえさせればさして危険なく駆除できるタイプである。弟の仇(かたき)も、事故調が問題なく片付けたのだろう。

当時のわたしは「偽の月」が見えなかった。だからその後は数年にわたってそのまま生活した。だがその五年後、ある日から突然、偽の月が見えるようになった。自分に起こったこの不可解な現象について調べようと検索していたら、事故調の人たちが訪ねてきた。彼らは「偽の月」「自分にしか見えない月」といったワードでの検索を常にチェックしていて、執拗にそれらのワードについて調べている人間を特定し、個別訪問して採用しているのだった。

わたしは仲間に加わった。そして「変質者」だということにして封印していた、あれの正体を知り、戦うことに決めた。

仇討ちではない。その対象はもういない。だが戦うしかなかった。あの一瞬、わたしは弟の手を取れなかったから。あんなに可愛がっていた弟なのに、助けられなかったから。もしかして「助けなかった」のかもしれないから。

そのかわりに戦って、怪異を一匹でも減らし、人の命を救う。そのことで自分がどんなに危険になっても。

いや、むしろ危険になることでどこか、救われているように感じることもあった。自分の命を危険に晒(さら)して、他人の命を救う。それをしている間だけわたしは、あの時の手の感触から逃れられた。

※

「……今でも、弟に責められている気がする。どうして手を摑んでくれなかったんだ、って」

雄馬さんは溜め息をついたが、口調は普段通りだった。何度も考えて悩み、もう気持ちの方もすり減りきっているのかもしれなかった。「もちろん分かってる。雄馬はそんな子じゃなかった。むしろ私だけでも助かったことを喜んでくれると思う。だから逆に、今こんな仕事をしていたら叱られるかもしれないけど」

そうに決まっている、と思う。だが今更それを強く言ったところで、特に何の意味もないだろう。それでも何か言いたかった。言葉を絞り出す。

「……摑まなかったんじゃなくて、摑めなかったんです」僕は自分の掌を見せた。「客観的に見れば明らかにそうです。人間の手を摑んで体を引っぱるには、手首のところをしっかり摑まなきゃいけない。人間の手は手首のところですぼまって、手根部でまた膨らみます。そこに指をしっかりと引っかけなければ、どんなに頑張っても手が抜けてしまう。『手の甲に指が触れた』程度じゃ、絶対に無理です。あと十五センチは近くないと」

雄馬さんはビールのグラスを持ったまま沈黙していた。僕としても、今更これを言ってどうにかなるものではない、というのは分かっていた。だが黙ってはいられなかった。怪異による被害は、一般人には防ぎようがない。そのことはこの人も分かっているはずなのに。

「……そういうふうに言ってもらったのは、初めてかな」雄馬さんは微笑んだ。「ありがとう。……まあ、こういう事情でこの業界にいる人も、けっこういるの。元被害者」

なるほど確かに、僕にはそういった事情は一切ない。だが話を聞いて、ますます調査部に行く決意が固まった気がした。どう見ても、雄馬さんより僕が行くべきだという気がする。理由はうまく説明できないのだが。

決意が変わらない、ということを示すために黙って頷くと、雄馬さんもそれを察してくれたようで、それ以上この話題は続かなかった。ひと通り飲んで、雄馬さんに習いつつもう二品ほど手作りつまみを作って食べ、雄馬さんは帰っていった。泊まってってくれないかなあ、と考えてもみたが、それは考えてみただけで、どうもそういう雰囲気ではなかった。

ただ、雄馬さんが持ってきてすぐに冷蔵庫に入れたクラフトビールの瓶が二本ほど、ドアポケットに残っていた。僕はビールは飲まない。あれがまだあるんで、と言えば次も誘いやすくなるわけだ。今はそれでいいことにした。

# 9

他業種の人には同じに見えるだろうが、アンチテラーの戦闘装備は軍隊とは違う。実際に使ってみると分かるのだが、道具にはそれぞれに、はっきりとした具体的な「意図」がある。この道具はこういう人が状況でこうするためのもの、という設計者の意図が、使っているとくっきりと実感できるのだ。アンチテラーの装備品が語るそれは、軍隊の装備品とは明らかに違っていた。

たとえばこの、分厚くて重く、持ち上げるとがちゃり、と金属音がする革手袋だ。チタン合金製20式可変攻撃用手套（ストラッシュ・グラブ）。拳部分（こぶし）にいわゆるメリケンサックが内蔵されているだけでなく、指の動きで留め金を外すと、拳の小指側から刃渡り十センチほどのナイフが飛び出る。あくまで超至近距離限定だが、打撃と斬撃と刺突の三つを使い分けられる危ない代物だ。使用中は手に密着して使用感がないので「武器を持ってきている」という安心感を忘れられる。つまり装備している状態でも怪異を出現させやすくなっているわけで、唐木田（うち）では丙三種装備までのすべてでこれを着用する。

それからズボンの下、両脚に装着する「脛当て（スパイクパッド）」。通常の脛当てよりはるかに硬く軽い素材でできている一方、強い力で握ると十数本の棘（スパイク）が勢いよく飛び出すというこれまた物騒な代物だった。これは現場の要望から発明された装備だという。日本ではカシマレイコ、サッちゃん、足取り美奈子（みなこ）さん等、犠牲者の脚を摑んで抜く、という攻撃方法を持つ怪異が多い。それに対抗するため、摑んで抜こうとした瞬間に敵の手を貫こうというわけで、実際に「効果があった」という報告も複数あるらしい。

そして今、着ているこれだ。「……これ、まだ慣れないんですけど。すごいごわごわしますよね」

「私も好きではありませんね。特に今の季節は」

隣で同じように着替えをしているフランさんも頷く。涼しげな美形なのに僕とは明らかに筋肉量が違い、すごく負けている気分になった。

「……しかし、生存率が第一ですよ」

「はい」

今えっちらおっちらと着込んでいる、首まである黒いアンダーウェアも独特だった。丈夫な特殊繊維でできている上に心臓、頸動脈を始めとする人体の急所部分に硬質の防刃繊維パッドが仕込んである。怪異は人間離れした怪力を持つことが多いため、攻撃をまともに受ければひとたまりもないが、それでもかなりの防刃性能があり、ちょっとした引っ掻き攻撃や跳弾などは弾いてくれる現代版鎖帷子（くさりかたびら）だった。いかにも特殊部隊というか、洋画のSFアクションヒーローが着ていそうな雰囲気なのだが、アメリカ製で商品名が「SHINOBI」なのでそのてのオタクが開発したのは間違いがないだろう。フィット感があり伸縮性も抜群。だが困ったことに着心地が最悪で吸湿性が全くない上、パッドをいちいちすべて取り外さないと洗濯ができない。軍隊であればまず採用されないが、任務が短時間でなおかつ現場は環境の整った都市部や屋内が多く、しかも人数が少ないため大量支給・大量運用にともなうリスクが存在しないこの仕事でなら使える、という代物だった。そしてそういうものは値段が高い。どうしようもない市場原理である。

今日の服装はこのSHINOBIの上に普段着を着て、その上になんと配達された黒の司祭平服（キャソック）を羽織るというものだった。季節柄死ぬほど暑い。僕たちアンチテラーは公私の各団体が事故調査協会に通報を入れ、事故調査協会からの依頼で現地に派遣される、という形式になるのだが、一般的には怪異発生（の疑い）時にまず相談を受けるのが寺や教会だったりすることもあり、その場合はそちらの関係者を装うため適宜、法衣やキャソックを着て現地調査に出るのである。隣のフランさんはもう着替えを終えている（先輩たちは総じて着替えと昼食とトイレが早かった）が、その容貌（ようぼう）と相まって、この人の神父姿に僕は「うん、漫画だな」と思った。

とにかく新人が先輩を待たせてはならない。急いで着慣れていないキャソックのボタンを留め、まずいものを持っていることがばれないかどうか全身を鏡でチェックする。今日の装備は火器を持たずに近接武器を揃える丙一種。現場がミッション系の学校であるため、依頼者から「銃だけは持ち込まないでほしい」と要望があったのだ。各人「私物」の長物を専用の携帯バッグに入れて肩にかけ、SHINOBIと手套（ストラッシュグラブ）に加えてバックアップ用のナイフまでこっそり腰に装備しているのだから、相手方の要望に沿っているのかどうかは怪しいところだったが、こちらは命の問題である。とはいえ今日は戦闘の予定はなく調査のみなので、火器不携帯でも問題なかった。

集合場所は地下駐車場のハイエース一号車（雪花さんが「クサントス号」という大層な名前をつけている）である。お互いの装備を確認し、乗り込む。運転は当然僕である。レンタカーの軽自動車しか運転したことがない身には緊張ものだったが、急ぐ必要はなかった。助手席にフランさんが、後部座席にシスター姿の雄馬さんが座る。エンジンスイッチを押すと、トラックのような重い振動が始まった。初出動だ。だが一人で感慨にふけっている暇はないのでさっさとアクセルを踏み込む。

依頼を受けたアンチテラーの仕事は三段階になる。まずは現地の「調査」で、戦場になる場所の広さや地形を確認し、同時に通報者とその周辺に訊き込みをする。敵はどういう姿をしていて、どうすると出現して、どういう攻撃方法を持つか。ターゲットとなる怪異の性質を見極めなくては戦闘に移れないわけだが、受注時の情報だけだと「いざ戦闘になったら聞いていたのより強かった」ということがよくあるらしいのだ。現地で実際に噂を聞いた方がディテールが分かるし、噂というものは短時間で変形してしまうから、少しでもイレギュラーを減らすために必要な手順だった。

それが済むと、今度は日時を変えて「試行」に移る。基本的には人のいない夜間、実際に都市伝説通りの手順を踏み、怪異の出現を待つ。最初は大人数かつ甲種装備から始めるので、その安心感からまず状況は始まらない。そこから「試行」を繰り返し、徐々に装備のグレードと人数を落としていく。怪異が出現するぎりぎりの不安レベルを見極め、少しでも重装備で戦闘に臨めるように、「試行」は細かく繰り返される。そして実際に状況が始まったら「戦闘」だ。ただしこれも形勢不利とみたらすぐに退却するし、危険度が高過ぎる、と判断した場合、該当地点を立ち入り禁止にするなどの行政措置を申請し、手を引く。従業員の犠牲を最低限にするために各社が本気で工夫し、積み重ねて生み出した手法だった。

「……ちなみに、今回のって危険度的にどうなんですか?」

「状況前にそれを聞いても、あまり意味はありませんよ」助手席のフランさんはスティック型のチョコレートをぽきりと噛みつつ答えた。「我々の仕事において『だろう』は禁物です。現地で話を聞いてみたら致死性に変化している『かもしれない』。遭遇してみたら動きが想定より速い『かもしれない』。呪殺を使ってくる『かもしれない』。……『だろう戦闘』ではなく『かもしれない戦闘』を心がけなければ」

「すいません」運転教則だ。話を変えることにした。「それポッキーですか？　そんなフレーバーありましたっけ」

「明治の『フラン』です。『ポッキー』と比較すると小袋一つあたり三本と容量は少なく、一見すると『短い』という印象がありますが、その分コーティングされているチョコレート、及び芯のビスケットに高級感があります。特にこの『ダブルショコラ』は抑えた甘味と絡む香ばしさが、……んっ！」フランさんはお菓子を齧りつつ虚空に視線を揺蕩わせ、ぶるっ、と短く震えた。「……たまりません。私の最も好きな商品の一つです」

「まさか『フラン』って」

「我々は、死ぬ時は本名ではなく、この仕事名です。……んっ、……ふう……」フランさんはフランを齧るとまた震え、甘い吐息を漏らした。「……それならば、自分にとって最も納得のいく、愛するものの名前にするべきです」

「……はあ」

他人に「ネズミ」とつけておいてよく言うが、フランさんは「フラン」をぽきぽき齧りながら時折「んっ」と震えている。この人はそういえばお菓子マニアで、デスクでも常に何か食べているが、味わい方がいちいち独特なのだった。後ろを見ると、雄馬さんは「変態は放っておけ」という顔で目をそらした。

のんびりしたものだが、あるいは今日は「調査」だからこの雰囲気なのだろうか、とも思う。場所は都内のミッション系中高一貫校で、標的は「はなこさん」である。日本の怪異の中では最もオーソドックスな「トイレの花子さん」だが、それだけにバリエーションも多く、ただ該当する個室に入っただけで殺される、という危険なものも存在する。

---

**はなこさん。高等部西棟のトイレの、手前から三番目の個室の前で「はなこさん、あそびましょ」と三回呼ぶと、三回目に「なにしてあそぶ?」「手であそぶ? 足であそぶ? 頭であそぶ?」と声がする。「手であそぶ」と答えると両腕が引き抜かれる。「足であそぶ」と答えると両脚が引き抜かれる。「頭であそぶ」と答えると目をくり貫かれ、首を引き抜かれる。何も答えないと全身を三つに引きちぎられる。**

受託にあたって聞いているのはこれだけだったが、この中にも情報はある。この「はなこさん」は典型的な「トイレの花子さん」だが、質問の答え方によって殺され方が変わるという「赤マント」の要素も足されている。場所が狭い特定地点に限定されている「完全固定式」で、特定の呼びかけをしなければ出現しない「召喚型」。通り魔的に被害者が増えるような緊急タイプではなく、攻撃方法も「引き抜く」「引きちぎる」と言われている以上、素手の直接攻撃だ。火器が使えれば危険度は低そうだったが、花子さん系統は出現条件がそう緩くはなく、普段と違う重装備では出てこない可能性が大きいという。つまり、今後の「試行」次第では、白兵戦も視野に入れなければならない。

僕はハンドルを握り直す。標的の危険度ばかりが気になるということは、やはり自分は、相応に怖がっているのだろう。

※

川瀬唯香（かわせゆいか）は地味で、友達が少ないタイプの子だった。オタクの中でも最も皆に敬遠されがちな「自分に変な設定をつけている人」だったから、まあ自業自得と言える。よくある「見えるタイプ」の人で、どこそこに赤ちゃんの霊がいて子守唄を歌ったら消えただの、学校のあそこにはたちの悪い地縛霊がいるから近付かない方がいいだの、リアクションに困ることを時々言うから、面倒臭がられて当然だった。ただ、私から見るに、それ以外は優しい子だった。早く帰りたい用事があってそわそわしている人の掃除当番を代わってあげたり、忘れ物をして困っている人に一番先に「私の、使う?」と訊いてあげるのは彼女だった。毎回頼まれて応じているだけなら「便利な人」だが、自分から声をかけているのだから「優しい人」だろう。そのあたりを考えれば時折変な発言をするくらいどうということはなく、私はたぶんクラスで一番よく彼女に話しかけ、一緒にいたと思う。

だから川瀬さんが行方不明になった時、密かに一番動揺し、悲しんでいたのは私だと思う。他の人たちにとっては「不安」の方が大きかったかもしれない。先週の金曜日、朝のHR（ホームルーム）で担任が突然言ったのだ。川瀬唯香が学校内から失踪（しっそう）した。そして学内には不審者が侵入したらしいという。どういう形で「失踪」したのか、先生たちがどうしてそれを知ったのか、「学校内から失踪」とはどういうことで、先生たちは何をどの程度知っているのか。そういうことは何も話してくれなかったが、とにかく学内で一人になったり、遅くまで残るのは避け、トイレなども一人で行かないように、と注意がされた。教室内はけっこうざわついた。警察の他、教会から調査のための人も来るので、質問されたら正確に答えるように、とも言われた。まるで川瀬さんをさらった「不審者」が、いま現在も校内をうろうろしているかのような物言いだった。

……いま現在も、校内を。

川瀬さんは帰ってこない。私は何もできない。もう死んでいるのかもしれなかったが、まだそうと決まったわけではないから、泣くこともできない。

ただ一つだけ、心当たりがあった。

川瀬さんと会った最後の日にしていた会話だ。

---

**西棟のトイレの、手前から三番目の個室の前で「はなこさん、みんなであそびましょ」と三回呼ぶと、三回目に「なにしてあそぶ?」という声と、「手であそぶ? 足であそぶ? 頭であそぶ?」という声がする。「手であそぶ」と答えると両腕が引き抜かれる。「足であそぶ」と答えると両脚が**

**――引き抜かれる。「頭であそぶ」と答えると目をくり貫かれ、首を引き抜かれる。何も答えないと全身を三つに引きちぎられる。**

少し前から校内で流行っていた噂だった。平凡で既視感のある「トイレの花子さん」であり、なぜこれが高校生の間で流行ったのか理解できなかったが、そもそも流行とはそういうものだった。川瀬さんはこの噂に夢中になり、「私、試してみるね」と言っていた。それが先週の木曜日。私はその日、用事があるからと、彼女には付き合わずに帰った。そのまま彼女は失踪した。

放課後。私は今、西棟のトイレに向かっている。そしてとても馬鹿馬鹿しいことをしようとしている。でも、私が川瀬さんについて知っている手がかりはそれしかなかった。だからそうするのだ。これでも学校内で、一番彼女のことを真剣に考えているのは私だと思っている。だから私はトイレに行く。川瀬さんの死の真相を知りたかった。

# 10

現場は「高等部西棟のトイレ」ということしか分かっておらず、一階から四階の全部を見て回る必要があった。女子校であるから当然女子トイレなのだが、許可はもらっているし雄馬さんも一緒だ。フランさんは別行動で、生徒たちへの聞き込みだという。

「フランさん、一人だと大変そうですが」カメラを回す間は口が暇である。「僕もあっち行かなくていいんですか?」

「んー、まあ」個室を一つ一つ開けて中を確認している雄馬さんが顔を出す。「生徒から話を訊き出さなきゃいけないからね。あの人が適任」

ああなるほど、と思う。なんせあの顔だ。依頼者である校長の説明を聞きながら校内を移動している間も、けっこう生徒が振り返っていた。きっと今は女の子たちにキャーキャー言われつつ囲まれているだろう。なるほど、はかどる。関心を引きたいあまりに嘘を言う子が続出したら困るが。

雄馬さんは僕を見て笑う。「きみもなかなか似合ってるよ? 歳も近いし、頼んでもよかったけど……まあ、最初は単純な作業から覚えてほしかったから」

「はい。……こんな感じでいいですか?」

撮影した映像を雄馬さんに見せてOKをもらう。現場の広さ。障害物やガス管など危険物の配置。脱出経路。戦闘に先立って集めておくべき情報はそれなりにあった。今回のように出現位置がはっきりしている場合、どこに立って出現させ誰がどう攻撃し、どの攻撃で仕留めるか、まである程度シミュレーションする。もちろん現実は想定の通りにはいかないのだが、一つシミュレーションがあってそれを修正するのとその場でゼロから判断をするのでは、判断速度がまるで違うという。銃を持っているとイメージし、雄馬さんと二人でそのリハーサルもした。

……つまり、この件は「試行」から「戦闘」まで、僕たち三人がメインでやるのだ。豊後さんたちは別の案件に駆り出されているし、たぶんそうなる。僕の討伐一匹目は最も有名なトイレの花子さん。悪くない、と考えつつ手が震えた。武者震いだと思いたいが、こんな調査初日で武者震いしていてはあとが心配な気もする。

一階は職員トイレであるし、四階は最上階ということもあってなんとなく雰囲気が明るく、不安感が弱かった。となるとやはり出現は二階か三階となる。

三階に移って同様の作業を始めた時、下から何かがぶつかる音が聞こえてきた。

音自体は小さかったが、分厚いコンクリートに遮られているために「大きな音が小さく聞こえたのだ」ということがなんとなく分かった。

だがその瞬間に雄馬さんは駆け出していた。

慌てて後を追い、カメラをしまいながら廊下に飛び出す。「あの、何か」

「こちら雄馬。西棟二階トイレにて異変の可能性。確認します。現場周辺の封鎖願います」雄馬さんは走りながら襟に留めたインカムに言い、フラン了解、という返答が左耳のイヤホンから聞こえる。

「あの」

音がしただけでそこまでするのか。そう思ったが、雄馬さんは少しも速度を緩めず階段を飛び下りた。「外れでも困らない。万が一があるから全力で対応。急いで!」

そうだった。僕たちの仕事において「万が一」とは、そのまま人の死を意味する。反省の言葉を発する代わりに加速した。キャソックの裾がばたばたと舞う。二階のトイレに飛び込む。

僕は見た。「万が一」が起こっていた。

あ　そ　び　ま　しょ

尻餅（しりもち）をついている生徒。そして奥の個室の戸の上部から顔を覗かせ、生徒を見下ろしている、黒のワンピースの少女。不自然に肌が白く、黒目がなく、だが唇だけはぎらりと赤かった。

怪異。おそらく間違いない。こんな場所に子供がいるはずはないのだから——僕がそう検討している間に、雄馬さんはすでに飛び出していた。同時に肩にかけたバッグから麺打ち棒（スパイクロッド）を抜いていて、奥の個室の戸に駆け寄ると同時に横薙ぎに払っていた。だが怪異の少女は虫のように跳び、ブリッジをするような姿勢で天井に張りつくと、そのまま四肢を高速で動かして天井を移動し、こちらに這い寄ってきた。雄馬さんの頭上を越え、こちらに来る。慌てて腰に手をやるがグロックは持っていない。肩のバッグを開けようとしながら、自分が致命的なミスをしたことを自覚していた。やってしまった。いきなり。対応が一拍以上遅れた。これは無理だ。ここで死ぬ。

だが麺打ち棒が回転しながら飛んできて僕の横に激突し、跳ね返って重い音をたてた。思わず顔を覆うが、一瞬待っても何も来なかった。見ると少女の姿が消え、素手になった雄馬さんがこちらに駆け寄ってきている。麺打ち棒を投擲したのだ。

「ネズミくん、武器……」

言いかけた雄馬さんが振り返る。悲鳴が聞こえた。見ると、床にへたりこんでいた生徒が逆さ吊りになり、閉まった戸の上部から個室の中に引きずり込まれそうになっていた。爪の伸びた白い手が生徒の足首を摑んでいる。悲鳴が続く。雄馬さんがナイフを抜きながら駆け出す。生徒がずるりと引きずり込まれる。恐怖に歪んだ顔が一瞬見えたが、雄馬さんがそこに飛びつき、生徒の腕を摑んだ。

駄目だ、と直感した。摑んだため動きが止まっている。

戸の上部から少女の顔がぬっと現れた。雄馬さんが空いた手でナイフを振る。少女がそれを避け、這い出してくる。雄馬さんは戸に足をかけて踏ん張り、摑んでいた腕を引いた。制服を着た生徒の体がずるりと出てきて、そのまま空中に放り出されて背中から壁にぶつかる。個室に引きずり込まれていた下半身はちゃんとあり、血の赤も見えない。呻き声をあげたから生きている。信じられないことだが助かったのだ。だが視線を雄馬さんに戻すと、彼女は少女の手で胸を貫かれていた。

あっと思った。一瞬、避けたのでは、という希望的観測がよぎったが、体を貫いて手が背中から突き出ていた。その手が捩りながら引き抜かれる。雄馬さんの体がどさりと床に落ち、首がぐらりと動いて止まる。その上から再び手が突き刺される。雄馬さんは腹を貫かれたが、ただ跳ねて揺れただけだった。重い人形の動き。また胸を貫かれる。首がぐらぐらと揺れ、口から血を流した顔がこちらを向いた。目を開けたままで、動かなかった。

自分が見ているものが信じられなかった。あんなに強い雄馬さんが、貫かれても何もしない。

不自然な姿勢で手足を投げ出し、ただ動かされるままになっている。

あれはすでに死んでいる。

それを認識すると全身の感覚が痺れて消えた。床に触れている足と、麵打ち棒を握っている手の感覚まで消えて、自分が立っているのかどうかも分からなくなった。

殺された。雄馬さんが。これまでずっと一緒だったのに。そんな馬鹿な。

「……六十点じゃ、なかったのかよ」

信じたくなかった。だが目の前に現実がある。

怪異の少女が雄馬さんの死体を見下ろし、こちらの耳に直接響くような声で言った。

あ そ び ま しょ

赤い唇がきゅっとねじ上がる。

それを見た瞬間、爆発するように怒りが湧き上がり、頭の中がぱっと白くなった。

——なに笑っていやがる！

感覚はなかったが、おそらく絶叫していた。一瞬で少女の目前に跳び迫り、麵打ち棒を振り抜く。手応えはないが跳んで避ける動きは見えていた。体をそちらに反転させ、着地した少女に迫り、その顔面を薙ぎ払った。硬いものを砕く感触があり少女の体が個室の戸に叩きつけられる。だが反動で麵打ち棒が手から抜け、後ろに飛んでいった。それには構わず、戸を背にした少女の顔面を殴る。

——死ね！

拳が命中して血が噴き出たのが分かった。拳を振り上げ、再び殴る。位置がずれて頬骨に当たったが、それでも砕いた感触があった。少女の体が床にずり落ちる。それをまたぐように立ち、拳を真下に振り下ろす。一撃目は額に当たった。下から尖った爪が突き出てきて顔面を突き刺され、灼熱痛とともに視界の左三分の二が赤く染まった。続けて脇腹に衝撃を受ける。構わず二撃目を打ちつけて鼻を潰した。致命傷を受けたのかもしれなかったが、それなら道連れにしてやるつもりだった。だが反撃が止んだ。少女の腹に馬乗りになり、続けて殴った。三発。四発。五発。反応がなくなり、床に血だまりが広がる。六発。七発。八発。両手で交互に殴った方が早いと気付き、左手も握って殴り潰した。九発。十発。十一発。十二発。十三発。十四発。十五発。十六発。十七発。十八発。砕く。潰す。潰してやる。殺すだけじゃ気が済まない。ぐちゃぐちゃに潰してやる。頭蓋骨を砕いて。脳が飛び出たら。手を突っ込んでぐちゃぐちゃに掻き回してやる。ぐちゃぐちゃに。欠片も残さない。ぐちゃぐちゃにしてやる。指の操作で刃を出し、顔面に叩きつけて突き刺した。左の刃も出し、両手で交互に突き刺す。まだ顎の形が残っている。右の眉も残っている。残さない。そこも潰す。全部潰す。ぐちゃぐちゃに。血が勢いよく飛び、目が潰れた。くそ、と毒づきながら目を拭い、気がつくと、またがっていたはずの少女が消えていた。トイレのタイルが目の前にあり、そこで僕はようやく動きを止めた。胸が痛い。心臓が、全身を揺らすほどの勢いで動いているのが分かった。息が苦しく、肩を上下させて必死に息苦しさに追いつこうとする。痺れていた頭の中に思考が戻ってくる。やった。殺した。顔が、いや目が痛い。脇腹が熱い。腰に湿った感触があった。血が出たのだろうか。

そこで、背後から声がした。

あ　そ　び　ま　し　ょ

振り返ると、紫のワンピースを着た少女が個室の戸の上部からこちらを見下ろし、笑っていた。

殺したはずだ、という考えはすぐに消えた。服が違う。顔も違う。殺したのとは別の少女だ。

だが、なぜ。

考えた瞬間に紫の少女がこちらに飛びかかってきた。

考えてはいけないのだった。見た瞬間に殴っていなければ。

後悔した。間に合わない。死ぬ。

だが横から現れた影が、紫の少女を蹴り飛ばして窓に叩きつけた。

「下がりなさい。脇腹と目の止血を」

眼鏡をかけた長身の神父。フランさんだった。

フランさんが肩にかけていたバッグを開け、床に落とす。バッグの中から現れたのは、幅広の鞘に収まった長剣だった。いや、長剣(ロングソード)どころの長さではない。あれは——。

僕はなんとか口を開いた。「フランさん……雄馬さんが」

「分かっています」フランさんは鞘から剣を抜き放った。「奴は私がやる」

幅広の鞘から現れたのは、意外なほど細い刃だった。だが異様に長い。曲線的な装飾を施された優美な鍔。長い柄と、それより遥かに長い刃。刃は根元の方にグリップがつき、そこを持って振れるようになっている。ルネサンス期以降にヨーロッパの傭兵が装備していた両手剣。だが刃は直線ではなく波打っている。炎のように揺らめく刃の「フランベルジュ」だ。波打つ刃で敵に複雑な傷をつけ治癒を遅らせる悪魔の武器とも、あんなものを実際には使っていたはずがないから装飾目的だったとも言われる剣だ。それを特製の鞘に入れていた。

紫の少女が飛びかかってくる。フランさんが敵を見据え、両手で持った剣を無造作に振ると、少女は空中で殴られたように体勢を崩し、フランさんの背中のむこうに飛んでいって壁に激突した。遅れて、斬り飛ばされた腕が回転しながら宙を舞い、床にどさりと落ちる。フランさんが敵に向き直る。

一方的だった。少女は飛びかかって反撃しようとしたり、天井に張りついて逃げようとする。だがそのたびにフランさんの刃が襲い、体が切断されていく。鮮血が飛び散り、落とされた耳が僕の顔の横に飛んできた。こんな狭い場所で武器を振るのは困難で、まして一・五メートルもあるフランベルジュなど使いようもない。常識ではそうだったが、フランさんは違った。どんな軌道でいくら振っても壁や天井に引っかからない。脇を締め、持ち手を変えて刃の長さを調節し、切っ先が壁や天井に当たらないぎりぎりの太刀筋をその都度計算している。空間把握が完璧なのだ。こうなると長い武器は不利ではなく、逆に部屋のどこにいても刃が届くため、少女は逃げ場を失っていた。一撃ごとに傷が増え、末端が切断され、血まみれになった少女がついに床に落ちると、フランさんはその体を突き刺して持ち上げ、戸に磔（はりつけ）にした。切っ先を跳ね上げると少女の体が宙に舞う。刃がまっすぐに落ち、少女は脳天から股（また）まで一刀両断された。

フランさんは無表情で歩み出て、二つになった頭部の双方を二度ずつ刺した。

フランさんは落としていた鞘を拾い、剣を収める。少女の体が血だまりを広げながら崩れる。その隣に雄馬さんの死体が横たわっている。フランさんはそちらに少し視線を落としてから、こちらを見た。「止血は」

「あ……はい」脇腹を見る。押さえていた手にべっとりと血がついていたが、出血はゆっくりになっていた。「……大丈夫、です」

「訊き込みの結果、二匹組なのではないかという疑いがでてきました。報告しようとしましたが、通信が途絶していたので」

通信途絶はそのまま状況発生を示す。それで駆けつけてきてくれたらしい。もう少しで僕も死ぬところだった。こうして助けられたのは二度目だ。

言われてみれば、今回の「はなこさん」には受注時から不自然な情報があった。「なにしてあそぶ?」「手であそぶ?　足であそぶ?　頭であそぶ?」と、「はなこさん」からの返答が二つある。腕も足も両方が、つまり二本が引き抜かれる。首の場合、なぜか同時に目も潰される。そして全身を「三つに」引きちぎられる。これは一人の手による仕業ではない。しかもフランさんが訊き込みをした結果、現地では召喚のための声かけは「みんいで、あそびましょ」だったという。呼び出す側が一人なら、呼び出される側が二人以上でないと、この言い方はおかしい。

「黒い服と紫の服。……『はなこさん』と平仮名表記されているのはおそらく、『花子さん』と『華子（はなこ）さん』の二人だからでしょうね」

フランさんが言い、疲れたような顔でふっと俯（うつむ）く。

そこでようやく、入口近くに座り込んでいた生徒に気付いた。

僕はそちらに歩み寄り、腰をかがめて手を差し伸べた。

「……大丈夫ですか？」

鋭い悲鳴が耳を貫いた。それまで呆然としていた生徒が、ようやく声を出したのだった。僕がそれに驚く一瞬の間に彼女は床を這い、トイレの外に逃げていった。

呆気に取られてそれを見ていた。……ただ手を貸そうとしたのに。

だがすぐに気付いた。彼女の目の前で繰り広げられた血みどろの惨劇。飛び散る体の断片。怪異ではあるが十歳程度の少女の姿をしたものに対して、僕たちがした酸鼻を極める「残骸処理」。

自分の手を見る。手根部と親指、人差し指の腹側。それに小指と薬指の先端にべっとりと血がこびりつき、真っ赤に汚れていた。

僕は、さっき自分がしていたことを思い出した。

・あれは正当防衛だ。相手は攻撃してきていた。やらなければ僕が殺されていた。

・そもそも相手は放っておくと人を殺していた。僕は人の命を守るためにやった。

・それ以前に相手は人間ではない。怪物だ。

いくら理屈を並べても、それはただの箇条書きに過ぎなかった。並べた箇条書きはすべて、「少女をぐちゃぐちゃに殴り殺す」という行為の印象の前に、塵(ちり)のように吹き飛んで散ってしまう。怪異の手が雄馬さんを刺し貫くのを見た。なのに僕はまず激昂(げきこう)した。雄馬さんに取りすがって泣くでもなく、蘇生(そせい)を試みるでもなく、敵を殴り殺すことしか頭になかった。そしてそれこそが、この仕事における正しい対応なのだった。

豊後さんが言っていた。「この仕事に就いてるやつらはその時点で、一人残らずクズなんだ」

——僕はそれを、誇りと裏返しの自虐だと思っていた。ヴェテランの人間ほど自分の仕事を「たいした仕事じゃないよ」などと言ったりするのだ。

そうではなかった。あれは一字一句字義通りで、僕たちは本当に。

フランさんが言った。

「……分かりましたか？　こういう仕事です」

高等部西棟二階トイレにて怪異を呼び出していた生徒は、逃走時にできた擦り傷のみで軽傷だった。一方で行方不明になっていた生徒は死亡が確認された。僕は脇腹の傷こそ十一針を縫うのみで回復したが、左目は網膜の損傷が大きく、視力の回復は絶望的という結果になった。

そして、雄馬さんは死亡した。

僕の初仕事が終わった。

## 11

遺影は皆笑っている。どうしてそうなんだろう、と思う。「写真の中ではこんなに笑っていたのに」と、悲しみが強くなるだけなのに。列席者の全員が泣いているのに、まるで生者を嘲笑うように見えもする。

背中を向けた僧侶の読経が一定の調子で続いている。全員が泣いていた。嗚咽をあげるかあげないか、涙を流すか流さないか。その違いがあるだけだ。

僕自身、まだ現実感がない。だが雄馬さんの通夜には参列しなければならなかった。黒のスーツは持っていたが、喪服用のネクタイも数珠もなく、それらは社長とアラマタさんが貸してくれた。

読経が続いている。前列にいる、母親らしき人がずっと声をあげて泣き続けている。同じ後列にいる、友人らしき女性二人が肩を寄せあって涙を拭いている。参列者は少なかった。おそらく雄馬さんは、就職後は人付き合いを減らしていたのだろう。僕が大学の友人とほとんど連絡をとらなくなったように。

僕は何も考えないようにしていた。そういう仕事だから、と頭の中で繰り返し、怪異を殴り殺した時の感触を思い出していた。そういう仕事だし、僕はそういう人間だから泣かない。平然としているのだ。周りの先輩たちも、はっきり泣いているのはバンチさんだけで、皆、朝からほとんど口を開かず、ひたすら各々、自分だけの世界に閉じこもっているような様子だった。先輩たちも同じようにしているのかもしれない。人は死ぬ。僕たちは全員、じきに死ぬ運命にある。そういう仕事だ。だから悲しくない。

座ってそう繰り返しているうちに焼香の順番が来て、通夜は進行した。喪主である父親がマイクを持って前に立ったが、ずっと眉間（みけん）に皺を寄せたまま黙っていて、最後にやっと、絞り出すように「……何かの間違いだと思います」とだけ言った。業者の人がいちいち湿っぽいアナウンスを入れたり、湿っぽい音楽を流したりするたびに腹が立った。雄馬さんの死をそんな型通りの、安っぽい悲劇にしてほしくなかった。僕一人で向き合わせてほしかった。だが業者はそれが仕事なのだし、テレビや本などで、彼らが驚くほど丁寧に故人の死を悼みながら仕事をしているのは知っていた。安っぽい悲劇に嵌（は）め込まれれば、かえって安っぽい悲しみだけで済むのかもしれない。怒ってはいけないと思う。

棺の窓は開いていて、雄馬さんの顔は見たが、どうみても本人ではない作りものとしか思えなかった。あんなに強く、優しかった彼女が死んでいる、という状況がそもそもおかしかった。会場の入口には「中沢　紗英」という名前が出ていた。知らない名前であり、だからこれは知らない人の葬式なのだろうと思った。

だが会場を出ようとすると、後ろの方で怒鳴り声が聞こえた。振り返ると、人が集まっている一角があった。見ると、父親がフランさんに摑みかかっていて、周囲の男性たちに引き留められていた。

――お前らのせいだ。

怒鳴り声が聞こえてきた。フランさんが怒鳴られていた。周囲の人たちがしきりになだめていたが、その合間を割るように父親の怒鳴り声が響いた。お前らのせいで。こんな仕事を。どう責任をとるんだ。

「人殺しが！」

父親の声が、そこだけはっきりと聞こえた。

近付いてみた。父親が顔を真っ赤にしていて、握った拳がこの距離からでも分かるほどぶるぶる震えていた。人垣を分けて割り込む。父親が拳を振り上げた。フランさんはその動きを黙って目で追っていた。

とっさにフランさんの前に出てガードを上げていた。だが拳は予想したところまで飛んでこなかった。ナギさんが手首を摑んで止めていた。

「離せ」

振りほどけると思ったのだろう。父親は抵抗しようとした。だが摑んでいるのはナギさんである。振りほどけないどころか、背中に回されてアームロックに移行した。フランさんがナギさんに何か言いかけたのを遮って父親が怒鳴る。「お前らは」

「やめてください」

こんなに大きな声を出したつもりはなかった。だが僕が発したのはほとんど怒鳴り声と言えるもので、父親だけでなく周囲の全員が動きを止めてこちらに注目した。

そうなると、続けて何か言わなければならなくなった。だがもともとそのつもりはなかった僕はあまり言葉を選べなかった。

「……こっちだって悲しいんだ。遺族だからって、何をしてもいいと」

後ろから口を塞がれた。フランさんの手が塞いでいた。「そこまでですよ」

フランさんは父親に深く頭を下げると、僕の口を塞いだまま引っぱって人垣から出た。お怪我はありませんか、と囁いてきた業者の人を制して先輩たちを見回し、社長と頷きあって会場を出る。

出たところでようやく解放された。「帰りますよ。どちらにしろ我々はここまでです」

フランさんの後について歩きながら、どうしても俯いてしまう。

黙っていると、会場の玄関を出たところでフランさんが振り返った。「……報告書を読みました」

報告書は僕が書いていた。読み返すのはとてもできず、書いただけで精一杯だった。

「怪異に攻撃されていた生徒が助かったということは」フランさんが僕を見る。「……彼女は、摑めたのですね」

何を、と思ったが、すぐに分かった。そう。雄馬さんは、引きずり込まれる生徒の手を摑めた。弟の時は摑めなかった。だが今度は摑めた。

「……はい」

「そうですか」

フランさんは背中を向けて歩き出した。

確かにそうだった。雄馬さんは、最後は摑めたのだ。あるいは、彼女はずっと、そのためだけに戦い続けていたのかもしれない。

フランさんが振り返り、頷く。でも、と言いたかったが、やめた。フランさんがそう訊いてくれたのは、たぶん、僕のためだ。

広い駐車場の隅で、クサントス号が日差しを反射していた。

「先程はありがとうございます」フランさんが言った。「ですが、よくあることです。あれも仕事ですよ」

「業務の範囲じゃないと思います」納得がいかなかった。フランさんに駄々をこねても何にもならないというのは承知しているのに、言わずにはいられない。「遺族は依頼人じゃない。むしろ僕たちは、ああいう人たちの安全のために命がけで戦ってるのに」

ごす、と後ろから頭をはたかれた。振り返ると、豊後さんだった。

「やりがいのねえ仕事だろ。お前は三階に移れ」豊後さんは僕を見下ろす。「どのみちその目じゃ難しい。潮時だ」

眼帯の位置を直す。視界が狭いのも、苛々(いらいら)させられている原因の一つかもしれなかった。

「……公表できないんですか。怪異の存在を。なんで僕たちが」

「無理だろ」

「でも、注意喚起するだけでも」

「それをしたら、今の千倍は死者が出ます」フランさんも僕を見下ろす。「君はすでに理解していますよね？」

もちろん、理解はしていた。怪異の存在を公にして国民一般に注意喚起する。そんなことができるはずがなかった。政府発表なら、みな信じはするだろう。だが信じたとなると、今度は凄まじい混乱が生ずる。社長だって以前、言っていた。ヒアリやセアカゴケグモ程度ですら大騒ぎになった国民なのだ。少し噂のある場所は誰も寄り付かなくなり使用不能になる。パニックになり自暴自棄に陥った者が何をするか分からない。逆にそれを利用する者も出る。「あそこには出るらしい」と噂を流すだけで、気にくわない店などを合法的に潰せるのだ。それどころではない。怪異の中には「この話を聞いた人のところにも一週間以内に現れる」という「感染型」も多い。それを利用すれば、特定の話を吹き込むだけで人を殺せることになってしまう。絶対に検出されない毒薬が日本国民全員に配られたようなもので、まともな社会は維持できなくなるだろう。もちろんこれは日本だけの現象ではなく、世界のどこかの国で話が広まれば、それが日本にも波及してしまう。世界全体が一蓮托生（いちれんたくしょう）。怪異の存在は、人類全体にとってパンドラの箱なのだ。しかもその底には、真っ黒な絶望しか入っていない。

だが怪異は駆除し続けていなければ増えていく。犠牲者の数も比例して増えていく。だから誰かがやらなければならなかった。それなのに、雄馬さんの死は「学校に出入りしていた変質者に刺された」ということになり、もちろん報道もされない。誰も事情を知らないから、誰も彼女を悼まない。

「まあ、ヒーローなんてえてしてそんなもんだ。まして俺たちはヒーローどころかクズの集まりだ。そこらにいる普通の奴よりだいぶ下のな」

豊後さんに言われ、助けた生徒の顔を思い出す。彼女は「はなこさん」と同じくらい、いや、下手をすればそれ以上に僕たちのことを恐れ、嫌悪していた。彼女の目の前でしたことの内容を考えれば当然だった。人間は理屈以前の段階で暴力を嫌悪する。本能は「正しい暴力」など認めないのだ。道徳的にはそうでなければならなかったし、合理的に考えても、その本能が共食いを回避し、人類の生存を支えてきたというのは分かる。だから僕たちは、自嘲でも自虐でもなく、本当に客観的に「普通以下」なのだった。「躊躇なく殺せる」のではなく、「誰にでもできる自制ができない」人間たちなのだ。

……なりたくてこうなったわけじゃない。僕たちはそうならなければ死んでいた。

「俺たちの中に、他人のために仕事をしている奴なんて一人もいない。だが雄馬は……あいつだけが『一人でも多くの命を救うため』に仕事をやっていた。そうせざるを得ない事情があったとしてもだ」豊後さんは言った。「だからみんなあいつが好きだった」

雄馬さんはヴェテランだ。僕よりも先輩たちの方がずっと付き合いが長い。僕の知らないあの人のこともいろいろ知っていただろう。何が好きで何にこだわるか。何をすると怒って休みの日には何をしているか。それがすべて失われた。

人が死ぬというのはこういうことだった。たった一人で、これだ。

豊後さんを見上げる。豊後さんは泣いていなかった。蟬の声がうるさかった。日差しが熱かった。駐車場の周囲にタチアオイが咲いていた。豊後さんはそれを見ていた。

足音がして振り返ると、喪服の女性が駆けてきていた。見覚えはあった。同じく後ろの方に座っていた、雄馬さんの友人だろう。

「あの」

彼女は息を切らしながら立ち止まる（というより「ブレーキをかける」と言った方がいいのだろうか?）。それから顔を上げ、眼鏡を外してこめかみを拭ってからかけ直し、こちらを見た。なぜ僕の顔を見るのかと思ったが、左目の眼帯を見ているのだと気付いた。

「あの……さっきは、すみませんでした。それと、あの」

この人が謝ることではないだろう。遺族ではなく、座っていた席からしても、おそらくただの友人か何かだ。

「……ええと……」

女性は一人でおたおたしていた。それなら何のために走ってまで来たのだろうか。

「……あの、すみません。言う事まとまってなくて。ただ、その」

女性は大急ぎで言うべき言葉を探しているようだった。思考が右に行き左に行くのが見ているだけで分かる。だが結局何も出てこず、外見的にはただ沈黙しているだけになった。

言葉をすぐまとめるのは無理だと判断したのか、女性はきちんと背筋を伸ばして気をつけの姿勢になると、ば、と頭を下げて最敬礼した。

その後ろからもう一人走ってくる。彼女の隣にいたもう一人の友人で、その人も何か素早く頭を下げると、一人目の女性を促して帰っていった。

頰に生温かい風が当たった。これまでもずっと風が吹いていたのに、初めてそのことに気付いた。頭の中で、貼り付いていた何かがぼろりと剝がれた感触があった。覆われていて感覚が消えていた部分に風が当たる感覚がある。

「俺たちはもう、慣れきっちまってどこかずれてるかもしれんが」豊後さんに肩を叩かれる。

「お前は泣いていいんだからな」

言われた途端、目の前がぐしゃりと歪んだ。雄馬さんが死んだ。もういない。まだ教えてほしいことがたくさんあった。話したいことが。休みの日、一緒に行けたらな、と思っていたところもたくさんあった。なのにもういない。ネットでレシピを見て、好きそうなつまみを試作してみたのだ。まだ食べてもらってない。なのにもういない。

僕は座り込んで泣いた。豊後さんは僕の背中を叩きながら、黙って待っていてくれた。

## 12

少しでも目立たないように、という本能的なブレーキがかかっているのだろう。電車に乗っている間、僕は呼吸以外ほとんど動かず、両手両足をきちんと揃えて縮こまっていた。まさか乙二種装備で電車に乗るとは思わなかった。しかも左右に座っているのはいつもの和服姿で二本差した豊後さんと、いつものゴスロリドレスで自前の巨大な近接武器を携えた雪花さんである。なぜよりによってこの二人なのか。当社の従業員の中でも最もコスプレ度が高い際物二人組と、普通にシャツとデニムだがスパイクロッドを背負いシャツの中にグロック17フルオートカスタムを吊っている僕。よく考えたら僕も充分コスプレである。目立ちまくっている。

深夜のＪＲ相模線橋本方面。平日のこの時間帯、乗客がほとんどいないのが幸いだった。だがせめてボックス席だったらよかったのに、と思う。鉄道車両のロングシート化はどこの路線でも進んでいるらしく、本数が少ないこの路線でも車内は向かい合わせのロングシートだった。たくさん座れて立つスペースが多い反面、車両内どこにいても見えてしまう。コスプレ三人組の姿が。

出動は基本的に駐車場に置いてあるハイエース二台（クサントス号とバリオス号）かミライース（ペーダソス号）なのだが、今日はいずれも出払ってしまっていて、その場合、荷物を全部担いで電車移動、ということになる。荷物自体は武器と応急処置用品がほとんどなので大型のバッグで持ち運べないこともないのだが、寺経由か、この間のように教会経由なら宗教者の恰好ができたのに、悪いことに今回は服装自由である。二人とも目立たないように自重するつもりは毛頭ないらしい。普段だってこの恰好でショッピング、スポーツ観戦、映画鑑賞と、あらゆるところに来るので、何度か同行しているこちらも慣れてしまっていたのだが、あらためて見てみると旅芸人一座にしか見えない。二人はなぜ平気なのだろうか。

　とはいえ、本当にヤバいのは外見ではない、というのもすでに分かっている。今日は猛暑日で、夜も熱帯夜である。現場となる廃工場での「試行」は午後十時過ぎだったが、それでも荷物を抱え、SHINOBIを着ての移動で全員汗だくになっていた。雪花さんなどはさっきまたメイクを直してきて、もう三回目である。しかもSHINOBIはまったく汗を吸ってくれないので、全身がびたびたになっている。車両内は冷房が効いていて汗はひいてきたが、今の僕たちは「真夏の稽古後の剣道部」の臭いを発しているはずだった。左右の二人はもとより、僕も真夏の出動には慣れてきたので、つい無自覚になっていたが、通報案件だ。

「……空いててよかったですね。電車」

「ネズミくん、さっきから何やってんの？」

「報告書の雛形です。文章の部分は定型でいいんでとりあえず何か入れとくと、あとで書く時、半分くらいの時間でできるんですよ」

「すごーい。真面目」雪花さんは携帯で何やらゲームをやっている。「私デスクワーク苦手。あと銃の整備と、訊き込みも苦手」

　いつものやや気だるげな調子で言う雪花さんに、じゃあ何が得意なんですか……と心の中でつっこむ。豊後さんも肩をすくめて言った。「雪花に手書き書類書かすなよ。発掘された古代の碑文みたいになんぞ」

「ネズミくんはえらいよねー。てっきりやめると思ってた。左目見えないし」

　えらいのだろうか、と首をかしげる。確かに左目は見えないままで、紺色の眼帯をつけてはいるが、片目での生活にも仕事にも慣れてきて、ほとんど出番がなかったとはいえ、戦闘も一度経験した。組手をやっていても分かるが、距離感がなくても、「自分の距離感のなさを計算に入れて補正する」技術がなんとなく自分の中で育ってきたので、近接もけっこうできるのだ。左側の視界がないのは危険だったが、利き目は右だったし、常に敵を正面にとらえる、という基本ができていればよかった。今後、外観の修復をどうするか、運転をどうするか、という問題はあったが[*4]、生活には慣れてきたつもりである。

「意気込んで調査部に来た奴でも、初戦闘を生き残った後は七割がた異動を希望する。正直、最初は、お前もそのくちだと思ってたんだがな……」豊後さんはばつが悪そうに頭を掻く。「……やめねえ理由、なんかあんのか」

そう訊かれると、実は答えに窮するのだ。僕は自分が異動願を出さない理由について、未だに言語化できていなかった。人の命を護るという使命感はそれほどなかった。だが調査部以外で働く自分は想像ができなかった。

「……一応、確認しておくが、雄馬の仇討ち、ってんじゃやねえよな?」

「……違います」

*4　片目だけの失明だと障害者認定がされないため各種補助が受けられない上、眼球が残っていると義眼も「美容目的」扱いされ自費になる。運転免許の方は視力の他「視野角150度以上」が要求され、この数字は極めて困難に思えるが、実際には問題なく運転している人も多い。

「ならいい。仇討ちって動機でやってるやつもいるが、五年以上続く例はほとんどない」豊後さんは顎の傷痕を撫でる。「俺が知ってる唯一の例外は社長かな。あの人は大事な人間を怪異にあっさり殺された。そいつを処理するまで絶対に死なない、と言っていた」

「社長バケモノだからねー。あのキャリアでケガ一つもないし」

雪花さんも言う。あまり一緒に訓練したことがないし、しても見ている余裕がないので社長の能力のほどは分からないが、この雪花さんも、あとはフランさんなどにも、服で隠れる位置には傷痕があるらしい。現場に出ていながら無傷でいられることがいかに珍しいかは知っていた。運だけではそうはなれないだろう。

そう。確かに、他人のためにできる仕事ではないのだ。だから僕も自分のため。その感覚はあるのだが。

「……すいません。『肌に合ってるんで』っていう説明しか、できません」

「……謝ることじゃねえよ。無理してねえだろうな、って話だからな」

じゃあ、豊後さんはどうなんだろう。雪花さんは。

そう訊き返す前に、雪花さんの手が出てきた。何だ、と思ったが、雪花さんは車両内を見回している。

「豊後さん」雪花さんの声色が変わっている。「……やばいよ」

袖手して背もたれに体重を預けていた豊後さんがぱっと体を起こした。両手はもう脚の間に立てていた刀の柄と鞘を握っている。「どうした」

「電波入らない」いつの間にか雪花さんの携帯は、ゲームではなく電話の発信画面になっていた。だが繋がらないようだ。「乗客も消えた。この車両、さっきまで六人いたよね？」

「……そういやそうだな」

言われてようやく気付いた。僕は全員を覚えてはいなかったが、少なくとも向かいのシートに年配の男性が一人と中年女性が一人、それに隅の優先席にサラリーマンらしき男性も座っていたはずだ。全員が知らない間に別の車両に移ったはずがない。もちろんまだ駅には着いていない。というより。

「……おい。最後に駅で停まったの、何分前だ？」

そうなのだ。電車はずっと走り続けている。揺れ方からしてかなりの速度で走っているようだった。ブレーキや加速のGもしばらくなかった。つまりこの電車はすでにかなりの時間、駅にも着かず、カーブも加速・減速もせず、最高速度に近いまま走り続けているということになる。相模線内にそんな区間があるだろうか。窓を見る。相変わらず外は真っ暗で、自分の顔しか見えなかった。単線の地方路線とはいえ神奈川県内だ。一つも明かりが見えないまま、などということがあるのか。

遭遇、という単語が頭に浮かんだ。意図的に接触するのでなく、不意に状況になってしまう事態。僕たち「見える人間」にとっては日常的にありうることだったし、それ以外の人にとっても時々は起こることだった。僕はホルスターからグロック17を抜いた。左右を見ると、先輩たちもとっくに抜いていた。三人班（トリオ）。各人の私物の「長物」近接武器とグロック17フルオートカスタム。それにバックアップのナイフとフラッシュバン。試行の帰りだったため装備のグレードは乙二種まで落ちているが、休日にいきなり遭遇するよりはかなりましな態勢だといえる。だが。

「最近、遭遇が多いね」雪花さんがマガジンの残弾を確かめ、グロックのスライドを引きながら溜め息をつく。「やっぱ『新種』、ヤバいレベルで増え続けてるんだ。……原因、分からないのかな」

確かに、発表された今年七月の統計は遭遇数が116、うち新種が36で死者数が59、というひどい数字だった。昨年七月の遭遇数は94、新種が11で死者数が50だったから、原因不明である新種の増加がそのまま遭遇数と死者数の増加になっているといえた。七月でこれなら、毎年遭遇数がピークになる八月はどうなるのか。不安は尽きなかったし、出動も増えていて、正直、楽ではない。だが泣きごとを言ってはいられなかった。考える間にグロックの装弾数を確かめ、スライドを引いて一発目を装填する。

「完全に状況に入ったな」

豊後さんがドアの方を指さす。ようやく気付いてドア上の車内案内表示装置を見ると、液晶画面は壊れたように黒い線が横に走り、下部に表示されるはずの路線図が消えていた。

「普通　　行
つぎは　　回　」

車内アナウンスもずっと聞こえていない。

「これって単体の怪異じゃなくて……」

「『異界駅』だな」豊後さんは周囲を警戒している。「……長丁場になるぞ。覚悟しとけ」

絶望混じりの緊張が全身を絞るように絞めつける。異界駅。二〇〇四年頃からネット上の掲示板でさかんに囁かれ始めた怪異だ。いつも乗っている電車がいつまで経っても駅に着かない。あるいは聞いたこともない不可解な駅に着く。きさらぎ駅。すざく駅。べっぴ駅。月の宮駅。名前が不明な「白い駅」や明かされていない「G駅」というものもある。発生場所は全国に散らばっており、意外なことに時間帯も朝から深夜まで様々だ。窓の外、あるいは降車後に奇怪な風景が広がる。降車して歩く、またはそのまま乗り続けることで特に危害を加えられることなく普通の世界に戻れる場合がほとんどだが、当然僕たちは分かっている。生きて帰ってこられた人だから語れているのだ。生きて帰れなかった人の数と割合は誰も知らない。

電車は走り続けていた。車両内の空気はこれまで通りで、窓の外も真っ暗なままだ。交替で無線を発信し「相模線内にて遭遇。異界駅の可能性」を言い続けているが、無線も携帯も全く通じない。

僕は身を乗り出し、通路の左右を見渡した。四、五両の編成であり、連結部のガラス越しに前と後ろの車両内が覗ける。だが見る限り、乗客は一人もいないようだった。空く時間帯だが、これは明らかにおかしい。僕たちだけが狙われている。

電車は走る。車内は照明で明るい。隣の車両も明るい。だが天井から下がる中吊り広告がおかしかった。写真も絵もなく、ただ白地に黒で文字だけが書かれているが、その内容がおかしい。

**脆　長く忌ツ　薙の　　掻**
**上に間切ろ　　脆　と脆**

振り返ると、全く同じ広告がずらりと続いていた。車両の左右もそうだ。何枚かには黄色い染みのような汚れがついているが、内容は全く同じだった。

突然、横から音がした。連結部のドアが開いたのだ。気がつくと、車掌の恰好をした男が立っていた。

豊後さんと雪花さんが弾かれたように立ち上がる。雪花さんはグロックを向けかけたが、豊後さんが手で制した。雪花さんは頷いて豊後さんの陰に隠れ、だがグロックは持ったままいつでも撃てるようにしている。それを見て僕も立ち上がり、グロックを手で隠しながら雪花さんの後ろに背中合わせで立った。後方を警戒する。こちらからはまだ誰も来ない。

肩越しに後ろを見ると、車掌は音もなく近付いていて、こちらを見ていた。

「この電車はどこ行きですか」

豊後さんが相手をじっと見て問う。だが車掌はこちらを見ているだけで答えなかった。

「俺たちは間違って乗った。切符も持っていない。降りたいんですがね」

豊後さんが再び問う。だが車掌はやはり沈黙していた。

沈黙したまま対峙（たいじ）が続く。電車の走行音だけが一定間隔で鳴っている。不規則でとりとめのない振動が足から伝わる。

僕は後ろを向きながら車掌の表情を注視していた。だから気付いた。車掌の口許がわずかに動いた。口角に皺が寄り、口許が歪む。

銃声が連続して響いた。グロックを抜いた豊後さんと、その横に出た雪花さんがセミオートで連続射撃していた。車掌の体から血が飛び散る。だが車掌は倒れることなくふっと消えた。

「……やばいな」射撃姿勢のまま豊後さんが言う。「害意がある。ただの異界駅じゃねえぞ」

通常、異界駅の都市伝説は体験者が「偶然乗り込んでしまった」ということが窺える内容になっている。多くの場合、死者が乗り死後の世界に向かう電車、という解釈がされるようだ。体験者はそこに迷い込んでしまった者であり、すぐに元の路線に戻れるか、あるいは異界を脱する方法を教えてもらえる。降車して自力で移動したケースでも、特に困難なく見知った場所に辿（たど）り着けている。基本的に、異界駅に行く電車は体験者をむしろ帰そうとするのだ。

だがこの電車は違うようだった。車掌がわざわざこちらに来て、帰さない、という意思を明らかにしたように感じた。そしてこの「感じた」は、怪異相手ではだいたい正しい。

「……どうします?」

背中越しに訊くと、豊後さんの声が応える。「このまま待つって手もある。待ってりゃそれだけで、次には知った駅が出てくるってケースもあるからな」

それが望み薄であることは、豊後さんの口調から察するまでもなかった。明らかにこれは、そんな軽度のケースではないのだ。

だが窓の外を見ると、白い明かりがぽつりとあることに気付いた。しかもそれが近付いてきている。先輩たちを振り返ると、二人もすでに気付いているようで、ばらばらに動いて手近な窓にそれぞれ顔を寄せた。

どこまでも暗闇である車窓に、一つだけ見える白い光。すでにだいぶ近付いていたようで、すぐにそれが駅の明かりだと分かった。だが電車のスピードは落ちない。

光が近付き、ホームがあることが見えた。やはりスピードは落ちず、電車はそのまま通過した。ホームと屋根が通過していく。黒っぽい人影が立っているのが見えた。駅名表示板が来る。目を凝らした。スピードが速くてゆっくりと読めはしなかったが、一度だけ比較的はっきりと視認できた。**「郷場上駅」**。

ここでも電波はないね、と雪花さんが呟く。駅の明かりはあっという間に遠ざかり、車窓はまた暗闇だけになる。

だが様相が変わった。しばらくすると、再び同じような駅の明かりが近付いてきた。やはりスピードは落ちない。電車はここも通過するようだった。さっきと全く同じようなホーム。駅名表示板が近付く。**「矧哭哭網飢駅」**。それが高速で遠ざかり、また駅の明かりが近付く。ホームは全く同じだった。だが読めなくなった。**「亟弌駅」**。**「　𢃇駅」**。

しばらく読めない駅名が続いた。不自然な漢字の組み合わせだったり、字の一部が消えていたり、記号のような意味不明のものが書かれているだけの駅を通過する。どんどん深くなっている、という気がする。不安感が強くなる。どんどん遠ざかってしまっている。**「ï　駅」**。**「,∞駅」**。**「　¶　」**。だが次に突然、平仮名になった。**「はやくおりろ」**。

車内を振り返る。豊後さんと雪花さんにも同じものが見えたようだ。次の駅が近付いてくる。

**「まどからおりろ」**。**「おりろ」**。**「おりろ」**。**「おりないと」**。**「おりろ」**。

弾かれたように三人、同時にお互いを見た。駅の間隔が短くなっていて、そうしている間にもう一度「おりろ駅」を通過した。

「これって……」駅の明かりが遠ざかる。だが反対方向からはまた近付いてきている。「……警告、ですか？」

「分からん」豊後さんはグロックを握り直して周囲を見る。「外にいる何かが俺たちを騙して降ろそうとしている可能性もある」

「異界駅の場合、降りることで帰れるパターンの方が多いけど……」雪花さんも迷っているようだ。彼女の横顔を新たなホームの明かりが一瞬、照らす。

豊後さんと雪花さんは視線をぶつけあった。それから二人の視線がこちらに向く。

「……ネズミくんは、どっちにする？」

雪花さんに訊かれ、頭をフル回転させて全速力でひと通りの可能性を検討する。判断は早く、しかし可能な限り合理的でなければならなかった。

「降ります。乗ったままでは敵に捕らわれているようなものです。電車そのものがおかしくなった場合に対処できません」窓の外に視線をやる。「仮に外に敵がいても、自由に移動しながら戦えます」

「オッケー」

「分かった」豊後さんは頷いた。「じゃ、ここまでだな」

どういうことだ、と困惑する僕の手を摑み、雪花さんがドアの前に移動する。

「……私とネズミくんはそこの窓から飛び降りる」

「豊後さんは」

「俺は残る」

なぜ、と僕が問う前に、豊後さんは言った。

「俺の判断は『誘いに乗って降りるのは危険』だ。このまま走り、埒が明かなければ運転士を倒して列車をコントロールしてもいい」

「でも私たちの判断は『降りる』だった。だから各々、それに従うの」

雪花さんの回答は、僕が知っている常識とは違うものだった。こういう場合、普通は話しあってどちらかに決めるものではないのだろうか。人数が減れば危険度も上がる。何より。

「……それじゃ、どちらかが」

「そうだ。このまま乗るか、飛び降りるか。おそらく二つに一つで、間違えた方が死ぬ」豊後さんはグロックのマガジンを抜き、残弾を確認して挿し直した。「となれば、二手に分かれるしかねえだろ。どちらかが生き残れば社に報告もできる」

「でも、それなら全員で」

「二分の一だと言ったろ」豊後さんは腰回りを探り、マガジンの数を確かめた。今日、携帯しているのは三つ。僕たちも同じだ。「全滅のリスクをなくすだけじゃない。二分の一の判断に命を預けるんだ。助かるとしても死ぬとしても、最後は自分の判断に従いたいだろ?」

「それは……」

「俺たちは軍人じゃない。国や人を護るためじゃなく、自分のために戦っている」

確かに、そうなのだ。だが何かがおかしい気がするのに、どうおかしいのか説明できない。それとも、豊後さんたちの判断が正しくて、僕の感覚がおかしいのだろうか。

雪花さんが窓を射撃し、近接武器の入ったバッグで窓枠に残ったガラスを叩き落とした。窓が開かないタイプの車両なのだ。「行くよ」

「待ってください」

「やっぱり残る? どっちでもいいよ。でも私は降りるべきだと判断したから、降りるよ」

豊後さんも降りましょう。そう言いかけたが、やめた。豊後さんは自分の経験をもとに「降りるのは危険」と判断したのだ。それを覆す説得力など、新人の僕にはどうやっても絞り出せない。

「ああそうだ」豊後さんがこちらを振り返る。「お前にゃまだまだ教えなきゃならんことがあるが、とりあえず今すぐに言える中で一番大事なやつだけ言っとこう」

縁起でもない、と言おうとしたが、できなかった。電車の振動の中、豊後さんはいつになく真剣な眼差しで僕を見ていた。

「生き残るための最大のこつは『自分は死なない』と思い込むことだ。何があっても絶対に死なない。死ぬはずがない。自分は当然生き残る。その前提でものを考えろ。本当に死なねえから」

どういうことですか、と問う必要もなく、豊後さんが続ける。

「明確な理由は分かんねえがな。昔からそうなんだ。自分の死を意識し始めたやつは、なぜかみんなほどなくして死んじまう。……おそらくだが、ぎりぎりのところで諦めちまうんだろう。『ああ、やっぱり俺は死ぬんだ』ってな」豊後さんは拳銃を帯に差した。「だから『自分は死なない』と思え。そうすれば最期のぎりぎりまで……いや、死んでから自分が死んだことに気付くまでずっと、生き残る方法を探し続けることができる」

「ま、それは確かにそうだね」雪花さんがスカートを広げて窓枠に足をかける。「はい講習終わり。行くよ」

雪花さんに腕を引っぱられ、座席に上がった。待って、と言いたかった。まだ話を聞きたかった。二手に分かれれば片方は死ぬ。つまりもう、どちらに転んだとしても……。

腕が強く引かれ、窓の外に頭が出る。線路の周囲は真っ暗だが、衝突の危険はなさそうだった。速度は出ているはずだったが、なぜか顔にはゆるやかにしか風が当たらない。

「じゃあな。……生き残れよ」

豊後さんが言い、刀を抜き放って早足で前方に去っていく。「ほら！」と急かされ、僕は雪花さんに続いて窓から飛んだ。空中にいる一瞬、雪花さんのドレスのスカートがぱっと広がり、黒い百合の花のように綺麗だった。

地面に叩きつけられ転がる。衝撃がそれほどではないことは分かった。手をついて顔を上げる。

豊後さんを乗せた電車はあっという間に遠ざかって、闇の中に消えた。

※

## EMPLOYEE LIST ② 豊後（大畑修一郎）

基本抜刀正面の壱。抜付袈裟。正面から歩いてきた敵に対し三歩の間合。重心を下げ一歩前に踏み出しながら鞘の鯉口に添えた引手を素早く引き、利手で抜刀。敵の拳、あるいは手首を斬り機先を制する。二歩目を踏み出しつつ右より袈裟斬り。肩口から脇腹へ。続けて正眼に戻り残心。血払。納刀。斬った敵に一礼。

正面の弐。抜付押切背合。正面から歩いてきた敵に対し二歩の間合。重心を下げ一歩前に踏み出しながら鞘の鯉口に添えた引手を素早く引き、利手で半抜刀。そのまま両手で刀身を押し敵の刀の鍔元を受け、踏み込んで敵の腕を押し畳みつつ半歩斜め前へ進み首へ押切。そのまま抜刀し切先までを用い背合の形で斬首。正眼にて一歩下がり背中、敵が半身になっている場合は脇腹へ突き。刀を引き抜き一歩下がり残心。血払。納刀。斬った敵に一礼。

草履で稽古場の床板を踏みしめ、型を一つ一つ確かめつつ進めていく。鞘受抜付廻（さやうけまわり） 袈裟、異名を「捨鞘（すてさや）」。鞘受蹴崩（けりくずし） 抜付。異名を「縁台倒（えんだいたおし）」。一つ一つの型も、ただ確かめるだけでなく、より無駄のない、ぶれない理想の線に近付けていく。理想の線との差は僅（わず）かで、工夫の余地も僅かだ。だがその僅かの差が果てしなく遠い。理想との間に横たわる谷間は果てしなく深く、探求の谷底へ無限に下りてゆける。だがそればかりをやってはいられない。時間は限られているのだ。まだ理想の線すらはっきりしていない未熟な「三方斬の三 霞（かすみ）抜け」に「暗夜剣の弐 打崩抜付旋風（つむじかぜ）」など、伸びしろが多く残り、修めねばならない技はいくらでもある。俺は剣を振る。腰を落とし、足を擦り、当身を出す。静かな稽古場では、飛び散った汗が床に落ちる「ぱたり」という音が聞こえることもある。

こんな家に生まれなければよかった、と思った回数と、この家に生まれてよかった、と思った回数。どちらが多いだろうか。ガキの頃から今までで。ただ、この家に生まれてさえいなければ、俺はもっと普通の人生を送っていたはずだ。そこは確実だった。

天一心流（てんいちしんりゅう）十六代目大畑理一郎（りいちろう）の一人息子として生まれ、物心つく前から天一心流の剣を学んできた。江戸時代ではなく現代の話だ。創始は江戸初期だが源流はもっと古くからあったらしく、古武術として無形文化財に、という意見も、数十年前にはあったらしい。指定されなかったのは流派そのものの知名度のなさ（歴史上の有名人に遣い手が一人もいない）と、他流派の技を取り込みすぎて原形が分からなくなったためだろう。親父は「中華のチェーンでありそうな名前で恰好悪いだろ。そのせいかもな」と言って笑っていた。特に惜しくはなさそうだった。

道場には一人の弟子もいなかったが、先祖から受け継いだ不動産収入があったため、親父が警備員のバイトをしているだけで家族三人は食っていけた。

小さい頃は親に言われるがままに稽古をしていた。親父が俺を褒める時の常套句が「修ちゃんは筋がいい」で、俺は親父のその言葉が出るまで頑張る、という感覚でいた。親父は稽古をすれば喜んでくれたし、技を覚えれば笑ってくれた。お袋もまだこの時は「体や心を鍛えるのにはいいかもしれない」と思っていたようだ。小学校の途中からは一時期、稽古が嫌になったこともあった。ダサいからだ。年寄りの観る時代劇のような恰好より学生服やバトルスーツで戦いたかったし、日本刀より洋剣で、光線銃で、召喚したモンスターで戦いたかった。クラスの奴から笑われたこともあった。何その動き。袴穿いてる。銃で撃てばいいじゃん。それで一時期、稽古が嫌になって逃げた。親父は強制しなかったし、お袋も「それが自然だ」と頷いていた。

だが五年生のあの日、俺の世界が変わった。

光田なんとかとかいう奴が同じ学年にいた。下の名前は思い出せない。嫌な奴だった。四月生まれで体がでかく、暴力的ですぐ殴ったり蹴ったりする。一方で知性はなく、こちらが理屈を言うと「うっせーよ」と蹴ることで自分の意見を通してきた奴だった。自分の意見が通らないと怒鳴って蹴る。どこにでも悪戯書きをする上、コンセントに針金を突っ込んだり消火器を倒したりと施設を破壊する。欲しいと思ったら人の物でも「貸せ」で強奪する。女子のスカートをめくったり服を脱がそうとする。何より腹立たしいのが、自分はそれが許される、と思っていることだった。それでも体育ができれば、小学生男子の間では地位は得られる。光田君はあれなところもあるけど、まあ運動では頼りになるし、と、皆そういう感じで暴君の独裁を認めていた。教師も「ちょっとわんぱく」という程度で見て見ぬふりをしていた。そういう時代だったのだ。光田は昔から体がでかく、三年生ぐらいからずっとそのやり方でやってきたらしかった。

同じクラスになっても、ずっと避けていた。何だこいつ、という程度にしか思っていなかった。まわりの友人たちの中には明確に陰口をたたく者も多かった。だが秋頃になって、光田がこちらに絡んできた。奴と取り巻きの数人はいじめをしていた。殴る蹴る、便器に顔を押しつける、芋虫(いもむし)を食わせる、女子の前でパンツを脱がす、持ち物を捨てる。今では明確に犯罪になるやつだ。そのターゲットがこちらに移った。友人の中で一番大人しいやつがある日、図画工作のセットを奪われ、絵具を全部ぶちまけられた。そいつは「やめて」と言って、最後には泣いていた。俺たちが見ていると、光田は「文句あるか?」という顔で、にやにやしながらこちらを見回した。誰かが抵抗してくるかどうか警戒していたのだろうし、暴虐をはたらいても抵抗されない自分を確かめて愉しんでいたのだろう。

俺は光田を観察した。その頃は少々サボりがちではあったが、それまでの稽古で、光田の動きがいかに素人で隙だらけであるかが分かっていた。腰が高い。足を踏みしめていない。これなら正面からの唐竹ですら入る。

親父は稽古の時「敵」という言葉を使っていた。敵が摑みかかってきたら、こう。敵が立ち上がる前に、こう。稽古したことのない俺にとって「敵」とはつまり「対戦相手」であり、それは親父しかいなかったが、この時に気付いたのだ。あれは「敵」ではないのか。ああいうのは「敵」ということでいいのではないか。それなら。

掃除用具入れを開けて、中を探した。天一心流はなぜか打刀の業しか伝わっておらず、体術はあくまで剣術の補助だったから、剣が必要だった。自在箒は長すぎるので土間箒を逆さまに持った。箒本体の毛が邪魔だったし、プラスチックであまりに威力がなさそうだったが、その分、全力で殴ればよかったし、突きならば素材の差は小さい、と思った。

俺は友人のスケッチブックを汚している光田に近付いた。土間箒は腰に差していて、近くの女子が何をしているんだろう、という目で見てきた。腰を落とし、抜付の籠手。かつん、という乾いた音がして、光田は悲鳴をあげて手を押さえた。心臓へ突き。

それは思いがけないほどあっさりと決まり、クラスで一番体の大きい光田はあまりにも簡単に吹っ飛び、後ろの机もろとも倒れた。派手な音がして女子が悲鳴をあげた。

俺は残心をとっていた。真剣ではないのだ。木剣ですらない。この程度の攻撃で決着がつくはずがなく、光田は起き上がって反撃してくるに決まっていた。何を出すか。この箒では胴は効かない。耳に袈裟。顔面に突き。いや、籠手から喉(のど)を薙いで延髄に廻袈裟。どれにしようか。

だが光田は起き上がらなかった。後頭部を押さえてダンゴムシのように丸まり、うー、うー、と呻き声をあげていた。まわりがいくら声をかけても呻いていた。誰かが「泣いてる」と言った。よく見ると涙を流していた。

……ちょっと待った。弱すぎるだろう。

全力など出していない。六分、いや五分以下の力だった。それも軽すぎる土間箒だ。だが光田は結局起き上がらず、泣き続け、俺は背中越しにいくつか「すごい」という囁きを聞いた。

放課後、学校に父が呼び出された。父は珍しくネクタイをしていて、先生に会うなり申し訳ありませんでした、と繰り返して頭を下げ続けた。俺は最初「なぜ謝るのだろう」ときょとんとしていた。

俺が悪者だということにされている、と理解したのは少し後だ。俺はそれまでの光田の暴虐を訴えたが、教師たちは最初から聞く耳を持たなかった。担任も「手を出した方が悪い」「人に怪我をさせるのは最低の行為だ」の一点張りで、俺は光田と奴の母親に頭を下げろと言われた。絶対に嫌だった。光田はそれまで何度も、毎日、弱い奴を狙ってそれ以上の暴力を振るっていた。なのに俺がちょっと反撃しただけで悪者にされるのは、どう見てもおかしかった。手を出した方が悪いなら、光田はこれまで毎日、何もしていない奴に手を出してきた。人に怪我をさせるのは最低の行為だというなら、光田はそれを毎日繰り返してきた。だが担任も、あとから出てきた別の教師も、全く聞く耳を持たなかった。親父は謝り続け、逃げるように俺を引っぱって学校から連れ帰った。

そして校門を出たところで急に背筋を伸ばし、首をぐりぐりと回した。

「やれやれ。やっと済んだか」そして校門を振り返り、べー、と舌を出した。「バカどもが。誰が本気で頭なんか下げるかよ」

俺は唖然(あぜん)としていた。だが親父は俺の頭をくしゃくしゃと掻き回し、嬉しそうに笑った。

「やるじゃないか。でかい悪者ぶっ倒したんだって？　しかも一合で」

俺は親父を見上げた。親父はにやりと笑った。

「お前は正しいことをした。聞いたぞ。友達がやられてたんだって？　そういう時に黙ってるようじゃ、人間としてダメだ」親父は嬉しそうだった。「あの光田って餓鬼は、もうお前やお前の友達には手出ししてこねえだろう。後始末もさっきので済んだから、もういい。よくやった」

よくやった。

本来、まわりの友人とか、大人たちから最初にかけられるべき言葉を、俺はようやく貰(もら)った。急に涙が出てきた。親父は俺の背中を叩き、泣かなくていい、お前が正しい。あいつらがおかしい、と繰り返した。「よし。帰りにラーメン寄ってこう」

ラーメンを前にした時にはだいぶ落ち着いていた。親父は言った。先生というのはただの公務員で、馬鹿もクズも卑怯(ひきょう)な奴もいる。そういう奴はいじめられてる子供は見て見ぬふりで助けようとしないくせに、ちょっとでも怪我をする奴が出ると大慌てで動く。理由も何も聞かず、怪我させた奴を謝らせる。いじめはやられた奴が自殺しない限り「問題」にならないが、怪我人は「問題」にされ、えらい奴から叱られるからだ。あいつらは自分が叱られるかどうかしか気にしてないのさ。

「だからお前は正しい」親父は箸(はし)を置いてから指で俺を差した。「なに、『モーシワケアリマセンー』って演技して頭下げてりゃ納得するんだ。ちょろいもんよ。後始末は任せとけ」

親父は「モーシワケアリマセンデシター」と演技してみせた。俺はそこで初めて笑った。

「で、何使った？　抜付からやったのか」

「抜付籠手。心に突き」俺は鳴門を噛みながら答えた。「それだけで倒れちゃった。でも残心はしてた。起きてきたら袈裟とか、『揚雲雀（あげひばり）』とかやるつもりだったけど」

「武器は土間箒か。確かにそれじゃ胴は駄目だもんな」親父はうんうん、と頷いた。「いい判断だ。修ちゃんは筋がいい」

俺は面映（おもは）ゆくて、俯きながら麺をすすった。

その日から、俺は元通りに、いや、それ以上に稽古に打ち込むようになった。俺は自分が実はどれだけ強かったかを知り、自分の身に付けてきた技術の凄さを知った。それまでは親父から言われるままに、言われた通りの「正しい動き」をするだけだったが、この日から自分で考え、なぜこの動きなのか、何のための業なのかを考えながら稽古するようになった。すると急に上達した。親父はそれまでの笑顔とは違い、本気で感動した顔をしていた。実際に、特に十代の頃は、こつを摑んで急激に伸びる時期、というのがある。稽古すればするほど強くなる。学べば学ぶほど理屈が分かる。楽しかった。そして天一心流の業がいかに合理的に敵を倒すか、洗練され尽くしているかを理解した。豊後無双、河野新右衛門惟充（こうのしんえもんこれみつ）。剣でいかに人を斬るか。生涯その唯一事を突き詰めた開祖の凄さを理解した。

俺と親父は二人きりで稽古を続けた。俺は道場内でなら真剣を振ることを許され、「鉋（かんな）」や

「黒」といった裏の業を学ぶことも許された。俺の技術は戦国時代から伝わる「本物」だった。本物の、人を殺すためのそれ。五百年にわたって繰り返され、継ぎ足され組み替えられ、積み上げられてきた伝統と工夫の結晶だった。剣で、人を殺すにはどうすればいいか。その、ただ一点のみを見据えたこの上もなく純粋な、真っ白に磨き上げられた技術。俺は上達し、中学三年の時に初めて木剣で親父を負かした。親父は打たれた腕を押さえながら涙を流した。大人の流す嬉し涙というのを、俺は初めて見た。俺と親父は並んで正座し、仏壇にそのことを報告した。

そこで足音がして、母親が稽古場の戸を強く開けて入ってきた。

「私、出ていくから」母親は俺たちを睨んで言った。「荷物はあとで業者に取りにきてもらうから。触らないで」

親父が眉をひそめ、おい、と声をかけると、母親は突然大声で怒鳴った。

「いい加減にして」声が裏返っていた。「あんたたち、おかしいんじゃないの。来る日も来る日も二人で閉じこもって刃物振り回して、首を切るとか指を切るとか相談して。そんなもの何の役に立つの？　気持ち悪いんだよ。こっちは人殺しの身内になるなんて冗談じゃねえんだよ。もう関わるな。もう他人だからな」

母親は一方的にまくし立て、出ていった。

親父は面食らったようだったが、俺は納得していた。母親は嫌いだった。世間的には「合わなかった」で済まされるのだろうが、こちらからすればろくな母親じゃなかった。五年生のあの日の夜、父と揉めている声を聞いた。母親は俺のしたことを詰り、褒めるとは何事だ、と父を詰っていた。その時に見限っていた。母親は俺より、正義より、自分の世間体の方が大事なのだ、あの担任とかと同じ人種なのだ、と。邪魔でもあった。親父と業の話をすると、「居間でその話はしないで」「私のいるところでそんな話をしないで」とわめき散らした。だからいなくなってせいせいした。家事に慣れないうちは苦労もしたが、親父と二人で、あれこれ試行錯誤しながら自由に覚えていくのは楽しくもあった。

その頃から、俺と親父は天一心流の新たな業の開発も始めていた。打刀にこだわるところは当流の神髄だから変えない。だが剣術を補助するための当身術、それも遠間で使える業が足りない。刀を抜けないまま刀の間合で戦わねばならない状況だってあるはずなのだ。古武術や格闘技を参考にし、時には一時的にジムに通うなどして技術を覚え、それを応用して業に組み込む。歴代の師範たちがしてきたことだった。天一心流は強くなり、天下無双に近付いていた。

そのはずだった。

確かめるすべがなかった。

天一心流は真剣の流派だった。真剣での立ち合いなど現代ではできなかった。かといって、本気で斬っていい相手が目の前に現れる可能性もなかった。盛り場をうろつき、揉め事を探し、相手が喧嘩を仕掛けてくるよう誘ったこともあった。だがそれでも、使えるのは無手の業一つで、当てれば相手はもう怯み、降参してしまう。子供の頃の光田と同じだった。何も試せない。まして真剣など使える状況はなかった。武術家が本気で真剣を振り、それでなお正当防衛が成立する相手など、現代日本にはいなかった。海外であれば、拳銃相手であれば許されるかもしれなかったが、海外には真剣など容易に持ち出せない。暴力団の事務所に行くことも考えたが、たとえ相手が暴力団であっても、何もされていないうちから真剣で襲いかかればこちらが犯罪者にされてしまう。それに、悪辣な連中だった。彼らと本気でことを構えれば、彼らは自分たちの面子上、絶対に途中で手を引かない。俺たちは個々の戦いでは勝てても、嫌がらせで近所の人間が被害に遭う可能性があった。事務所にいた人間を皆殺しにしても、後から仲間が無限に湧いてくる。

使う機会がない業。だから親父と二人きりでひたすら稽古を続けた。だがその親父は、俺が二十四の時、脳溢血であっけなく死んでしまった。

俺は道場に、独りぼっちで残された。

稽古は続けていた。すでに親父より強くなっていたし、印可は貰っていた。天一心流最強は俺であり、天一心流を強くする使命を負うのも俺だった。だがその頃から、一人で稽古していると、頭の中に母親が出てくるようになった。母親はいつも同じことを言った。

――あんたたち、おかしいんじゃないの。

――そんなもの何の役に立つの？

強くなっていたはずだった。だが確かめる手段がない。

洗練されているはずだった。だが使う相手がいない。

親父が死んだあの日以来、俺は空気と巻藁しか斬っていない。

薄暗い稽古場で、一人で刀を振り続けているうち、いつしか目の前に、刀を持った男が見えるようになった。着物を着て、草鞋（わらじ）を履き、帯刀した男。天一心流は屋外での戦闘を念頭に置いているため、稽古は道場内でも草鞋を履いて行う。稽古場の板間の上で、その男も草鞋を履いていた。こちらを見据え、刀に手をかけた。俺は業を振るった。抜付。真直。逆斬上。うまく動けた時は男は斬られてかき消えたし、しくじった時は俺の体が斬られた。だが決して怪我はしなかった。男は幻影であり、実体がなかった。斬っても感触がなく、斬られても一滴の血も出ない。ただ想像の中だけで、「きっと今、血飛沫が舞った」「きっと今、左腕に激痛が走っている」と繰り返す。それが現実とどこまで乖離（かいり）しているのかも分からない。武術の専門家のはずなのに、実戦経験はそこらの手の早いチンピラに負けているのだ。

俺は目の前の幻想に語りかける。あんたとやりあいたい。

そう願うのが、いつしか毎日になっていた。使えない技術。人殺しの技術。それに人を効率よく殺すなら、銃の使い方を学ぶ方がはるかに合理的だ。ならばなぜ、わざわざ刀で人を殺すことにこだわるのか。健康のために役立つわけでも動きが美しいわけでもなく、ただただ人を殺すための技術なのに、殺しとしては不便で効率が悪い。伝統芸能？　違う。変化を続けてきた天一心流には数百年続いた業などなく、伝統すら存在しない。何でもない、無意味な技術。だが積み重ねられ、掘り下げられ、そこには無限の深淵（しんえん）と悠久の豊饒（ほうじょう）さを含んでいる技術。なのに無価値な技術。だが価値とは何だ。「役に立つ」ことか。この道はどこに続く。行き止まりか。奈落の底か。それとも俺はただ同じ場所をぐるぐる回り続けているだけなのか。

逆袈裟で幻影の男を斬る。感触は何もなかった。俺は想像する。たとえば今から道場を飛び出し、表の道で一番柄の悪そうな奴に斬りかかったらどうだろうか。相手はまず何もできずに斬られるだろう。反撃してくるまでそれを続けたらどうか。そのうち警官に囲まれるだろう。制止され、威嚇射撃をされる。戦う意思のある奴が来たわけだ。先頭の一人に斬りかかったらどうだろう。銃口に臆せず一撃で斬る自信はある。問題は次だ。発砲してくるに違いなく、それをどうやって躱しながら斬り続けられるか。応援が来る。何人まで斬れるだろうか？　重武装の特殊部隊が出てくるまで斬り続けられるだろうか？　特殊部隊は斬れるだろうか？

納刀し、汗を拭い、窓の外に目をやると、妙に大きい茶褐色の月があった。妙に手前の方にある……そう感じる月。

それを見ながら溜め息をつく。これでは完全にただの辻斬りだった。だが最近、それでもいいのではないかと思い始めている自分がいた。どうせ使うあてのない業だ。自分は独身で、弟子もいない。最後に思いきりひと花咲かせて、磨き上げた業を使いつくし、笑いながら警官に射殺されるのも悪くないのではないか。使うあてもなく少しずつ業を腐らせていくよりも、警官を十人斬り殺した「伝説」をひとつ作って華々しく流派を〆る方が、開祖・河野新右衛門惟充も喜ぶのではないか。不名誉？　いや、一人でそれだけ斬れたとなれば、流派にとっては名誉以外の何物でもない。

刀の柄を指で撫で、薄暗い道場で独り笑う。倫理道徳を無視した彼岸の思考だった。だが理屈は通っていた。彼岸の理屈。だがこちらから見ればそれが此岸なのだ。それならいっそ、と思う自分も日に日に輪郭を顕（あらわ）にしてきている。いつか川を越える日が来るかもしれない。

戸を叩く者があった。家の玄関には鍵（かぎ）をかけているのに、なぜかいきなり稽古場の戸を叩いている。

賊だと直感した。だが賊がわざわざ戸を叩くはずがない。刀を差したまま戸に近付き、無言で引き開ける。両手に鎌を持った老婆が俺を見上げ、にたりと笑って鎌を振り上げた。

一瞬だった。俺は腰を落として鞘ごと刀を抜き、右手の鎌を鞘受で止め、半抜刀で刀の柄を敵のこめかみに打ち付けていた。そのまま抜付。左手の鎌が飛んでくるのを手首ごと斬って落とし、戻す刀の切先で脇腹を突く。引き抜いて体を回し、袈裟で肩口から両断した。

残心。血払。納刀。

斬った敵に一礼しながらも、自分に何が起こったのかを図りかねていた。だが、えもいわれぬ充実感、すべてがあるべき場所に収まったという一致の快感があった。

ババサレ、という系統の怪異だったらしい。夜間に突然訪問してきて戸を叩く。「去れ」と応じれば去るが、対応を間違えると上がりこんできて殺される。

遅れて駆けつけた事故調の担当者は俺が怪異を斬ったことに驚いていたが、それよりも俺の態度に困惑していただろう。俺は目を輝かせていたはずだからだ。天一心流は死せず。天一心流は最強にして、なお工夫の余地あり。仏壇に向かって大声で報告したかった。

# 13

電車が見えなくなった。豊後さんはもういない。

周囲の空気がおかしかった。音が全くなく、暑さも寒さもない。この時間でも、電車に乗った時はまだ蒸し暑かったはずなのに。いや、音はあった。どこかで、アスファルトの上に水を流しているようなびちゃびちゃびちゃびちゃ……という音がしている。それだけだった。時間帯的にはまだ車の走行音があってもおかしくないはずなのだが、一つもない。

飛び降りた僕たちは線路沿いの小路にいた。街路灯がぽつぽつと橙色の光を浮かべており、それが線路に沿ってどこまでもまっすぐ続いている。周囲は塀があり、戸建ての影が闇に浮かんでいる。住宅地だった。だが左右に続く家並は一つも明かりがついていない。柵のむこうに線路があり、そのむこうに反対側の柵が見えたが、その柵のむこうは真っ暗だった。目を凝らすとはっきりした。明かりがないのではなく、何もないのだ。柵のところから先には闇のカーテンがあって、おそらくは入ることすらできない。上を見ると、空には星が一つも見えず、後方上空にべったりと偽の月が張りついているだけだった。本物の月はなく、偽の月の位置も変わっている。

飛び降りることには成功したが、明らかに異界のままだった。

雪花さんと二人、怪我がないことを確かめる。それから武装を確かめ、グロックを抜く。携帯の電波は入らず、無線もノイズだけだった。線路沿いに右を見渡し、左側の視野をカバーするため多めに首を回して左を見渡す。どちらを見ても橙色の街路灯が等間隔でどこまでも続いていて、この線路が相模線のいずれの駅にも辿り着かないことは明白だった。

「どっちに行く?」

雪花さんに訊かれた。とにかく移動して、ここから脱出しなければならなかった。左右を見る。どちらも全く同じ光景だった。左右対称の世界に迷い込んだかのようだ。だとすれば。

正面に、住宅地に入る路地があった。街路灯が暗い橙色の光しか出さないせいで先は見えないが、線路沿いに無限に歩くのを避けるとすればこちらしかなかった。

どこかでびちゃびちゃと水の音がしている。雪花さんと頷きあい、グロックを構えて進む。

路地は暗かった。相変わらず周囲の戸建てはすべて真っ暗で、なぜか一軒もこの道に向けて門を開いている家がなく、延々とブロック塀が続いた。どれも同じように古い、瓦屋根を載せプロパンガスのタンクを付けた田舎風の戸建てで、全く同じ家が続いているように見えたが、時折、屋根の上に人のようなものが立っていた。暗いためぼんやりと存在が分かるだけだったが、立っている影は僕たちが通り過ぎても動かず、そのまま後ろに遠ざかっていった。それなのに、しばらく進むとまた屋根の上に人のようなものが立っている家が現れた。その繰り返しだった。びちゃびちゃびちゃ……という音はずっと続いていた。少し離れた場所なのは分かったが、どちらを向いても右の方から聞こえてくるような感じ、方向の特定はできなかった。

路地はしばしば突き当たりになり、迷路状に右折か左折を迫られたが、どちらに曲がっても風景は変わらず、家の門もなかった。左右のブロック塀と戸建ての影。等間隔の暗い街路灯。それだけだった。この季節なのに、街路灯の周囲にすら虫が一匹も飛んでいない。妙にすっきりしすぎている路地で、何かが足りない、と思ったが、電柱と電線が一切ないのだった。黒と灰色の濃淡しかなく、ブロック塀の縁と角の直角しかない路地。まるで出来の悪い背景画像の中を歩かされているようだった。

右に曲がり、同じような路地が現れる。しばらく行くと突き当たりがあり、左に曲がる。また同じような路地がある。雪花さんが立ち止まった。

びちゃびちゃびちゃびちゃびちゃ……と、遠くで水の音がしている。

「……無限に続く、と思う？」

「分かりません」

後ろを振り返る。後ろも同じ路地だったが、街路灯の明かりは弱く、少し先はすぐに闇になってしまう。あそこから真っ暗だが、あれは暗いのではなく存在していないのではないだろうか。後ろはあそこまでで、消えた路地が僕たちの前方に継ぎ足されているのではないだろうか。

「……ダンゴムシ法で来たけど、出られる気配ないね」

「ダンゴムシ？」

「知ってる？　ダンゴムシって迷路に置くと必ず右、左、右、左、って交互に曲がるんだよ」

「ああ……なるほど」同じところをぐるぐる回らないようにするためだろう。こんなところでダンゴムシの豆知識を知るとは思わなかった。「……雪花さん、落ち着いてますね」

「そうでもないよ」雪花さんはにへら、と溶けたような笑顔を見せた。「やばいね。うちらの方が死かも」

「それなら豊後さんは生き残れますね」

「諦めよすぎ」雪花さんは頭に載せていたレースのカチューシャリボンをしゅるりと解くと、道の真ん中に落とした。「とりあえず永久ループかどうか確認しよう。場合によっては」

ブロック塀の方を見る。僕の背より低い程度であり、家屋の屋根が迫っている。この屋根の上には人のようなものはいない。塀に飛び乗り、そこから屋根に上がってむこうへ行くことは可能だった。だが。

「……塀の中、ヤバい感じがビンビンしませんか?」

「だよね」

塀の中には、確実に何かがいる気配があった。一匹ではなく、すべての家の塀の中にいる。塀に飛び乗ったら、たぶんその瞬間に下から攻撃されるだろう。進むしかなかった。意識した途端、左右のブロック塀の陰で黒い何かが蠢(うごめ)いている気配を感じた。

次の角を曲がった途端、二車線の少し広い道路に突き当たった。相変わらず道の両側は戸建てとブロック塀で、ひと回り広い道なのにこちらに門が面している家が一軒もない。だが風景は変わった。雪花さんが「無限ループ」に対して具体的な行動をとった直後だ。僕は何者かの意図を感じ、振り返って空を見上げた。偽の月は僕を背後から見下ろしている。さっきも背後にあったから、この月は常に後方にあるのだろう。

二車線の道の真ん中に出て、ところどころひび割れている白いセンターラインの上に立つ。橙色の街路灯がぽつぽつと続いているが、目を凝らしても先が見えるのは十五メートルほどだった。そこから先はどちらを見ても暗闇だ。

さてどちらに行こうか、と左右を見比べた瞬間、突き上げられるようなプレッシャーを感じた。左側の闇の存在感がすさまじい。雪花さんもぱっとそちらを振り向く。はっきりした感覚があった。左の道はヤバい。暗闇の中に、何かが……ヤバい何かがいる。

「右だね」

雪花さんの判断は速かった。僕も一瞬遅れて右に駆け出す。

「……左、あれ何ですか?」

「分からない」雪花さんはグロックを構えつつ出せる最高速度で走っている。「でも、あっちは絶対やばい」

雪花さんは服装に反して足が速く、僕はグロックを構えながらではついていけず、大きく腕を振らなければならなかった。雪花さんは振り返らずに走る。走りながら気付く。ヤバい何かの気配が遠ざからない。全力疾走で離れているはずなのに。

追ってきている。

「急いで!」雪花さんが怒鳴り、彼女もグロックを構えるのをやめて全力で走り出した。

僕は必死でスピードを上げた。後ろから来ていた。足音も何もないが確かに来ていた。闇そのものが追いかけてくるような感覚。振り返ることはできない。振り返った瞬間にやられる気がした。振り返って撃つのはむしろ逆効果だ。走るしかなかった。追いつかれたら死ぬ。走りながら絶望していた。雪花さんがフラッシュバンを投げる。光らず、かたん、と地面に落ちただけだった。僕も投げたが結果は同じだった。だが走っているうちに、道が少しずつ左に曲がっていることに気付いた。気付くとますますはっきりとカーブするようになった。しめた、と思った。このまま九十度カーブすれば、後ろのはついてこられない。その直感がある。

前方のカーブだけを見て走り続けていたら、いつの間にか後方の恐怖が消えていた。雪花さんがアスファルトと靴で摩擦音をたてて立ち止まり、僕も慌てて止まる。後方を見る。暗闇があったが、恐怖の気配はなかった。息が上がる。伸縮性があるとはいえ、SHINOBI の密着が苦しい。

「……今の、何だったんですか」

「分からない。でも状況中、時々あるの。『やばいのがいる』みたいな感覚」雪花さんも呼吸は乱していたが、僕よりもよほど心肺機能が強いのか、まっすぐに立って後方を見ていた。「あるいは、『恐怖』そのものが追ってきたのかも」

確かにそれが一番、感覚とは一致していた。いずれにしろ逃げられた。気がつくと、前方の道はまたまっすぐになっている。びちゃびちゃという水の音はまだしている。状況が戻ったのだろうか、と思ったが。

雪花さんが前方に向けてグロックを構えた。「来るよ」

慌ててグロックを向け、右目を凝らす。前方の暗闇で何かが動いた。一つではなかった。足音が聞こえる。それも複数だ。近付いてきて、ぼんやりとシルエットが浮かび上がる。人間だった。白い着物を着た人間の行列だ。

「止まれ！」雪花さんが銃を向けたまま警告した。「私たちは元の世界に帰りたい。どちらに行けばいいの？」

だが先頭の男は反応せず、下を向いたまままこちらにまっすぐ歩いてくる。足音が多い。一列に並んだ行列だった。七人ミサキ、と思ったが違う。十人以上いる。下を向いている先頭の男の右手に大型の剃刀（かみそり）が見えた。

その瞬間、発射音と発砲炎が弾けた。雪花さんが撃ったのだ。頭部に二発が命中し、先頭の男が仰向けに倒れる。

だが後ろに続く者たちは全く驚いた様子を見せず、淡々と倒れた一人目を避け、こちらに向かってきた。再び雪花さんが撃つ。十メートルの距離があったが、正確に頭に二発当てた。二人目も同じように倒れるが、三人目がその後ろから迫ってくる。雪花さんが舌打ちしたのが聞こえた。僕は自分のグロックをフルオートにして狙いをつけた。雪花さんは単発で撃っているが、敵の人数は分からない。全員で突然駆け出して殺到してくれば対応できない。雪花さんは撃ちながらちらりとこちらを見て頷いた。白い着物の人間が倒れていく。五人。六人。だが敵の足元に二つか三つしか死体がないことに気付いた。最初に倒した先頭付近の連中はすでに消えていた。不気味だった。全員白い着物を着て、同じように俯いたまま向かってくる。

「リロード！」

雪花さんの声に合わせ、今度は僕が射撃する。真正面だから片目でも照準は問題ない。だが単射の二、三発で倒す自信はなかった。フルオートで三、四発ずつ固めて撃つ。グリップを全力で握って反動を抑える。三人目を倒すのに手間取り残弾がなくなりかけたところで雪花さんが再び射撃を開始した。急いでマガジンを捨て、新しいものを挿し直す。

「やったね。出たってことは当たり」

雪花さんは一定のトーンでぬるぬる話すいつもの口調ではあったが、戦闘時でハイになっているのか、なぜか笑っていた。「でもこっち、やばくない？　予備弾倉あといくつ？」

「一つです」

今日の試行では、こんな大量の敵は想定していなかった。嫌な予感がする。どこまでも続くブロック塀と同じ家。倒しても倒しても暗闇から湧く、どこまでも続く敵の、白い着物の行列。発砲音に負けないよう雪花さんに叫ぶ。「いったん下がった方が」

「後ろはやばいでしょ」

「弾がもちませんよ」

「リロード」

慌てて射撃を開始する。単発で残弾を節約したかったが無理だった。焦ると頭部から照準がそれ、二人目を倒すのに十発近く使ってしまった。まずい、と思った瞬間に雪花さんが射撃を再開する。全身がどっと冷える感覚の中、リロードのコールをしながら最後の予備弾倉に交換する。

「駄目だね、こりゃ」

雪花さんはそう言いながら突然射撃をやめ、バッグを開け放った。「こっちでやる」

近接武器だ。正気だろうか？　敵も全員武器を持っている。すぐに殺される。

だがその間に敵が迫ってくる。僕は慌てて射撃し、迫ってきた一人目の頭部を破壊する。

雪花さんがバッグから出したのは、両側面に三日月形の刃がついた槍の穂先と、まっすぐに伸びた槍の柄である。その二つをがちりと接続し振って固定する。実戦で振るうのは初めて見た。雪花さんも豊後さんやフランさんと同様、近接に「私物」を使う。だが彼女の武器はなんと、三国志で呂布が振り回していた三つの刃を持つ槍――「方天画戟（方天戟）」である。

「えへへー」

「マジですか」

「援護して」

雪花さんは体を大きく捻ると方天画戟を袈裟掛けに振り下ろし、先頭の一人の体を両断した。続けて二人目の顔面に一瞬で二発、突きを入れて破壊する。前のめりに倒れる二人目に向かって大上段に振りかぶったと思ったら、二人目を無視してその体越しに三人目の脳天をかち割った。噴射されるように血が飛び出る。柄の先端を持って体ごと回転する。遠心力のついた刃が四人目の頭部を下半分だけにし、下顎に残った舌がだらりとのたうつ。

グロックを単発モードにして援護しようと構えるが、雪花さんの動きが読めずに連携できなかった。雪花さんは戦う。突く。薙ぐ。叩き斬る。フリルに埋もれるような華麗で真っ黒なドレスがふわりと回転し膨らむ。スカートの黒を、胸元の白を真っ赤な血飛沫が汚す。黒と白と血の鮮赤。血と刃。死と乙女。雪花さんは舞うように戦い、僕は呆然としてそれを見ていた。

雪花さんは目を爛々と輝かせ、口の端には笑みがこびりついている。荒く呼吸をしているが、疲労ではなく興奮のためだというのが分かった。切断した首から血飛沫が弾け、雪花さんの右目を塞ぐ。それなのに目を閉じない。顔の右半分を真っ赤にし、恍惚として喘ぎながら刃を振り回す。

この人は。

見とれている場合ではなかった。僕は横に移動すると、斜め前から敵の二人目と三人目に照準をつけ、フルオート連射でまとめて薙ぎ倒した。

「雪花さん！」

その叫びが届いたようで、斬ろうとしていた二人目が先に倒されたことでリズムを乱した雪花さんは武器を引き、三歩素早く後退した。「ネズミくん」

「無理です。無限に湧く」

その一言が届いた。膜がかかったように周囲を無視していた雪花さんは、一瞬でいつもの、先輩の顔になった。「……そうか。そうだね」

雪花さんは方天画戟を縦に持ち、叫んだ。「左右に分かれて走り抜けよう。私はこっち。ネズミくんはそっちね！」

叫びながら先頭の一人を薙ぎ払い、雪花さんはそのまま列の左側を駆け抜けた。先頭の二、三人がそちらを追って振り返った隙に僕も反対側を駆け抜ける。反応して摑みかかってきた一人を撃つと、敵の攻撃は止んだ。一列縦隊で行進している場合、歩く者は進行方向というより、前の者の背中を見てそれについていこうとする。周囲の状況を広く把握していることは少なく、だから前方で敵が方向転換しても、その敵が横を走り抜けても、素早く反応はできない。僕は全力で駆けた。列のむこう側を雪花さんも走っている。あれだけ暴れたのに、さして息も切れていないようだ。とんでもない心肺能力だった。

列の横を駆け抜けると順送りのように敵が振り返る。遅れたせいか、敵の列は全員、こちらを向いた。だがむこう側から雪花さんの声がする。「なんで全員こっち向くの?·」

その声で理解した。もともと危惧していたことではあった。状況中はしばしば理屈に合わないことが起きる。こちらが「もしかしてそうなのではないか」と不安に思ったことがそのまま現実化することも多い。走りながら前方を見る。暗闇から生産されているように列が続いている。後ろもどうせ同じ光景だろう。びちゃびちゃびちゃ、とまだ続いている水の音が僕の思考を行き詰まらせる。

「雪花さん、この列たぶん、無限に続いてます」

列のむこうから声がする。「それっぽいね」

だがどうする。足を止めれば、周囲の敵が一斉にこちらに殺到する。グロックの残弾はわずかしかないし、そもそも正面から一人ずつ相手にしているならまだしも、列の横腹に回ってしまった今、視界にいる全員が同時にこちらに向かってくることになる。グロックでは押し負ける。剃刀でずたずたに切り刻まれる自分の姿が浮かび、足がもつれそうになる。

「しょうがないね」雪花さんが叫んだ。「塀に上がろう。三つ数えたらそっちに行くから援護してね。一、二、三」

どういうことだ、と問い返す間もなかった。敵の列が突然乱れ、一人が首を飛ばされ倒れる。その二つ後ろの一人が首を貫かれて倒れる。間の一人の背中から槍の穂先が突き出てきた。雪花さんは槍を突き刺したままこちら側に敵を押し込み、飛び出してきた。後ろから彼女に斬りかかった一人をフルオート射撃で倒す。そこで残弾が切れた。グロックを放り捨てるが麺打ち棒を出す余裕はなく、雪花さんのドレスを摑んだ反対側の一人は手套(ストラッシュグラブ)で殴り飛ばし、彼女の体を引きはがす。

「ありがと」

雪花さんは振り向いて僕の頰にキスすると、槍で突き刺していた一人をそのまま押してブロック塀に叩きつけた。

「ここの塀から屋根に上がるよ」

「そいつは」

「こう使うの」

雪花さんは雄叫(おたけ)びをあげ、槍で磔にしていた一人の体を持ち上げた。とんでもない腕力と握力だった。そのままブロック塀の上に持ち上げて載せ、引き抜いた槍でひと突きして塀の向こう側に落とした。

あっ、と思った。塀の向こう側には何か、ヤバいやつがいる。だがその瞬間、その気配が一ヶ所に集中した。いる位置が明確になり限定される。今はあそこにいる。落とした一人を襲っている。今なら。

雪花さんに続いてブロック塀に飛び乗り、そのまま一足飛びで屋根の庇(ひさし)に飛んだ。塀の中にいるものに捕まらずに上がれた。一瞬振り返って下を見たら、ブロック塀と建物の間で白い着物の人間が仰向けになっていた。そしてその周囲に、無数の白い手が湧いていた。

めりめり、と何かが砕ける音が下から聞こえてきた。だが投げ込んだ敵の末路など気にしてはいられない。僕は雪花さんの後を追い、屋根を駆け上がり、反対側から飛び降りた。ここは前庭だ。雪花さんがスカートを翻して門扉を飛び越える。急いでそれに続き、家の前を通る路地に飛び出す。

麺打ち棒を抜いて左右を見た。風景が変わっていた。こちらの路地にはまともな変化があった。一つずつ違う形の門扉。道の端に捨ててあるコーヒーの空き缶。右側にはポストすらあった。家の明かりはやはり、一つもついていないが。

「……脱出したね」

雪花さんがこちらを見る。さすがに息が上がっていた。

成功した。無限に続く路地。無限に続く同じ家に、敵の行列。だがそうでないものもあった。屋根の上に時折見える人影だ。あれは見える家と見えない家があった。つまり人影の正体はどうあれ、屋根のあたりは無限の繰り返しにはなっていない。少なくとも塀や道路と同じパターーンではない可能性が大きかった。

出口はあったのだ。直感だが、そもそもどこもすべて無限だというなら、そんな空間に僕たちが外から入ることはできない気がする。

左右を見る。敵の気配はなくなった。どちらに進んでも、さっきのようなヤバいやつはいないだろう。

雪花さんは黒いレースのついたハンカチを出し、メイクを崩さないよう慎重に顔を押さえると、方天画戟をぶらりと提げて路地を歩き始めた。落ち着いてるなあ、と嘆息しつつも後に続いて路地を進む。右に曲がると、突き当たりに明かりのついている家があった。迷わずそちらに進む。大きな家で、ここいらの地主か何かだろうか、と思ったが違った。寺だ。

「……あそこだね」

ふう、と息をついて雪花さんが頷く。明かり。人の気配。常識の通用する気配。やっと辿り着いた。さすがにこの人も疲れただろう。

明かりがついているのは立派な塀に囲まれた住宅だった。塀の規模に比べて小さい平屋で、どうやら寺院と同じ敷地内に住職の居宅があるらしい。雪花さんは迷わず門をくぐり、方天画戟を背中に隠すと呼び鈴を鳴らした。

はい、と中から声がして、足音が近付いてくると、玄関の戸ががらがらと開き、浴衣姿の住職が現れた。「おや。やっぱり」

「道に迷いました。相模線の駅に帰りたいんですが」

雪花さんが言うと、住職はああ、ああ、と頷いた。「ここからですと少し歩きます。タクシーを呼んでもいいんですが、朝になってからの方が安全でしょう」

住職は状況が分かっているようだった。僕の表情に目を留めたのか、六十代くらいに見える住職は目尻に皺を寄せて微笑んだ。

「たまにいらっしゃるんですよ。あなたがたみたいに迷う方」住職は戸を開け、僕たちに上がるよう促した。「今夜あたり来るのではないかと予感がしていました。……さ、どうぞ」

## 14

さすがに靴は脱いだし、武器も見えないようにしまった。住職は落ち着いた様子だった。

「とにかく朝になればいいですから、部屋でお休みになってください。二部屋用意できますので」

廊下をしばらく進み、住職が襖を開けると、広い和室の真ん中に布団が敷かれていた。

「こちらでどうぞ。隣の部屋とは続きになっておりまして、そこの襖を開けるとひと部屋にもできます」住職は頭を下げた。「では、ごゆっくり」

部屋には畳のにおいと、一階で日当たりが悪いからか、わずかに黴臭いにおいが滞留していた。しかしそのにおいで落ち着いた。橙色の豆電球がついているだけで隅の方は暗く、壁際の簞笥と棚以外に物のない殺風景な部屋だったが、これまでいた路地よりはるかに情報量が多く、ランダムさや偏りが存在し、何より曲線の多い空間。生き物の、住人の息吹が感じられる部屋に戻ってきた、という実感がある。たん、と音がする。雪花さんが隣との襖を開けていた。

「私はこっちにする。……同じ造りだね」雪花さんは振り返った。「どうせまだ携帯は通じないから、このまますぐ布団に入って寝た方がいいよ。今、余計に動くとまた異界駅に戻りそう」

「はい」

「念のため言っとくけどこのまま、全部着のみ着のままだからね？ ……じゃ、おやすみ」

若干の心細さはあったが、僕がそれを顔に出すより先に雪花さんは襖を閉じた。

ひとり部屋に残され、やることがなくなる。隣の部屋から布団を動かすばさばさという音が聞こえてくる。雪花さんは本当にすぐ寝たようだ。

この装備で寝られるだろうか、と思ったが、それしかなかった。麺打ち棒だけ外して布団の中に置き、薄い掛け布団をめくって潜り込む。部屋はひんやりとしていて、掛け布団をかけても寝苦しくなかった。汗と血で布団がひどく汚れるはずだが、考えないことにした。

こんなので眠れるわけがない、と思ったが、布団というものはすごい。こんな状況でも、初めて使う他人の布団でも、体は勝手に弛緩した。目を閉じると、瞼の中で眼球がぐるりと動く感触があった。横になっているはずの自分の輪郭がぼやけ、暗闇の中に肉体が拡がってゆく。眠りに落ちる時の感覚だった。障子の外でびちゃびちゃびちゃと、水の音が続いている。

ふと頭の上に何かを感じ、ぱっと目を開いた。すぐに動いたのは目だけで、手足の感覚が始まるまでたっぷり一秒はあったから、僕は本当に眠っていたのだろう。ここがどこなのか思い出せないほどではなかったが、自分の恰好は忘れていた。そうだ。異界駅から寺に逃げ込んで、そこで。

ぎし、と音がして頭が下に沈む感覚がある。何かが頭のところにいて、床を踏んだのだ。瞬間、僕の脳細胞が発火していた。とっさに判断する。飛び起きる余裕はない。防御！ 布団の中で握っていた麵打ち棒を両手で構えて顔の前に突き出すと同時に重い衝撃が降ってきた。がち、という鈍い音が聞こえる。何かされた。振り下ろされた。しかも顔に向かって押し下げてきている。

けたたましい音がして襖が吹っ飛び、同時に射撃音が響く。頭の上にいた何かが飛び退いて畳が跳ねる。吹っ飛んだ襖が腕に当たったせいでバランスが崩れてわけがわからなくなったが、とにかく布団から飛び退いて壁を背にした。グロックの発射炎が室内を照らし、銀色のツインテールを一瞬だけ闇に浮かび上がらせる。

「雪花さん」

「怪我は？」雪花さんは続けて二発撃った。「……ていうか寝てなかった？」

「いや」

「……ネズミくん、ひょっとしてすごい図太いの？　それかお馬鹿さん？」

「いや、その」部屋の反対側を見る。発射炎の光で一瞬だけ見えていた敵影はもう、暗闇に紛れてどこにいるか分からない。「……やりました?」

「まだ。やばい。電気つかないの」

ちょうど僕が背にしているあたりに電灯のスイッチがあったことを思い出し、壁に指を走らせた。スイッチには触れたが、パチパチと何往復させても、天井から下がる照明器具はちらりとも反応しなかった。

雪花さんは「くっそ」と毒づきながら暗闇に発砲する。一発目の発射炎で敵の影を確認し、二発目と三発目をそちらに向けて撃つが、どす、という重い音とともに敵が動き、手応えがないまま、また暗闇が戻る。発射炎で目が眩(くら)んでいる分、暗くなってしまうと何も見えない。

僕が命拾いしたことは確かだった。はっきりと目が覚めた今では分かる。あの住職は怪異だ。異界駅で下車して迷っていると寺に着き、そこの住職が助けてくれた、というパターンの都市伝説は存在する。だが今回は救世主であるその住職も怪異だった。二つの怪異の「習合」だ。一つは異界駅。そしてもう一つは、迷い人が親切な人間に泊めてもらったら、その人間が夜中に襲ってきた――という、いわゆる山姥(やまんば)系の都市伝説だ。

研修の時に言われていたことだった。状況中は電話がつながらなくなり、防犯ブザーが鳴らなくなり、なぜか道から人通りがなくなる、と。そこにたまたま停まってくれたタクシーには――都合よすぎる救いにはむしろ警戒せねばならない、と。この寺は一軒だけ明かりがついていて、信じられないほど物分かりのいい住職がいた。たまたま停まってくれたタクシー以上に都合のよすぎる存在だ。なのに僕は「そいつも怪異である」可能性を忘れていた。ど素人だ。

そもそも自分たちの恰好を忘れていた。武器こそ隠していたがコスプレ二人組で、二人とも汗だく血まみれ、自覚はしていないがすごい臭いを発しているはずなのだ。しかもたった今、殺しあいを脱してきたただならぬ空気を纏っている。いくら怪異に遭った人を助けた経験がある僧侶でも、困惑しないはずがないのだ。それに困惑しなかったならしなかったで、僕たちの恰好をみれば、どう考えてもまず怪我の心配をするし、布団よりまず風呂を勧めるか、でなければ蒸しタオルの一つも用意してくれるのが普通である。図々しい話だが、普通の人間というものはそれを期待していい程度には親切で気がきくものなのである。まして僧侶だ。それなのにこの住職のように着替えも用意せず、いきなり布団を勧めたりするのはかなりおかしい。そもそも布団だって一体いつ用意したのか。住職の話からすれば僕たちの来訪は「なんとなく来る気がしていた」程度らしい。それならなぜ二部屋に分けて二人分の布団を用意できたのか。来るのが二人で男女だということまで分かっていたなら、玄関先であんな態度はとらないだろう。

住職の言動は明らかにおかしかったのだ。最初から僕たちを泊め、寝込みを襲う山姥の亜種だったからだ。これほどおかしかったのに今の今まで気付かなかったのは疲労と緊張のせいでもあるのだろうが、それでもひどい。雪花さんが呆れるわけだった。僕は麵打ち棒を構える。雪花さんは寝ずに待っていたのだろう。怪異が現れるとしたら、グロックを持っていない僕の方だと読んで。

暗闇に目を凝らす。部屋の反対側にいるはずの怪異は輪郭すら見えず、暗闇は塗りつぶしたように黒一色だ。そこに雪花さんが銃弾を打ち込む。二十度ずつ方向を変えて四発。四発目で人影の位置が一瞬浮かび、そちらに二発打ち込む。だが手応えはない。暗闇の中でがちゃりと音がしている。手探りで弾倉を入れ替えたのだろう。

「マガジンは」

「これで最後」

雪花さんと囁きあう。絞めつけられるような恐怖感が喉を詰まらせる。敵が見えない。なのにもう残弾がない。

暗闇に目を凝らす。音も気配もない。外から聞こえる水の音が邪魔だ。

麵打ち棒を構える。「……僕が飛び込みます。振り回せばどこかに触れるはずです」

「駄目。一瞬で殺されるよ」雪花さんは暗闇にむけて狙いをつけている。「あいつ、見えてる」

確かに、最初の一撃からここまで、敵は暗闇の中でこちらがはっきり見えている動きだった。だとすれば圧倒的に不利、というより絶望的だった。十二畳はある広い空間でこちらは敵が全く見えない。なのに敵からはこちらが丸見え。確かにそれでは麵打ち棒を振り回しても当たらないし、逆にあっさり脳天を叩き割られて終わりだろう。発射炎で一瞬見えた住職は柄の長いまさかりのようなものを持っていた。見えさえすれば、今の装備でも戦えるはずだったが。

壁際を見る。あのあたりに腰の高さの窓があったはずだ。鍵は手探りで開けられる。窓の外側にある雨戸も閉まっているが、中からなら開けられるだろう。あそこから脱出できないか。

だがそれもすぐに無理だと分かる。むこうからはこちらが見えているのだ。駆け寄り、窓と雨戸を順に開け、外に飛び出る。どう考えてもその間に背中から斬られる。それに外に出たとして、状況はもっと悪化するかもしれなかった。外の街路灯が今もついている保証はないからだ。暗闇の中、路上に出れば、拳銃で牽制(けんせい)することもできなくなる。今はこの場所だからまだ戦えているのだ。部屋の隅にくっついていれば、敵が進入してくる方向は九十度の範囲に限られる。壁際ぎりぎりは無理だし、右手に持ったまさかりで攻撃するなら左側の壁からもかなり離れなければならないわけで、実質五十度程度に絞られるだろう。だから拳銃一つでカバーできるのだ。だが外に出てしまったら、三百六十度どこからでも攻撃してくる。

壁伝いに移動して廊下に出れば射撃方向が限定できるか？　これも無理そうだった。そうなれば、敵は何らかの投擲物を探すだろう。こちらからは見えないのだ。何をどう投げられても避けようがない。

いや、今この瞬間、すでに敵は部屋を抜け出し、投げつける包丁か何かを取りにいっているかもしれないのだった。暗闇の中からいきなりそれが飛んでくるのを想像した。かわせない。

前方で足音がした。予想外に近く、雪花さんがグロックを続けて撃つ。だが敵の影は一瞬、服の裾が見えた気がするだけで、また闇に消えてしまう。気配もない。まだ部屋にいる、ということしか分からない。

膠着(こうちゃく)状態に見えて、実際は一方的だった。袋小路に追い詰められて威嚇しているネズミと、追い詰めた猟師。猟師はネズミの牙(きば)を防ぐ盾を探しにいってもいいし、いつでも何かを投げつけられる。何もせずにネズミが疲れるまで待ってもいいし、こっそり裏に回って奇襲してもいい。だがネズミの方は、一瞬でも威嚇をやめたら即、狩られる。しかもネズミと違ってこちらには残弾の制約がある。今のように無駄撃ちをさせられれば、じきに弾切れになる。

再び足音がした。数えられただけで三発撃ったが、やはり手応えはない。

「やばい。撃たされてる」雪花さんは低い声で囁く。「銃は無理だね。次に二発撃ったらグロック渡すから。窓から逃げて。四発残るはずだから」

「でも、銃がないと」

「私は飛将（フェイジャン）ちゃんがいる」雪花さんは壁を探る。方天画戟がそこに立てかけてあるらしい。

「ぶった斬るよ。その間にネズミくんは逃げて。最低でも刺し違えるから」

「逆です」麺打ち棒を見せる。「あなたの方が強い。僕が足止めします」

「無理だよ。ネズミくんじゃ一撃で斬られる。足止めにならない」どん、と肩を押された。

「私はいいの。斬りあって死ぬとしても、すごくお似合いだから」

「そんな」

「……さっき、見たでしょ。行列と戦ってる時」雪花さんの声が沈む。「あれが私の本性。私はそういう人間なの。だからこれは因果応報」

確かに見ていた。白い着物の行列を斬りまくる雪花さんは、確かに快感に酔っていた。そういう人種が一部にいるということは、話には聞いていた。殺人嗜好（しこう）症。生まれつき、人を殺すことに快感を覚える人種。

正直なところ、最初この人を見た時「痛い人」だと思った。ファッション自体は可愛いが、血みどろの職場でそれをしている人は、まず間違いなく「危ない人アピール」だろう、と。実際は違った。彼女は本物だった。本物を気取った偽者ではなく、念入りに偽者を装った本物だった。雪花（スノードロップ）という名前もだ。花言葉は「あなたの死を望みます」。

だが。

「……人を殺したんですか？」

「殺してない。人型で殺したのは怪異だけ」雪花さんは早口で回答した。「でもいずれ殺すと思うよ。殺してみたくて仕方ないもん。人間」

「それでも、これまではやらなかったんでしょう？　三十何年だか知りませんけど」

「あと五十年とかあるもん。無理だよ。それに人以外はもう、いっぱい殺しちゃった」雪花さんの声には、最初の時からあった諦念（ていねん）が滲んでいる。「いいんだよ。私たちはそういう人種なんだから。豊後さんも同じ。戦って、勝った分だけ生き延びて、負けた時に死ぬの。そういう人生もありだよ」

雪花さんはそう言ったが、納得できなかった。そういうのは自由意思で選ぶべきだ。雄馬さんも豊後さんもそうだった。結局、全部そうなるように生まれついていた。自由なんて欠片もなかったじゃないか。

「あー……でも、ネズミくんとさよならするのはちょっと残念かな。きみちょっと可愛いし」

雪花さんは暗闇の中で笑ったようだった。「最後にちゅーしてくれる？」

「嫌ですよ。したら死ぬでしょあんた」

「ケチ」

雪花さんのおどけた声はそこまでで、空気が再び張りつめる。「……来るよ。二発撃ったら肩に触れて。渡すから」

何か言う間もなかった。発射音が二度続く。当たらない。僕は反射的に雪花さんの肩に触れている。その手に熱い銃身が押しつけられる。僕は壁の位置を手で探りながら駆け出した。頭でどう考えていても、体が動いてしまう。そういう訓練をしてきたから。

窓ガラスに触れた。鍵はかかっていない。指に力を込め、ガラスと雨戸を一緒に開ける。開け放てば光が入るかも、という期待は裏切られた。だが外の空気が手に当たる。部屋の方で足音が交錯する。何かがこちらに来る気配はない。窓枠に足をかけて飛んだ。

心は迷っているのに、止まりたいのに、体は流れるように動いた。僕はほんの少し前にも同じことをした。また逃げた。手の中のグロックには雪花さんの体温が残っている。

※

## EMPLOYEE LIST ③ 雪花（蒲池明奈）

誰のせいでもない。強いて言えば神様のせいだろう。なぜなら私は最初からもう、こうだったからだ。

親によると、一歳の頃からそうだったようだ。ブドウやミニトマトをあげると必ずフォークで突き刺したり、指で潰したりする。ぶちゅりと汁が飛び散ると笑い「ぷっちゃった（潰れちゃった）」と報告する。母はそれを「小さい頃の可愛い仕草」だと思っているようだが、私からすればぞっとする性癖だ。生き物を潰す。弾力があってみずみずしく、外皮と中身の区別がちゃんとあるやつがいい。それを切り裂いて中を見る。突き刺して貫通する感触を味わう。皮を通る時の「ぷちゅり」とした感触と、貫通して反対側から先端が飛び出す時の「ぷち」という感触、両方好きだった。切り裂くのも圧し潰すのもいい。「中が出ちゃった」「潰れちゃった」という、「やっちゃった」時の快感。大人になった今でも理解できる。きっと今、三十歳若返って幼児になっても、私はまた同じことをやり始めるだろう。

植物だけで終わっていれば、どんなに幸せだったか。だが無理だった。植物は開いても果肉と種があるだけだったが、動物は開くと複雑な内臓があった。しかも植物のように無抵抗ではない。苦しんで逃げようとする。それを無理矢理開いてしまうのだ。本来は開いてしまってはいけない皮を開くと、見えてしまってはいけない中身が詰まっている。それを私は見てしまうのだ。他の何をしても得られない、ぞくぞくする快感だった。開く以外にもいろいろあった。脚が取れる。頭が潰れる。胴体が真ん中から二つに折れる。「取れちゃった」快感。「死んじゃった」快感。それを覚えたのは三歳くらいだっただろうか。空き地で捕まえたバッタの脚が簡単に取れることに気付いたのだ。バッタはもがく。苦しいのだろう。私はその脚を引き抜いて簡単に取れることに気付いたのだ。

の反応。幼い頃は母に「駄目」と止められるから、そこでやめていた。だが少し待って同じことをした。そういう知恵だけはついていて、何が駄目なのか理解していない、というふりをしていた。それが一番安全なとぼけ方だと学習していたのだ。子供に悪意がないなんて幻想だ。現実には、子供ほど悪意を丸出しにする存在はいない。大人になる過程で、それを抑制することを覚えていくのだ。

でも、私のこの欲求は、とても抑制できるものではなかった。私はトンボの頭をちぎり、ワラジムシを指先で潰し、バッタの脚を六本とももいで、芋虫みたいにうねって苦しむ姿を眺めた。痛そう。苦しそう。取れちゃった。潰れちゃった。どきどきして胸がいっぱいになった。買ってもらった昆虫図鑑で過去に殺した虫を探す。見つけた図版を眺めながら、その虫を殺した時の感触を反芻（はんすう）した。ダンゴムシを潰すと黄色い汁が出る。クモは脚が八本あるけど、すぐに取れてしまうし、取れても何の反応もないから意外とつまらない。チョウの羽根は取れるのではなく破れた。あまり生き物という感じがしなかった。

次に私は、動物図鑑を買ってもらった。それが禁断の領域だということは、幼い心にもなんとなく理解していた。魚の膨らんだ腹に針を刺してみたかったし、鰓（えら）のところにナイフを深く挿し入れて、ばりっ、と「起こして」みたかった。鳥のふわふわで丸い腹を切り裂いたら血と内臓がぞろぞろ出てくるのだろうか。ブタの尻尾を引き抜いてみたい。キリンの首を折り畳んでみたい。そうした想像は私にとって、名前しか知らない外国の素敵なお菓子のようなものだった。動物園やペットショップに連れていってもらった時は、ケージの中で動き回る子犬や、柵の向こうをのしのし歩くトラをずっと見ていた。両親にはさぞかし動物好きな子だと映っていただろう。一度妄想を始めてしまうと何分も動けなくなるのだ。涎(よだれ)がたれていることに気付かなかったりもした。

そして、最も身近な生き物にも当然、その欲求は向いた。人間。大きくて毛が少なく、少し切ると真っ赤な血がいっぱい出て、顔をゆがめて苦しむ動物。「人間のからだ」の図鑑も買ってもらってあり、私は最も身近な両親を見ながら妄想した。抱っこしてくれている父の首筋にはぷっくりと柔らかい頸動脈が走っていたし、手の甲にはひめやかに青い橈骨(とうこつ)動脈が走っていた。あれを横に切りたい。添い寝してくれる母の体は柔らかくて、切るといい感触がしそうだった。乳房よりも下腹部がいい。あそこの中には腸が詰まっているって書いてあった。切ったらきっとこう血が出て、腸がずるりと下がる。だが親を使った妄想はそこまでだった。切れば当然、親は痛みで泣き叫ぶだろう。それはたまらなく快感だったが、同時に罪悪感も強すぎて悪酔いした。保育園のおともだちも同じだった。あの子の腕をねじり取ったら。あの子の目の奥まで棒を挿し込んだら。妄想を始めるとすぐぼーっとしてしまうので、私は「すぐぼーっと、どこかに行ってしまう子」だということは大人たちが知るようになった。危険だと思った。この世界の倫理道徳を知り始めていた私は、自分の妄想が決して他人に知られてはいけない秘密のものだということを理解していた。

あるいはそれを理解しておらず、ただ漏れにして早いうちから問題視されていれば、こうはならなかったのかもしれない。だが幼少時の私は賢く、自分の危険な妄想と、昆虫やトカゲといった小動物に対してそれらを実行した理由を、「未熟さと好奇心」というキーワードでごまかした。小学生になり行動の自由が増えると、行為の方はエスカレートした。工作用のナイフを買ってもらったことも大きい。私は自転車で少し遠くの、自分の顔を知っている人がいない自然公園まで出かけ、林の中で昆虫やトカゲ、カエルなどの動物を捕まえては切り刻む、という行為をこっそり繰り返した。私に捕まった哀れな小動物たちは、逃げようともがきながら脚を切られ、腹を裂かれ、口から肛門(こうもん)まで棒で串刺し(くしざ)にされた。死体は軽く穴を掘って地面に埋めた。林の中で一人、奇妙な動きをしている見かけない子供を目にして首をかしげる大人もいたはずだが、本人が夢中で遊んでいると分かったのだろう。誰も声をかけてはこなかった。知らない子供に声をかければ「事案」になるかもしれない、という警戒心は、当時の大人たちにもあった。だがその子供は、知らない人ばかりであるのをいいことに、公園で遊ぶ他の子供たちにも欲望の目を向けていた。あそこの女の子を捕まえて、腕を抜けるまで引っぱったら。あそこの男の子を捕まえて、耳の奥まで串を入れたら。男の子の股には「おちんちん」という面白い形のものがついていたから一度切り取ってみたかったのだが、腹や頭ほど中身が面白そうではなく、それほど興味は湧かなかった。私の欲望はあくまで「中」のようだった。切れちゃった。出ちゃいけないものが出ちゃった。死んじゃった。その時の、体の奥から沸騰して噴きこぼれる快感。学年が上がり、行動範囲が広がると、犠牲になる動物もだんだん大型になっていった。ウシガエル。ミドリガメ。クマネズミ。初めてネズミを裂いた時の、手の中でびくり、と痙攣(けいれん)して赤い血が溢(あふ)れる感覚は今でも鮮明に思い出せる。

　そうなれば当然、嘘も多くなる。友達ができない私を心配した両親や担任を納得させる、一貫した物語が必要だった。私は動物観察が大好きで、遠くの自然公園まで自転車で行って動物を「見ている」。「殺してきた」を「見てきた」に変換するだけで、嘘のストーリーは簡単に作れた。「好奇心旺盛(おうせい)で動物が好きすぎる、ちょっと変わっているけど将来楽しみな女の子」ができあがった。今日はカエルを見てきた。昨日はネズミを見た。具体的な固有名詞を入れること。一番決定的な一部だけを他の単語に置き換え、あとは本当の話をすること。ばれてもいい「安全な秘密」を時折ばらし、秘密の正体はこれだったのか、と思わせて油断させること。私は嘘がうまくなり、大人の犯罪者のそれに近付いていた。本当はペットショップでモルモットやインコを買いたかったが、子供一人での買い物は目立つし、足がつくのでやめた。「道具」となる工作用品も別の町の店で買うようにした。血は洗っても落ちにくいので、ビニールの手袋や雨合羽(あまがっぱ)も用意した。死体を埋めるためのスコップなど目立つ道具はいちいち持ち歩かず、「いつもの林」の中に隠した。

　人に言えない秘密はどんどん大きくなった。犯行の計画や準備や後始末を丁寧にするほど、それにかける時間が長くなっていく。すると親たちに話す嘘の自分と、動物を虐殺する本当の自分が乖離している時間が長くなった。自分のコピーロボットを操作するように、ほとんどの話を嘘の自分にさせている日すらあった。壁のむこうに押し込めた秘密。隙間がなく、絶対に不審に思われない壁。だがその裏で秘密はどんどん膨らみ、私の壁はいつしか軋(きし)んで悲鳴をあげていた。お母さん。私は本当は切り刻んでいるの。今話したミドリガメ、本当は殺したの。

お父さん。先生。私はあなたのお腹を裂きたいと思っています。腕の筋肉を薄く剝いで中を見たいし、眼球を引っぱってどこまで視神経がついてくるか見たいと思っています。ごめんなさい。悪いことを考えてごめんなさい。何の罪もない動物を殺してごめんなさい。ずっと嘘をついていました。ぜんぶ嘘でした。やめられないの。悪い子でごめんなさい。突然泣きだしてすべてを告白する、という妄想をよくした。お母さんが「よく話してくれたね」と慰めてくれる妄想。「実は私もよ」と言ってくれる妄想。じゃあ明奈も同じようにならないとね、と切り刻まれる妄想。もうどれでもよかった。だがそれらは絶対に現実にはならなかった。ばらしてしまいたい、という渇望と裏腹に、嘘がうまくなっていった。私の中で切り裂き魔の私はすでに別の知らない子ということになっていたし、犯行を始める時も、その子が「出てくる」感覚を覚えるようになった。出てくると体と頭がふっと温かくなって思考が鈍る。鈍ると、動物を殺す手つきが信じられないほど滑らかになった。私は犯罪者だった。そもそも公園にいる動物だって野生動物だし、野生動物をむやみに殺す時点で動物愛護法違反という犯罪なのだ。友達が学校でサイコパスだのシリアルキラーだのといった単語を口にするたびにぎょっとした。友達は「明奈は怖がり」だと誤解してくれた。シリアルキラー。それが未来の私だということを、私はほとんど確信していた。私は自分が「もっと大きい動物」を求めていて、その究極が人間だということも知っていた。一番身近にありながら、一番やってはいけない憧(あこが)れの動物。どうしても衝動がこらえきれない時、ナイフで自分の指を刺してみることもあった。ぶつり、と皮膚が切れ、真紅の血液がぷくり、と膨らむ。その瞬間はよかったが、そこで止めなければならないのが逆につらく、やらないようにしよう、と必死で自制しなければならなかった。

そして小学校六年生の秋、あのニュースが飛び込んできた。


**――県――市の住宅地に野生のサルが出没。**


うちの近所だったので、学校でも注意喚起がされたし、市役所の放送が町の空気を揺らしていた。サル。内臓はヒトとほとんど同じで、体の構造も似ている。知能が高く、表情も豊か。だが捜しにいったところで都合よく見つけられるはずはないと思っていた。

なのにその日の夜、本を読んでいたら、天井の上をどかどかと走る音がした。カラスやネズミとは全く違う、大きな生き物の音だった。タヌキやアナグマはこんなところに上らない。ハクビシンやイタチはもっと素早い。可能性を絞っていくうち、鼓動が痛いほど強いものに変わっていった。父と母は一階にいて気付いていない。その生き物が屋根の端から飛び降りたのが分かった。カーテンを開けて外を見た。隣の家の木の枝にぶら下がっている大きな動物のシルエットが見えた。

頭の中で熱い何かが爆発し、私は机の引き出しからナイフを取ると窓から飛び降りていた。塀を乗り越えてサルのいる木の下に駆け寄る。サルは突然の襲撃に驚き、木の上に逃げようとしたが、そもそもあまり高くなく、逃げ場のない木だった。私は一足飛びで木の中ほどにしがみつき、サルの足を摑んで引きずり下ろした。夢の中のように体が軽く、ぼんやり熱かった。土の上に落として押さえつけると、サルは私の腕に嚙みついた。激痛が走ったが、動きが止まった、と思った。私はサルの腹にナイフを突き立てた。あとは夢中だった。ずっと夢見ていたサルの内臓。赤い血と柔らかい腸。やっと現実になったのに、何をしているかも分からないほど興奮してしまって覚えていなかった。誰かの悲鳴で我に返り、周囲を見回すと、何人もの大人が見たこともない顔をして私を見ていた。

時間が止まる感覚があった。

バレた。

父が走ってきて、こんな力があったのか、というほどの怪力で私をサルから引き離した。

「大丈夫か？　怪我はないか？　痛いところは？」

そう訊かれた瞬間、私の時間が動き出した。私は突然大声で泣き始め、こわかった、と繰り返して父にしがみついた。嘘に習熟した私の頭は、こわかった、と繰り返せば考える時間がもらえることを理解していた。私が泣くと、大人たちはようやく動き始めた。この子は襲われた被害者なのだ。サルが死んでいるのは「揉みあいになった」からだろう——大人たちはそういう、自分たちに理解可能な範囲内で成立し得る物語を作り上げ、私を慰めた。私はそれに合うよう、「何かいたから」「見にいったら」「怖かったからナイフを持っていって」と断片的に口にすればよかった。

大人たちは納得したようだったが、私を慰める父と母の態度には、親しい者にしか分からない一瞬の間隙（かんげき）のようなものがあった。おそらくあの時、父と母は理解していたのだろう。うちの子供は「襲われた」のではない、と。机に自分たちが知らないナイフを忍ばせていた。一階を通った気配がないということは二階から飛び降りた。何より、見つけた瞬間、うちの子供はサルに覆いかぶさって腹を切り刻んでいた。どう見ても「襲われた」者の挙動ではない。

この事件は大きく話題になり、私は何日も学校を休んだ。学校を休んでずっとベッドの中にいて、ベッドの中で、サルの皮膚を切り裂く感触や、腸をつかみ出す感触を反芻していた。

私はもはや「ちょっと変わった動物好きの子」ではなかった。動物好きの子がサルにあんなことをするはずがなかった。嘘の私と本当の私。背中合わせでうまくやっていた二人の私は一人に融合した。いや、切り裂き魔である本当の私が、いい子である嘘の私を呑み込んだ。私は二人の自分を使い分けるのではなく、常に嘘をつき続けることになった。両親は私にカウンセリングを受けさせた。「事件のショックで性格が変わってしまった私のケア」という名目だったが、内容を見れば違うのが明らかだった。私は嘘を貫いた。敵の手口に対するある程度の知識と、絶対に隠し通すという強い意志があれば、カウンセラーを騙しきることは可能だった。

私は人を避け、話しかけられても最低限のぼんやりした回答しかしなくなった。サルの感触を思い出し、人間はあれとどう違うんだろう、と考えることに夢中で、ややこしい会話をするのが億劫になったのだ。カウンセラーすら騙しきった私は、学校の友人ごときは容易に騙せることを知っていた。積極的に嘘を作る必要はなく、皆は何もしなければ勝手に私を「そっとしておいて」くれた。私はみんなを観察して、その腹や背中を切り刻む妄想をしていた。私は一人で進学し、大学に入って一人暮らしを始めた。人付き合いはますます減った。体が大きくなり、「やろうと思えばやれる」ようになってから、衝動を抑えるのが困難になりつつあった。あのおばあさんを塀のこちらに引き込んで。あの子供に話しかけて油断させて。どれも可能な気がした。一度だけならばれない気がした。そんな自分を見て泣いた。最悪だった。衝動はあるのに、倫理観も普通にあった。自分の衝動が自分を中から腐らせ、ぼろぼろにささくれさせる。人を殺すのは最低だった。この世に殺されていい人などほとんどいないはずだった。私の周囲の人はみんな優しかった。なのに私はその人たちを殺したいと思っている。自分を殺せばすべて解決するのに、そうする決心もつかない。罪悪感で泣きだしそうになるのをこらえながら、一方では狩猟免許の取得を検討していた。もはやそれは必要なことになっていた。子供の頃と違い、そこらの公園をうろつくことはできなくなっていたし、殺すためにペットを買うのは絶対に嫌だった。だが虫やトカゲ程度では衝動が収まらなくなっていた。狩猟免許があればキジを、イノシシを、シカをやれる。早くやらないと人間をやってしまう。何の罪もない、善良で優しい人間たちを護らなければ。私の手から護らなければ。

調べているうちに、日本ではいかに猟師が不足していて、特に若い世代がおらず、害獣による被害が大きいかを知った。私は夢中になった。自分の欲望と社会の常識が、完全ではないにせよ初めて一致した。ぱんぱんに膨れ上がって破裂寸前の衝動を「流し込む」場はここしかなかった。害獣だ。なら殺していい。これはいいことなのだ。

だが実際に免許をとった私がしていることを見れば、猟師の仕事とはかけ離れたものだというのは一目瞭然(りょうぜん)だっただろう。私は偽る。返り血を防ぐ雨合羽と、死体を埋めるシャベルを用意して山中に行き、罠(わな)にかかった獲物をにやにやしながら切り刻む。捌(さば)くのではなく、ただ欲望のままに、切りたいところを切りたいように汚く裂く。あとに残るのは血まみれの手袋と、どうやっても何かに利用する余地などない、ただ殺されただけのぐちゃぐちゃの死骸と、快楽の余韻に喘ぎながら死体処理のための穴を掘る汗だくの女だった。私はこの業界には貴重な「若い女」であることを最大限に利用し、「今回も獲れませんでした」という嘘をつき、こびりついた死臭は「汗かいた」「女の子だからにおいが気になる」と言って消臭スプレーで消した。地元の人は、私が「いつもいる」のに「めったに獲物を獲っていない」ことに何の疑問も抱かず、「若いのに狩猟に興味があり、だけど未熟でなかなか獲れないドジな女の子」という物語に納得した。私は再び二人に分裂し、しばらくの間は幸せに殺し続けた。

だがそれは、本当にしばらくの間だけだった。虫からトカゲに。トカゲからネズミに。いつもそうだった。最初は興奮しているのに、いつしかそれが普通の水準になってしまう。学生の頃は狩りが楽しみで仕方がなかったのに、都内の会社に就職して二年も経つころには、早く殺さないと、と追い立てられるようになっていた。狩る生き物のサイズが行きつくところまで行ってしまうと、私の衝動はいよいよ、究極のところに集中するようになった。人間を切り刻みたい。その欲求を、狩った動物で散らす。シカやイノシシなど大物が獲れた時は一時的に鎮まっても、何日かすると、浴室の黴のようにいつの間にか衝動が発生している。獲れない時は次に獲れるまで我慢しなければならなくなった。

じきに耐えきれなくなるのは明白だった。狩猟には休猟期というのがあったし、今や私は、どんな人間なら殺してもいいか、と考え始めていた。死刑相当の罪を犯した極悪人なら。末期癌でもうすぐ死ぬ人なら。これはもう決定的だった。今でさえこうなのだから、「殺してもいい」という理屈はこの先もどんどん歪んでいくはずだった。犯罪者ならいいだろう。平均寿命を過ぎた人ならいいだろう。誰にも必要とされていない孤独な人ならいいだろう。そうなっていく。そしていずれ、ただ目についただけの何もしていない人に適当な理屈をでっち上げてその後をつけ回し、こんな人間ならいいだろう、と言いながら切り刻むのだ。

ある冬、もう駄目だ、と思った。狩猟期間が終わってからもこっそり狩りを続けていたが、それもできなくなり、私の衝動はどうしようもなくなっていた。私は泣いた。思えば子供の頃から、この衝動にずっと苦しめられ続けてきた。嘘をつかざるを得なかった。どうして私だけ、こんな目に遭うのだろう。他の人がこれを知ったら「早く死ねよ」と言うのだろうか。私は普通に生まれたかった。私は普通に生まれたかった。普通に生まれて、おいしいものを食べて友達と遊んで、恋をすることに一喜一憂していられたら、どんなに幸せな人生だっただろう。どうして私だけがこんな性(さが)を持たされ、こんなふうに嘘をつき、血まみれで苦しみ続けなくてはならないのだろう。私は何もしていないのに。いや、私はした。嘘をつき、優しい人たちを切り刻む妄想をし、何の罪もない動物たちを自分の快楽のためだけに殺した。違う。私は何もしていない。全部させられたんだ。だがもし一人でも人を殺せば、私のそんな言い訳など誰も聞いてはくれないだろう。

もう死のう、と決めた。最後に一人だけ人間をやる。なるべく殺してもいい悪人を探して、しっかりと下調べをして。切り刻んだら、私も死のう。最後に切り刻むのは自分の腹。それが私の人生だ。そう決めると、会社を休み、昼から駅前をうろつくようになった。平日の午前中に駅を見ていると、おかしな人間はけっこういた。あのおじさんならいいだろうか。あのおじいさんなら。

そうしていると、ある夜、見えた。茶褐色でべったりと動かない偽の月が。

私は自分の頭がおかしくなったのだと思った。だが何か違和感があった。その「おかしさ」は私の内部で育って私の温もりを持ったおかしさではなく、外部からやってきた冷たい見知らぬおかしさだった。そのことに納得がいかず、ネットで検索を続けていると、事故調の人が家に迎えにきた。

説明を聞いた。あなたは戦わなければならない。人の形をした怪異を殺さなければならない。福音だった。人型のものを殺していいんだ。人を殺さなくてもいいんだ。怪異を殺している限り、私は生きていてもいいんだ。

私は泣いた。生まれて初めての嬉し涙だった。迷わず調査部を希望した。怪異を殺そう。殺して殺して、好きなだけ切り刻もう。それが我慢できなくなったら、今度こそ死のう。でもきっと、そうなる前に私は負けて死ぬだろう。人殺しの罪に汚れて死ぬのではなく、綺麗なまま殺されることができる。最高だった。

## 15

雨戸を開けて飛び出すと、わずかに明かりがあるようだった。うっすらとだが、「建物の壁」

と「何もない空間」が区別できる程度のシルエットは見える。

——諦めるな。僕は死なない。生き残るはずだ。

僕の中で叫ぶものがあった。豊後さんが最後に教えてくれたことだ。

——それだけじゃない。雪花さんだって死なない！

雄馬さんが死んだ時、僕は呆然として何もできなかった。豊後さんの時は迷っていたのに、体が動くままに任せてしまった。もう嫌だ。それなら考える。頭を使う。可能性はある。そのヒントはすでに見ていた。壁の凹凸に目を凝らす。あった。

無限住宅地を走っている時、すでに何度も見ていた。家の外壁にプロパンガスのボンベがついていた。この地域はプロパンなのだ。それならこの家もそうかもしれない、と思っていた。

残弾は四発。反動は小さいが威力はさして期待できない9ミリパラベラム。しかも貫通力のないホローポイント弾だ。そんなもので撃ち抜けるだろうか？　だがこのまま逃げるよりはましだと判断した。距離を取り、体勢を低くして射撃する。同じところに当てて傷をつければ。

三発目で弾着の音が変わり、四発目を撃った瞬間、オレンジ色の爆炎で目が眩んだ。熱風に吹き飛ばされ、肌の出ている顔面付近がちりちりと痛い。

やった。爆発した。プロパンガスは着火すれば長時間、激しく燃え続ける。光量としては充分だ。窓に飛びつくと、鈍い金属音がして、雪花さんが住職の鉞（まさかり）を受け止めていた。家の中に飛び込む。窓から入る明かりだけで充分だった。部屋の形が見える。敵の姿が見える。グロックを投げつけ、麺打ち棒を抜き、左手ではナイフを抜く。雪花さんと打ちあっている敵に迫り、体勢を低くして麺打ち棒で膝を狙う。かすめただけでもかなり手応えがあった。敵の体勢が崩れ、すかさず雪花さんが突く。敵は身をよじって躱そうとしたが、肩を突かれて吹き飛び、壁にぶつかった。僕が背後に回って殴りかかると敵は鉞の柄でそれを受け止めたが、同時に背中から雪花さんの槍に貫かれていた。力が弱まったのを感じ、左手のナイフで頸動脈を切る。そのまま畳を蹴って飛び退くと、すでに振りかぶっていた雪花さんが、横薙ぎで敵の首を斬り飛ばした。坊主頭が宙を舞い、畳に落ちて横向きに転がる。頭部を失った胴体が鉞を振り上げるが、雪花さんは落ち着いてその腕を、続いて胸を貫いていた。大きな住職の体が倒れ、畳が跳ねる感触が足の裏から伝わる。そういえば靴を脱いでいたのだった。

呼吸が荒い。僕と雪花さん、二人分の呼吸が混ざりあっていた。

「……やった」雪花さんが呟き、こちらを見た。「やったよ！　すごい！」

頷こうとしたら抱きつかれてキスされた。舌まで入ってきた。

「ちょ」

「相討ちでギリだと思ってた！　ありがとう！」

何しとんじゃボケ、と言うべきなのだろうが「生き延びた」という脱力感と頭の中の歓呼に紛れてどうでもよくなった。そこらにドブ川があったら飛び込んでいただろうし、マイクがあったら奪って叫んでいただろう。生き延びた。残弾は二人ともゼロ。雪花さんは攻撃を避け損ねたのか右腕から血を出していたが、重傷ではないようだった。……勝ったのだ。

水音が止んでいることに気付く。雪花さんが方天画戟を分解して落ちていたバッグに収め、僕の腕を引っぱった。「じゃ、ずらかろう」

「はあ」

「プロパン爆破したんでしょ？　放火犯になっちゃうよ」

そうだ。僕はようやく気付いた。周囲に夏の空気が戻っていた。夜でも生暖かい、湿気を含んだ風。遠くから聞こえる車の走行音。プロパンの炎以外にも光源が蘇っており、一瞬目を細めるほど明るかった。街路灯のＬＥＤが頼もしく白い光を放っている。これが普通の、現実の町並みだ。つまり今は消防も電話も機能している。

家を出ながら無線で救援を求めた。携帯のＧＰＳも機能していて、現在地が相模線下溝(しもみぞ)駅と原当麻(はらたいま)駅の中間あたりであることも知った。社長がバリオス号で迎えにきてくれるという。

救援を待つ間、雪花さんの応急処置をした。けっこう長く深い、何針かは縫うであろう傷だったが、雪花さんは傷口を指で広げては「見て見て。皮膚の内側がほら」などと遊び始めるので出血がなかなか止まらず、気が気ではなかった。痛くないんですかと訊いたら痛いよと答える。「変態ですね」と苦笑したら「だよね」と、なぜかほっとしたような顔で微笑んだ。結局、出血は止まらないままで、雪花さんが大人しくなったのは「なんかぼーっとしてきた」からである。危なかった。

到着したバリオス号から最初に降りてきたのは豊後さんだった。

別れた時と全く同じ姿のまま、「よう」と手を挙げて笑う。胸元に返り血を浴びていたが、怪我もないとのことだった。

「俺の方は運転士をやってブレーキかけたら現実(こっち)に戻れたぞ。そっちが『ハズレ』だったみたいだな」

そういうことだったのだ。そういえば、雪花さんも嬉しそうに言っていた。こっちが「当たり」だと。「当たり」の僕たちが怪異を倒して生還したのだから、豊後さんの方も、当然。

……生きていた。

涙が出てきた。思わず飛びついた。着物の感触がある。幽霊や幻覚ではないのだ。

豊後さんは僕の頭をがしがしと摑む。「よく生き残ったな。やるじゃねえか。……雪花の足手まといにならなかったか?」

はい、と答えて何度も頷く。涙と鼻水でぐしょぐしょだったが、もうどうでもよかった。

# 16

「僕なんかはもう一周回ってオーソドックスな上半身の怪とかにハッスルするんだけど、やっぱり一見普通のおばあちゃんと見せて『怪異かな? ただのおばあちゃんかな?』からの『怪異だ!』ってなる瞬間がいいよね。『足売りババア』[*5]なんかはもう現代だと目立ちすぎて見た

＊5　都市伝説の一種。風呂敷包みを持った老婆が現れ「足はいらんかね」と訊いてくる。「いらない」と答えると足を抜かれるが、「いる」と答えても他人の足をくっつけられ三本足にされる。理不尽。

瞬間にたぶんそうだろうなって思っちゃうんだけど『百円ババア』[*6]とか『ヒッチハイクババア』[*7]とかは普通のおばあちゃんかもしれないわけでしょ。だから僕なんかヒッチハイクババアの一回目は『いやいやまだリーチだから』って思って二回目まで揃ったら『キター！』ってハッスルするわけで」

「そういう観点からしたら個人的にはリボルバーがいいわけ。オートマはさあ、捨てちゃうじゃん薬莢。あのいかにも『弾頭を飛ばしたら残りは不要』っていうドライさがさあ。いやそういうドライな合理性も銃っぽくていいんだけど。どうせ捨てるなら一人一人に挨拶したくない？　仕事じゃ使わないけどウィンチェスターM1873[*8]みたいなのでさ。一発撃つごとにレバーで排莢して『パォン！』『ありがとう』『パォン！』『ありがとう』って感じで連射したい」

この感じは何だ、と思ったが「正月に行く伯父さんの家」だった。ちっちゃい甥っ子と姪っ子に挟まれて両側から別々の話題を同時に振られるやつ。子供は話を聞かせたい大人に対しては相手の状況お構いなしに話しかける。たとえ相手が他の子供の話を聴いている最中でもだ。だからこういうふうに「左右から同時に別々の話題を振られる」状況がしばしば生ずる。育児用語で「聖徳太子」[*9]と呼ばれるやつだ。

「あと個人的に気になるのは手だよね。僕まだ直接見たことないんだけど『首絞めの手』[*10]とか『白い手赤い手』[*11]みたいなやつ。あれ手だけなのかな？　根本どうなってるのとか夜中に考えだすとハッスル必至だよね。個人的には引っこ抜いてみたいけどああいうのは引っぱり強度高いから切断しなきゃ駄目かなあ」

「あと知ってる？　Ｍ１８８７[*12]ってレバー適当に引くと排莢が中途半端になって薬莢がピョコって顔出すから可愛いんだよ。逆にバラまくなら派手にパーティーしたいよね。Ｍ60[*13]とかで全身に弾帯巻いて『ジャジャジャジャジャジャジャン！』で横にパパパパパパパパ！　って綺麗なアーチ描いて薬莢飛んでいくでしょ？　あのくらいになると逆に薬莢の集団芸術っていうか、お祭りにすることで死者への敬意的な」

「ネズミすまん水割りもう一杯もらえるか」

＊6　都市伝説の一種。自動販売機で飲み物を買おうとお金を出すといつの間にか横にいて「それはわしの百円じゃないかね」と訊いてくる老婆。何度否定してもしつこく訊いてきて、諦めて百円玉を渡すと消える。ただのたかりではないか。

＊7　都市伝説の一種。車で走っていると道端に現れヒッチハイクをする老婆。無視して通り過ぎてもまた前方に現れる。何度無視しても何度でも現れる。

＊8　ウィンチェスター社が製造するショットガン。火力や連射性能に優れ、西部開拓時代や南北戦争で広く使われた、アメリカを代表する銃の一つ。映画にもしばしば登場する。

＊9　現在では「厩戸王（うまやとおう）」等と習うが、そもそも両者が別人であるとか、実在の人物ではないという説もある。

＊10　都市伝説の一種。ある学校に存在する「六本指の掌の跡」を七回見てしまうとその手が現れ首を絞められる、というもの。ちなみに出生時に指が六本以上ある「多指症」は新生児に千から二千分の一程度の割合でみられ、そこまで珍しいものではない。

＊11　都市伝説の一種。学校のトイレの便器から出てきて尻を撫で、場合によってはそのまま便器に引きずり込む白い手と赤い手。河童以来の日本の伝統であり、便器という奈落に向けて無防備に尻を晒すという行為はやはり本能的な恐怖を伴うものと思われる。

＊12　ウィンチェスター社製の古いショットガン。映画『ターミネーター２』でアーノルド・シュワルツェネッガー元知事が振り回していたのが有名で、現在でも最も有名なショットガンの一つ。

＊13　Ｍ60機関銃。大量生産され、米軍がヴェトナム戦争などで広く使用した。歩兵が携行したり、装甲車やヘリに搭載したりと用途が広く、性能についてはあれやこれや言われながらも結局未だに使われ続けている。映画『ランボー』でシルヴェスター・スタローンが撃ちまくっていたのが最も有名か。

「出したのさっきですよね?・」
もう何だか、わけがわからない。台所に立つ僕の右側には床に座り込んで本人特有の「ハッスル」なる単語を交えつつ好きな怪異について勝手に語るアラマタさん。左側には床に座り込んでリアルに銃声の口真似をしつつ（バンチさんは「銃声の口真似」がぎょっとするほどうまい）自分独自の「排莢観」を勝手に語るバンチさん。時々豊後さんが「ネズミー、なんかしょっぱいのない?・」「ネズミー、日本酒まだある?・」と台所にやってきては冷蔵庫を漁って帰っていく。振り返れば雪花さんがゴスロリドレスで泡盛をあおりつつ柿の種を貪り食うという変な絵面があるし、ナギさんはリビングの狂乱から一番離れた隅に移動し一人でずっと分厚い本を読んでいる。さっきちらりと見たが読んでいるのは「ジーニアス英和辞典」[*14]であり、開いている箇所を見るに八百頁くらいまで読み進めているようだった。AからGまでの全単語の訳を読んできたのだろうか。みんな自由すぎる。

一応、僕と雪花さんと豊後さんの生存祝い、ということらしかったが、みんな普通に飲んでいる。それまでも先輩たちとは何やかやでけっこう飲んでいたのだが、僕が自作のおつまみを出して以来「ネズミは料理できるらしいぞ」が広まってしまい、「ネズミの部屋集合な！」という流れが普通になってしまった。今ではうちの台所の棚には雪花さんが泡盛の、フランさんがブランデーの、バンチさんが「破壊王」[*15]の（これしか飲まないらしい）ボトルをキープしてしまっていて、訓練を終えて帰宅すると豊後さんが一升瓶を抱いてリビングに寝ていたりする。「見える人間」ばかりが入居している関係上、遭遇時の救助のため玄関の鍵が簡単なものになっていることが災いした形である。

帆立のバター焼きに醬油をまぶしかける。小気味よい蒸発音とともに白く湯気がはじけ、醬油の香ばしさが鼻腔をくすぐる。パセリをひと振りしてリビングに持っていき、雪花さんと豊後さんに拍手されつつキッチンに戻る。次はイカリングでも揚げるか、と思ったがちょうどいい機会かもしれない。グラスが空になったらしく底に残った「破壊王」を化け猫よろしくちろちろと舐めるバンチさんに訊いてみた。

「唐突ですけど、バンチさんってなんでこの仕事やってるんですか?」

一気に訊くと、バンチさんは「ん?」とこちらを見上げて耳をピンと立てた(ような顔をした)。たしかこの人は、雪花さんのように話せない事情ではなかったはずだ。そう思った通りで、バンチさんは目を細めてにっこりと笑い、「撃ちたいもん」と簡潔に答えた。

「中三の秋、親にハワイの射撃場連れてってもらってね。そこでハマったの」

受験生をよくそんなところに連れていくものだが、バンチさんは目を細める。

「初めて撃ったの。Sig Sauer で9㎜だった。なんか『うわあ……!』ってなっちゃってさ。頭の中ピンクで真っ白になっちゃって」バンチさんは矛盾した説明をする。「それからお父さ

---

＊14　大修館書店発行の学習英和辞典。サイズがゴツい反面情報量も多く、「複数の意味を持つ単語」に関して他の辞書に載っていないような意味まで載っているので重宝する。

＊15　神酒造(鹿児島県出水市)が製造する芋焼酎。美しいブルーのボトルが映える香り高いお酒だが、度数は四十三度であり強烈。

んにねだって全部撃ったなあ。コルトの45口径、デザートイーグル、S&Wの44マグナム。それにウジとAR15、12ゲージのショットガンも撃ったなあ。たぶんモスバーグM500Aだったよねあれ。いい音したなあ。最後の方はガンクラブの人『こいつも撃つかい?』『あんた最高!』って爆笑してた」

典型的な「オタク誕生の瞬間」ではないか。日本人観光客の小さな少女が嬉々としてマシンガンをぶっ放していたら、店の人は確かに喜ぶかもしれない。[*16]

「大はしゃぎして、帰る日にもう一回連れてってもらったなあ。お店の人爆笑して、もう私『キティ』って渾名(あだな)つけられてた」アメリカ人にもそう見えるらしい。「だから日本に帰ったら、なんか魂抜けたみたいになっちゃってね。何やっても手応えがなくて」

パン粉が残り少なかったので全部バットに出したのだが、今度はちょっと多すぎた。「……サバイバルゲームとかやらなかったんですか?」

「ミリタリーとガンは似て非なるものだからね。私はとにかく撃ちたかった。火薬が入ってて『パン!』って鳴るおもちゃの銃は好きだったけど弾が出ない。エアガンはリアルだけど火薬が爆発しない。あれまだ全部、実家に置いてあるだろうなあ」バンチさんはすい、と腰を上げて空のグラスを調理台に置く。「一時はアメリカ帰るか警察か自衛隊、って悩んでた」

明らかに警察も自衛隊も向いていない志望動機である。温めた油に菜箸を差し込んで泡のたち方を見る。

「日本はいい国だよ。銃が撃てないもん。アメリカじゃ銃犯罪の死者が年間15000人。日本なら『摑みあいのケンカ』で終わるところがむこうじゃ撃たれて死ぬ。日本じゃ『変な人が後をつけてくる』で終わるところがむこうじゃ『銃を突きつけられて拉致(らち)された』になる。銃なんてね、クソだよ」バンチさんはごつ、と調理台に後頭部をぶつけた。「だけど私はそのクソがないと死ぬハエだから。そういう人間も、ときどきいるんだよ」

「フンコロガシ(スカラベ)は聖なる虫で、太陽神です」ちゅわー、といい音がしてイカリングの色が濃くなっていく。「それにその理屈なら、銃がクソなんじゃない。誰でも銃を持てる社会がクソなんです」

「……ネズミ君、他人をフォローする時だけ理屈っぽいって本当だね」バンチさんはこちらを見て、ふ、と笑った。「ありがと」

よく分からない評価をされた。「……でも、それだけが理由なんですか？　死ぬかもしれないのに」

特に現在は「死ぬかもしれない」どころではなくなっていた。八月の統計が社長から伝えられたが、遭遇１９０件、うち新種がなんと79件で、死者数が86人という驚くべき結果だった。昨年八月の死者数は58人だから１・５倍近い。新種にいたっては昨年八月の６倍以上も出現している。もはや誤差の範囲を完全に超え、異常事態となっていた。なのにまだ原因は不明なまま
で、僕たちの出動数は増え続けている。遭遇数が増えれば増えるほど人々の間で不安が強く

＊16　店によって違うが、ハワイの射撃場は保護者同伴なら10歳くらいから撃てる場合が多い。

なり、それが原因になってまた遭遇数が増える。統計を見れば先々月の時点ですでに確定的だったが、先月の数字を見れば、すでに日本がその悪循環に入っていることは疑いようもなかった。

それを思い出すと憂鬱(ゆううつ)になる。今月の死者数はどれくらいになるのか。来月の死者数は。

「……今の状況が続けば、僕たち全員、近いうちに死にませんか?」

「だろうね」バンチさんは再び、調理台に後頭部をごつ、とぶつけた。「ヤバいよね。新種、増え続けてる。このままだと日本のアンチテラー、絶滅するかも」

それならなぜ、と思う。だが言葉にする前に、バンチさんが口を開いた。

「たとえば将棋の棋士とかにさあ、『三年後に死ぬか将棋指せなくなるかどっちがいい?』って訊いたら、かなりの割合で『なら三年後に死ぬ』って答えると思わない?」バンチさんはこちらを見上げる。「私もそれと同じだよ。撃てないよりは、撃って三年後に死ぬ方がいい。『好き』っていうのはそういうことだよ」

「その通り」逆隣りで下戸のアラマタさんがオレンジジュースのパックを掲げる。パックからラッパ飲みしていたらしい。「怪異に遭えないくらいだったら、僕は自分が非業の死を遂げて怪異になります!」

「そんな」

「いや僕の夢だから。最後は非業の死を遂げて自分が怪異になりたい。最高でしょ?」

「『でしょ』と言われても」そうなったら駆除するが、いいのだろうか。「……アラマタさんは迷いませんね」

「そりゃもう。長生きだけが人生じゃないもん」

アラマタさんは白衣の裾で眼鏡のレンズを拭きつつ、全く裏表のない笑顔で言う。

イカリングを裏返し、裏側が狐色になっているのを確認する。なるほど、と思った。皆、様々な理由でここにいる。この二人は笑ってここにいるのだ。そういうケースもある。

「……でも、やっぱり殉職が前提なんですね」

「俺たちは殉職とは言わねえな」豊後さんがグラスを持ってやってきた。『殉職』ってのは、殉ずる価値のある立派な仕事の人間が使う言葉だ。俺たちのはただの『死亡』だ」

「いいじゃん。自分に殉じて死ぬんだようちらは」バンチさんがこちらに微笑み、床に置いてあった『破壊王』のボトルを掲げる。「今夜は喋り過ぎたかな。マスター、同じのをもう一本」

「もうないです。日本酒でいいですか？　あ、今イカリングできるんで」

「ネズミもそろそろリビングに戻ったらどうだ？　洗い物はやっとくから寿司食えよ」

「ありがとうございます。そういえばフランさんは」

あいつは、と豊後さんが言いかけたところで、花柄の装飾がついたケーキボックスを両手で持ったフランさんが登場した。「お待たせいたしました。今日のつまみが焼けましたよ」

と言っているが、この人の恰好はいつも通りのスーツにネクタイである。それでケーキボックスを持っているから何事かと思う。「切り分けますので、ナイフを貸してください」

バンチさんがニャーと言って立ち上がる。「やった！　今日なに？」

「フランです」[*17]フランさんがケーキボックスを開けると、黄色からライトブラウンまで、綺麗に色のついたホールタルトが現れた。「今回は九十四点ですね」

「フランさんいっつも九十点台しかつけないじゃん！　まーいいや。よーし食べよう食べよう」

フランさんは料理はしないのにお菓子だけは作り、飲み会には必ず自作のお菓子を持参する。調査部では、皆あらゆる酒と一緒につまみとしてそれをいただくのがお約束になっている。変わってますねと社長に言ったら「社風だから」と返された。

開いたケーキボックスを前に持ち、一体誰に勝ったのか勝利の笑みを浮かべてリビングに行きかけたフランさんは、なぜかその姿勢のままくるりとターンしてこちらを向いた。

「そういえば面白い話をしていましたね。ネズミ君が聞きたそうにしているので私が調査部にいる理由も説明しておきましょう」

「あの、フランさんお菓子を置いてからでも」

「私は人間は自分の死期に自覚的であるべきだと思っています。自らの生に自覚的でありうるのは人間だけであり、それが人間の本分です」電灯の光がフランさんの眼鏡のフレームをぎらりと光らせる。「ですがそれは自殺をしろという話ではありません。現実の『自殺』は本来、死ぬ必要がない人間によってされています。日本における自殺の大部分は『死にたい』と思って死ぬ自由意思の結果ではなく、過労による鬱状態、病苦、借金苦、将来の不安や喪失に伴う絶望、その他の苦痛が限界を超えたために『死ねば楽になれる』と思った結果です。つまり大部分の自殺者は事故死や他殺と同じ『被害者』に過ぎないわけですが、私はそのことについて言っているのではありません。それ以外の『自由意思による自殺』についてです。これは確かに自覚的な死です。ですが死の本質から外れている。死とは『たとえどんな生物であっても絶対に避けることのできない、生物の本質の発現』です。生物はいずれ必ず死ぬから生物たりえている。ここまではいいですね？」

「はい」ケーキボックス置いてください。

「であれば、生物にとっての死とは『避けようもなく襲いかかってくるもの』でなければならない。『自由意思による自殺』はこの死の本質を無視しています。死はあくまで外部的なもので、襲いかかってこなくてはならない」フランさんが寄ってくる。「するとここに矛盾が生じます。突然襲いかかられた死では死を自覚できないのではないか？　その解決に最も近付ける、人間に残された唯一の方法が『戦死』です。人間は自らの死期を自覚しながら戦いに赴き、しかし死の意思はなく、限界まで最善を尽くして生きながらえようとしながら力が足りずに死ぬ。自覚的かつ他律的に死ぬ。それが人間としてのあるべき死なのです。もちろん死病などによる闘病死も『戦死』のいち形態ですからそれでもよいのですが、これは不確実な上に時間がかかります。そのために不摂生をしたり健康診断をサボったりするのでは『緩やかな自殺』になってしまいますしね。ですから私は物理的な戦死ができるこの仕事に就いているわけです。困っ

＊17　タルト生地にカスタードプディング（プリン）を載せた感じの、極めておいしい菓子。

たことに『戦死』をするには戦争が必要になってしまう。ですが戦争は無数の人間に他律的な死を強いる最悪の行為です。となれば結論はアンチテラーしかない。殺人を犯さずに戦って死ねる唯一の職業です」

「……はあ」言っている内容は分かるが何を言っているのか分からない。「……つまり、決闘みたいなつもりで」

「決闘！　そう。決闘です」フランさんは片手で自分の胸元を押さえる。今日はいつもより華やかな、金色に青ドットのネクタイである。「私はすべての仕事をそう思っています。この服はそのための正装ですし、私の剣もその正装の一部分です」

そういえば一人だけいつも過剰にきっちりしていて、それはそれでコスプレ感があった。

「変態だろ?」豊後さんがフランさんを親指で差す。「東大出でエリートコース確定。官僚になればボディガードもつけられるのに、全部捨てて銃振り回す道を選んだ変人だよ」

フランさんは豊後さんを横目で見て鼻白む。「先祖から受け継いだ不動産収入でボディガードをつけながら死ぬまでのんびり生きていけるのに、全部捨てて刀を振り回している変人に言われたくはありませんね」

僕はもう笑うしかなかった。皆、それぞれに理解不可能な自分の理由でもって働いているのだ。

いや、理解可能な理由で戦う人も一人、いた。

「……社長は、その……『復讐（ふくしゅう）』って聞きましたけど」

「まあな。……ただし、相手は大物中の大物だ」

豊後さんが答えた。フランさんもバンチさんも黙っている。社長について語るのは豊後さん、と決まっているかのようでもある。「……『姦姦蛇螺（かんかんだら）』って知ってるか？」

「……教本に載ってる程度のことは」

---

**姦姦蛇螺。腕が六本ある女性の怪異で、下半身の姿は不明だが、これを見たら死ぬとされる。**

**元々は巫女（みこ）の女性であり、大蛇に虐げられていた村を助けるためにこれと戦ったという。だが下半身を呑み込まれたところで村人たちが大蛇に降伏。村を見逃してもらうかわりに、抵抗する巫女の腕を切り落として大蛇が呑み込みやすいようにした。巫女は裏切られた恨みから村人を次々と呪い殺し、村人はこれを鎮めるため、六角形の結界を作って姦姦蛇螺を封じ込めた。**

**人里離れた山村にはこうした結界が残っていることがあり、そこは大抵「理由は分からないが、入ってはいけない禁忌の区画」とされている。姦姦蛇螺は現在も世界のすべてを呪い続けており、入ってしまった人間は全員呪われる。**

「こいつはヤバいんだ。それらしい区画は何度も見つかっているが、調査を試みたアンチテラーはことごとく死んでいる。何が起こったのか知らないが、大抵は武器も持たず、外傷もないまま倒れている」豊後さんは腕を組んで目を細める。「だから、こいつ絡みの案件は避けるってのが暗黙の了解なんだ。幸いなことに、封印された区画に入らなければ襲ってこない『完全固定式』の『接触型』だ。犠牲者は少ない」

　避けるしかない怪異、というのは存在する。手を出せない相手。

「だが社長はこいつを殺そうとしている。少ないといっても犠牲者は出続けているわけだし、『復讐』って言や、まともな動機に見えるが……」豊後さんは肩をすくめた。「唐木田で一番イカれてるのは、あるいは社長かもな」

　結局、社長もそういう人だった、ということらしい。まともな人間の一人もいない職場。いや、一人いた。その一人は——雄馬さんは死んでしまった。

　……それなら僕はなぜ、こんな場所で働いているんだろう。

　はっきりした理由が僕にも確かに存在した。だがそれは存在することが確定しているだけで、輪郭も位置も曖昧だった。言語化することができないのだ。

　フランさんに続いてリビングにイカリングを持っていく。隅のナギさんと一瞬だけ目が合ったが、ナギさんはイカリングにも、フランさんの手製フランにも反応しなかった。

## 17

　クサントス号が闇夜を駆け抜けている。左右ともに真っ暗だが、どちらも山だということは分かる。右に曲がったと思ったら左。それが終わるとまた右。道はゆるやかに蛇行し、ガードレール上の眩光防止板と丸い反射板がどこまでも連続している。この間、異界駅で遭遇した無限隊列の怪異を思い出した。午前零時三十分。関越道下り水上IC付近。怪異「Uターンババア」の出現地の一つだ。

**Uターンババア。高速道路を時速百キロで走る車を追い抜いていく老婆。見ると呪われる。追い抜いていった後、安心して車を走らせていると、Uターンして前から来る。**

もともと「ターボババア」「100キロババア」等の名を持ち、高速走行中の車両を走って追い抜いていく老婆の怪異の変種である。元の怪異は兵庫県六甲山付近や北海道摩周湖付近が有名だが、こちらは関東全域に出ていた。調査の結果、はっきり特定できた目撃地点は「東北道岩槻IC付近上り」「中央道八王子IC付近上り」そして「関越道水上IC付近下り」の三ヶ所。戦闘とその隠蔽の便宜を考えるとこの関越道しか選択肢がなく、現地到着までに片道二時間かかるのは仕方がなかった。それに、どうやら雰囲気的にもここを選んで正解だった。真っ暗な夜の高速道路は不安感が強い。経験上、少しずつ分かるようになってきた。甲二種装備で出た前回は空振りだったが、今回はたぶん出る。

いつの間にかスピードが落ちていた。見た目では分からないが上りになっているようで、アクセルを踏み込む。エンジンがひときわ大きく唸り、それにひと呼吸遅れてスピードメーターの針がゆっくりと回り始める。「速度、もうすぐ百キロです。現在九十六キロ。九十七キロ」「対向車がさっきからいないねえ」座席を畳み、後部の荷台に直に膝をついているバンチさんがにやつく。「これは当たりかな？　ナギちゃんも警戒お願い」

やはり膝をついていたナギさんが頷き、体を縮めてサイドウインドウに張りつく。九十八キロ。九十九キロ。

「百キロです」

車両周囲の闇がふっと濃くなった気がした。前照灯の光量が落ちた気がする。

「来るよう」

バンチさんも感じたのだろう。置いていたH&K MP5Kを取り、一つをナギさんに渡す。機関銃は携帯していると不安感が薄らいでしまって怪異の遭遇率が下がるため、状況発生が確定的になるまでは手に取っていなかった。「うふふふふふ。出番だようクルツ君。撃つよ撃つよう」

もうハイになっている。危ない人だ。と思っていたらこちらにも一挺来た。

「Hallelujah!　来たよー！」

バンチさんが突き抜けた爽やかさで叫び、ルーフウインドウを開けて上半身を車外に出す。ごつ、と音がしたのは肘を屋根に置いて射撃姿勢をとったのだろう。ナギさんもサイドウインドウを開け、MP5Kを構えた上半身を外に出す。外の空気が流れ込み、ごう、という走行音と風を切る音がする。ナギさんのパーカーがばたばたとはためく。

後ろを見たいが無線を入れなければならない。「ネズミより本部。状況開始。現在関越道下り水上IC付近。発砲許可求む」

無線のノイズが激しくなっていたが、なんとか「許可する」の単語は聞き取れた。だが、はっきり言って現場ではただの儀式だ。僕が無線の内容を伝える前にバンチさんが叫んでいる。

——後方クリア！　距離四十、射撃開始！　YAAAAH!

二挺のサブマシンガンが同時に射撃を始め、発砲音が車内に充満する。屋根に当たっている大量の落下物は薬莢だろう。ドアミラーとルームミラーを見ても敵は視認できない。後ろを振り返りたいが高速走行中だ。怪異の攻撃と同じくらい、走りながらの戦闘で事故を起こして死ぬ可能性もあった。全員シートベルトなどつけていないのだ。ハンドルをゆっくり右に切り、スピードメーターを一瞥（いちべつ）して時速百キロを維持する。焦って加速してもどうせ増速して追いついてくる怪異だ。

前を見ている僕には状況が分からない。だが射撃音が続いている以上、倒せてはいないのだ。屋根のバンチさんと窓のナギさんから交互に「リロード」の声が飛ぶ。マガジンは相当数持ってきているが、追いつかれるまでの時間的猶予の方がない。

——うっわ速い！　ナギちゃんそっち！

バンチさんの声が聞こえ、ナギさんの射撃音が大きくなった。大きくなったのは真横に撃ちだしたからだ。サイドウインドウ越しに見えた。暗さと高速移動のせいで輪郭はブレているが、白髪を振り乱して走る老婆が隣の車線を並走している。反射的に左手でＭＰ５Ｋを取るが、セーフティを操作して構える間に追い抜かれ、ピラーの陰に隠れてしまう。ナギさんが射撃してアスファルトに火花が散るが、老婆は瞬間的に跳ねて銃撃をかわした。着地した瞬間だけ後方に消え、またすぐに真横に現れる。

——こいつ跳ぶし！　ナギちゃん、タイミングを……

バンチさんの声が急に途切れた。振り返ると、ルーフウインドウから上半身を出していたバンチさんが膝を折り、ずるりと落ちて床に横倒しになった。衝撃で車内が揺れ、一瞬ハンドルがとられる。

何が起こった、と戸惑ったのは一瞬だった。僕は叫ぶ。

「——呪殺！　ＡＥＤ！」

初めて見た。おそらく今、バンチさんの心臓は止まっている。

怪異は物理的に襲ってくるだけではなかった。「切り裂かれる」「食い殺される」「足を抜かれる」といった物理的暴力より厄介なのが「見た人は死ぬ」「不幸が訪れる」といった形式で語られる「呪殺」型の攻撃だ。とにかく「死ぬ」というだけだから、防御も回避もできない。もちろん絶対無敵の攻撃ではない。呪殺はほとんどの場合、肉眼で見える範囲でしか仕掛けてこないため、これをしてくる可能性のある怪異に対しては極力近付かず狙撃で、あるいは急接近して呪殺攻撃をしてくる前に倒す、という方法がとられる。

だがそれ以外にも対策はあった。僕は後部座席を振り返る。この車にも二台のＡＥＤが積んである。「見た人は死ぬ」という場合、大部分が事実上は「心臓が止まる」だけに過ぎない。すぐに蘇生すれば助かるのだ。そのためアンチテラーは業務時、必ず複数のＡＥＤを携帯している。状況中に無線機が使えないことは普通だが、ＡＥＤが使えないことはまずない。都市伝説というもの自体が、そもそもＡＥＤという存在を想定していないふしがあり、怪談で「ＡＥＤは動かなかった」などと語られることはまずないからだ。

だが僕は運転中で動けない。「ナギさん、蘇生を」

ナギさんは車内を振り返ったが、銃を置かなかった。「できない。時間がない」

「どうして」

「追い抜かれた。もうすぐ前方から来る」ナギさんは膝をついて前を見ている。「車ごとやられる。迎撃を優先」

はっとして前方の闇を見た。そう、こいつは普通のターボババアではなく、追い抜いた後、前から来る変種の「Ｕターンババア」なのだ。だが。「ＡＥＤだけでもできませんか？　僕が援護します」

左手でＭＰ５Ｋを構えてみせるが、ナギさんは無表情で首を振る。「無理。あの速度で正面から来たら、運転しながらでは迎撃できない」

「でも、バンチさんが」

開け放たれた窓がごうごうと鳴っている。バンチさんが倒れている。まだ心停止直後だ。電気ショックが成功すれば助かるのに、一秒ごとにその確率が下がっていく。僕の脳裏にいやな記憶が浮かぶ。

「お願いします。ＡＥＤを」

「無理。救助より駆除を優先」

ナギさんは無表情のまま、あくまで静かな声で言った。感情がまったく窺えない。なんだこいつ、と思ったが、それは僕の方がおかしい。「救助より駆除」は僕も研修中に言われている原則なのだ。それをしなかった雄馬さんは死んだ。

だが諦めきれなかった。バンチさんが死んでしまう。目の前で。助けられるのに。

怒っている暇はなかった。悔しがっている余裕もない。考えるのだ。何か方法があるはずだった。ナギさんが座席の間から前方に照準している。動きにくい助手席より後部座席からの射撃を選んだようだ。だが僕は彼女に怒鳴った。

「急ブレーキします！　摑まって！」

言った瞬間に思いきりブレーキペダルを踏む。車体がガクガクと揺れ、一瞬遅れて体が前方に飛びそうになり、ハンドルに胸をぶつけた。必死でハンドルにしがみついて体勢を戻し、シフトレバーを「R」に入れる。クサントス号が急にバックし始め、急ブレーキになんとか体勢を保っていたナギさんがふらついた。だが転ばない。すごい反射神経とバランス感覚だ。

「何を」

「バックしながら迎撃します。相対速度が大幅に落ちるはずです。これなら僕がやれる」ナギさんを見る。「AEDをお願いします」

ナギさんは動かない。一瞬振り返り、前方とバンチさんを見比べ、無表情のままMP5Kを構え直す。

僕は左手でMP5Kを彼女に向けた。「AEDを」

　ナギさんは無表情のまま、驚きも怒りもしなかった。こちらを窺うように見ると、すぐに背中を向けてＡＥＤのケースを開き、近接戦闘用のダガーナイフでバンチさんの服を切り裂く。僕はハンドルを切って車の向きを修正した。ＭＰ５Ｋを右手に持ち替え、銃床を肩に、銃身をハンドルに当てて照準をつける。左手一つで、しかもハンドルの下部しか持てないため操作が難しく、車は何度もガクリと揺れた。だが一応、制御はできる。高速のカーブは緩やかだから、前方のセンターラインを見ながら軌道を修正できる。スピードメーターが動く。シートから背中が浮くバック中の不安な感覚が続く。高速道路上でバックし、全力で逆走。そのまま時速五十キロ。こんな運転をしたのはもちろん初めてだ。だが大丈夫なはずだった。状況中は通行人がいなくなるものだ。だから後続車も来ない、はずだ。

　……もし一台でも来たら、その時点で正面衝突確定なわけだが。

　だが、これなら迎撃できるはずだった。

　Ｕターンババアの都市伝説で気になっていたことがあった。具体的に特定できた出現場所だ。この関越道以外はさいたま市内と八王子市内。都市部なのだ。高速道路の照明設備は整っているし、何より、深夜でもある程度の交通量がある。並走車両や対向車がしょっちゅう現れる区間では、へッドライトをハイビームにできない、い、い、い、い、い、い、い、い。

　クサントス号がバックしていく。ガードレールが逆回しに流れていく光景は奇妙で、どこに力を入れて慣性に耐えればいいのか分からず酔いそうになる。同時に笑いそうになる。すごい。バックしてるぞ。だが照準は続けなくてはならない。この瞬間に出現するかもしれないのだ。

走行音と風切り音の狭間でかすかに「電流が流れます」というＡＥＤの音声が聞こえた。

……Ｕターンババアの目撃者がヘッドライトをロービームにしていたなら、照射距離は四十メートルに過ぎない。いくら明るい区間でも、ライトの照射範囲外にいる怪異は見えないだろうから、目撃者が「Ｕターンして前から来る怪異」を視認した時の距離は最大四十メートルということになる。そして「現れる」ではなく「来る」と説明しているということは、目撃者は怪異が走ってくるところを視認しているのだろう。自動車の空走距離などを参考にしても、一秒間は対象が視界にい続けなければならないだろう。前方視界は四十メートル。その範囲内に、迫ってくる怪異が一秒間以上留まっていた。そこから速度が割り出せる。

がたん、と床が鳴った。電気ショックを受けたバンチさんの体が動いたのだろう。心電図を計測します、と音声が聞こえる。どうか助かってくれ、と祈りながら左手でハンドルを微調整し、位置がずれた分、右手で固定する銃身を動かした。

……Ｕターンババアは時速百キロで走行中の車を追い越す。最低でも百十キロは出しているだろう。だが前から来る時はどうか。前方視界四十メートルの中に一秒間留まったとすると、見かけの速度は時速百四十四キロ。だがこれは、目撃者の車も怪異に向かって走っていることを踏まえての数字だ。怪異に驚いて減速したとしても時速八十キロは出ていただろうから、それを差し引く。つまり前から来る時のＵターンババアの速度は、最大でも時速六十四キロ。それならこっちがバックすればいい。こちらは現在五十キロ。差し引きたったの十四キロになる。それに追いついてこないかもしれないし、来ても自転車の速さだ。狙撃できる。ターボババア系統の都市伝説は、観測者の車が「突然バックし始める」という状況は想定していないはずだった。

車体が小刻みに揺れ、想定されていない速度でギアを酷使されたハイエースが聞いたことのないエンジン音をたてる。シートに触れる背中に凄まじい重圧がかかっていた。車線は維持できず、ど真ん中を走っている。いつ後続車が来て「正面衝突」になるか。大丈夫だ、と言い聞かせる。こちらはもう信じるしかない。来ない。一台も来るはずがない。

何度目かにハンドルを切った瞬間、前方にそれが現れた。

「射撃開始」

叫んでからMP5Kのトリガーを引く。フロントガラスが粉々に砕け散り、細かいガラス片が顔にチリチリと当たった。予想通り銃口が跳ね上がるのでハンドルの上部に叩きつけるように押さえ込んだが、今度はハンドルの周囲を滑ってしまう。仕方なくハンドルから左手も放し、銃身を押さえつける。両足を踏んばって体を保持する。一瞬ならこれでいけるはずだ。連射すると走って向かってくる老婆がバランスを崩し、闇に消えた。当たった。急いでハンドルを持ち車体を戻す。右に左に車体が持っていかれ、クサントス号がギザギザに動く。右手でマガジンを落とし、シートの脇に差していた予備弾倉に銃身を叩きつけてリロードする。

だがその瞬間に再び怪異が出現していた。予想外の高速で接近してくる。慌てて距離感を測りながら照準しようとしたが、フロントガラスを通る風に体があおられ銃口がぶれた。弾が斜め上に飛んでいく。老婆が迫り、フロントに飛びついた。ぼさぼさの白髪が風に揺れ、皺くちゃの顔が大きく口を開ける。その口に向けようとした銃が叩き落とされる。車が横に振れる。

右手でハンドルを掴み直し、左手で殴ろうとした。だが老婆の爪がその手を切り裂く。左手に灼熱痛が走り、血と肉が飛び散ったのが見えた。

殺される。

思考が白くなった瞬間、後ろで発射音がして老婆がのけぞった。ナギさんが撃ったのだ。老婆は僕を無視し、助手席のシートを乗り越えて後部座席に這い進む。しまった、と思った。狭すぎる。ナギさんが撃てば僕に当たる。

だがルームミラー越しに見えた。ナギさんはＭＰ５Ｋを捨て、両腕をクロスさせると両腰から二本のコンバットナイフを抜いた。ナックルガードがついた全長四十センチの大型ナイフ。刃先まで真っ黒にコーティングされたナギさんの「私物」だ。刃が左右ばらばらに閃き、切り裂かれた老婆が助手席に叩きつけられて派手な音をさせる。ナギさんは両手のナイフをくるりと回して逆手に持ち替え、老婆の首と目を左右から同時に切り裂いた。しわがれた断末魔が聞こえ、横倒しになった老婆の側頭部にナイフの刃が振り下ろされ、滅多刺しにされる。

「止血を」

ナイフを両腰の鞘（シース）にしまいながらナギさんが言う。僕に向かって言っているのだと気付く。左手が痛いと思っていたが、開いてみると小指と薬指が第二関節あたりからなくなっていた。ブレーキを踏んで停車する。後ろでバンチさんの呻き声が聞こえた。

僕はとっさに切り落とされた指を探した。どこにもなかった。

車は深夜の高速に停まっている。火薬と血のにおいが充満する室内で、エンジンだけが振動している。

　僕はすぐに運転をナギさんに替わり、指を縛って止血を始めた。老婆の死体はいつの間にか消えている。状況が終わった以上、早く発進しないと後続車に追突されるおそれがあった。

## 18

「……そう。耐荷重三百キロと書いてあったけど、これは義指本体のこと？　普通、接合部から折れるでしょう」

「そうみたいです。接合部分の実質耐荷重は八十五キロ程度だそうで、『やや骨折しやすい指だと思ってください』とのことでした」

「対衝撃テストは？　実際にぶつけてみたの？」

「みました。これも他の指より『やや骨折しやすい』程度の感覚だそうです。特に痛いわけではないんですが、天然の指と違って『直接骨に響く』感じがありますね」

　ベッドサイドで社長が頷く。後ろで聞いていたアラマタさんが「うへえ」と顔をしかめた。

「僕そういうのキツい」

「通常時の動きは分かったけど、連続使用で変わらない？」

「大丈夫のようです。もともとレスポンスには薄ーくタイムラグを感じるんですけど、それを逆算すれば問題なく」

左手を握ったり開いたりしてみせる。未塗装のため銀色をしている薬指と小指だったが、滑らかに動いた。他の指とも仲良くやっているようだ。

「……分かったわ。じゃ、来週頭から復帰ね」

「はい」

よし、と思ったが、社長の方は口惜しげな様子で溜め息をついた。さっきから僕の義指についてあれこれ訊いていたのも、業務上の留意点を検めているというより、義指の弱点を見つけて異動の材料にしたかったようなのである。だがそうはいかない。病室を出ていく社長の背中を微笑で見送る。

少なくともカタログスペック上は、僕の義指に弱点はないのだった。興梠技研謹製「強化型」可動義指。商品名を「スーパーフィンガーP」。何か必殺技のようだが、そういうのが好きなおじさんが設計したのだろう。ようはオーダーメイドのすごく頑丈な可動義指である。残った指の動きに連動して精密に動く「X-Finger」[*18]の発展型で、骨との接合手術が要るものの、重いものを持ったり強くぶつけても壊れない特級品である。もともとのX-Fingerの時点ですでにピアノが弾けるほど精密だったのだが、さらにすごい。蚊に刺されたりしない分もとの指よりいいのではないかと思えるほどだったが、保険適用外なので手術代込みで一本二百四十万円。接合手術には入院が必要だったが、仕事に復帰するためには仕方がなかった。

「……しかし、お前も物好きだな」壁にもたれて懐手しつつ、豊後さんが僕を見下ろす。「片目もねえし。普通とっくに異動してるぞ?」

寝ている自分の爪先を見る。「……ご迷惑をかけない限りは、続けたいと思っています」

「君も怪異の魅力が分かったんだね」アラマタさんは一人で勝手に納得してうんうんと頷く。

「絶対辞めたくないよねこの仕事。Uターンババアに切られた指かあ。なんならちょっと羨ましいもん僕。だって指見るたびにUターンババアの攻撃力、思い出してハッスルできるわけでしょ」

「いや、そういう理由じゃないんですけど」

「あなたも生物のあるべき死について自覚的になり始めたということですね」

「いえ」

「へっへっへ。こんなにバラバラ撃てるお仕事他にないもんね」

「違いますってば」

各々都合よく解釈して頷く先輩たちに対し「あなた方と一緒にしないでください」と思ったが、よく考えてみれば、理由を言語化できないのにこんな仕事を続けている僕の方が変なのかもしれなかった。フランさんはともかく、バンチさんやアラマタさんの方がよほど理解しやすいだろう。

僕は普通の人間のはずだった。死にたくはないし怪我も後遺症も嫌だ。同僚が死ぬのも、目

＊18　日本で英語講師をしていたダン・ディドリックがほぼ独力で開発した「モーターもセンサーも使わない可動義指」。Didrick Medical社が製法を公開しているため、世界中で製造されるようになった。

の前で助けられなかった要救が死ぬのも身を引き裂かれるほど辛い。なのに続けている。続けたい、という強固な意志が確かにある。自分で自分が分からなかった。

　だがとにかく、明日までは結合手術の経過観察で入院である。入院患者の夜は長いから、腰を据えて考える時間はありそうだった。のだが。

「困ったことあったら言ってね。お世話してあげるよう。ふふ」

　バチーンとウインクして出ていく雪花さんを最後に病室が静かになってしまう。待ってくださいもう少し居て、と言いたかったが、仕方がない。面会時間は終わっているし、社に戻って事務仕事がある人もいる。

　いや、一人きりならよかったのだが。僕は病室の隅を見る。壁際のパイプ椅子に座り、照明が届かなくて暗いだろうに『ポケット六法』[*19]を無言で読みふけっているナギさんがいる。

　一人にはなれないのだった。病院は学校や墓地と並ぶ怪異の出現スポットであり、そんなところに夜、一人で「見える人」を置いておけば、ひと晩で何かしらに遭遇する。無人の病室からのナースコールに勝手に動くエレベーターにゾンビ看護師。個室をもらってはいるが隣の病室にも患者がいるし、当直の医師もナースも動いている。遭遇したら巻き込みかねないのであって、それを避けるためにはベッドの下にアサルトライフルと手榴弾を隠しておくだけでは足りないのは分かる。だが。

　よりによってこの人か、と思う。静かなのはいいが、気まずすぎる。

　Uターンババア戦でのことは、指の止血をしながらすぐに謝罪した。警察官などでは、不要な時に銃をホルスターから抜いただけで問題になるのだ。装填済みでセーフティも解除している銃口を同僚に向けるなどもっての外で、公僕なら懲戒免職でニュースになっている。僕は帰社後、社長にみっちりと絞られ、減棒三ヶ月を言い渡され先輩全員から叱られて現在に至るのだが。

病室内は静かだ。ナギさんの方から「ぱらり」と軽い音が聞こえた。ポケット六法の頁をめくったらしい。

この人からはひとことも叱られていないのだった。彼女は誰に対しても同じ態度なので、こちらが年上だから遠慮したとかいった理由ではないだろう。そもそも全く表情がないので、僕のしたことをどう思っているのかも分からなかった。表には何も出さないまま激怒しているのか、それを通り越して無関心を決め込んでいるのか、それとも何も感じていないのか。

最後の可能性が一番大きい気がした。この人は、雄馬さんの葬式でも表情一つ変えなかった。もしかしてあれも「悲しくなかった」のだろうか。

横目で窺う。ナギさんはきちんと背筋を伸ばし、読書人形といった風情で手だけが……いや、よく見ると目と首の向きもわずかに動いている。それに今、まばたきをした。だが、それだけだ。彼女は仕事上必要なこと以外はほぼ喋らないし、見る限り表情が変わったことも一度もな

＊19　有斐閣発行。憲法・民法・刑法等、主要法規を収録した小型の六法。法学部生は入学と同時にこれか『デイリー六法』（三省堂）のどちらかを選んで相棒にする。

い。飲み会にはなぜか来るが、他の人と話をせず隅で本を読んでいる。十六歳だという。大部分が高校生をしている年齢だ。高校生とはもっとうるさいものではなかっただろうか。メイクもしていないし、服にも興味がないようで、明らかにファストファッションと分かる単純な色の無地ばかり着ている。食事は？　食べている印象はあるし、全部ゼリー飲料、といった非人間的なメニューではない。だがいつも同じようなものを食べている気がするし、好き嫌い美味しい不味い、何かを感じている様子が一切ない。表情のない人。感情のない人。だが本当に何にも関心がなく感情が動かない人間には、なりふり構わない生への執着が必要なこの仕事は務まらないはずなのだ。だから不可解だった。意図的に感情のスイッチを切っているとしても、ここまで切れるだろうか。

病室で他にすることがないから、というわけでもない。僕は前からこの奇妙な先輩が気になっていた。いい機会かもしれなかった。「あの、ナギさん」

ナギさんは顔を上げてこちらを見る。無視はされない。されたことはない。

「……その、この間、すみませんでした。反省しています」

ナギさんは無表情でこちらを見たまま、いつもの声で応えた。「謝罪は聞きましたけど」

「いえ、そうなんですが。……どうも、その」

「本来は謝罪も必要ありません。あなたの判断の方が正しかったので」ナギさんはそこまで言うと何かに気付いた様子で立ち上がり、椅子にポケット六法を置いてから、こちらに頭を下げた。「申し訳ありません。私の判断が間違いでした」

いえ、そんな、そういうわけでは、とこちらが首を振っている間に、ナギさんはまた座ってポケット六法を読み始めてしまう。そこで気付く。

「……頁、戻ってませんか？　たしかさっきはもっと、真ん中あたり」

「戻っていると思います。民法は読んだ記憶があります」

「あっ、すみません」

さっき置いたせいだろう。だがナギさんはなぜ謝られるのか分からない、という様子でこちらを見た。「何かしたんですか？」

「いえ、ですから頁が戻って……」

ナギさんは持っているポケット六法に視線を落とし、それから意味を掴みかねている様子でこちらを見た。「閉じたのは私なので、あなたが謝罪する必要はありません。それに、また読むので問題はないと思いますが」

同じところをまた読むというのだろうか。六法の。「……法律、好きなんですか？」

「いいえ」

「本とか知識が好きなんですか」

「いいえ」

「何か資格を取るとか……」

「いいえ」

すべて同じトーンの「いいえ」であり摑みどころがない。指を引っかけるだけの凹凸すらない。しかしそうなるとかえって興味が湧いた。別に病室で暇だからではなく、もう少し知りたくなった。それに先輩たちは普段から、なんとなく僕にナギさんとの接触を促しているような雰囲気がある。考えてみれば一番若いバンチさんでも二十四歳。こんなに年齢が離れていてはお互いにやりにくい部分があるのかもしれず、一番年齢が近い僕が橋渡し的な何かを期待されているのかもしれなかった。

僕は声のトーンが明るくなるように気をつけた。「質問してもいいですか？　ナギさんって趣味とかあります？」

「いいえ」

「……休日とか、どんな感じですか？　僕こないだ初めてプロレス観にいったんですけど、けっこうこれが熱くなって」プロレスに興味を持ちそうなキャラではないか、と思い直し携帯を出す。「あと携帯で『ドラゴンハンドラー』ってゲームがありまして、家で一日中やってたり……」

まったく反応がなかった。だが退屈している様子もない。ただ話しているから聞いている、という感じがする。めげるな、と気合を入れる。昨年やっていた家庭教師先の子も最初はこうだったではないか。身を乗り出す。「ドラハンやってみます？　すぐDL(ダウンロード)できるんで」

携帯を見せたら、意外なことに頷いた。同年代の女子もけっこう多いゲームだと聞いている し、いいだろう。もう一つパイプ椅子を広げて隣に行く。ナギさんも携帯を出したが、「やり方が分かりません。お願いします」と言ってこちらに渡してきた。母親か、と思ったが彼女の携帯はロックもかけておらず、ホーム画面も購入時のままのようだった。ついでにウイルス対策アプリもＤＬしておくことにする。

とにかくこれで話のネタはできたわけである。プレイヤー登録、チュートリアル、最初に仲間にするモンスターの選定。仕事で使うこともあり、ナギさんはスマートフォン自体の操作には慣れていたが、アプリゲームは初めてのようだった。やはり不可解だな、と思う。知識や態度がちぐはぐなのだ。アプリゲームは初めてのようなのに、ゲーム内容を説明する過程で「レベル」「スキル」といった単語を使っても問題はない。いざチュートリアルを終えるとどんどん進める。ただ進めているのではなく戦術を練っているのが分かるので、義務的にやっていいるのではなくちゃんと頭を使って勝とうとしている。なのに全く楽しそうに見えない。まるで「このゲームをクリアしないと首輪の爆弾が爆発するぞ」と脅されてプレイしているかのようなのだが、プレイしなければ、という義務感もみられない。「このキャラ可愛いって人気なんですけどどうすか?」「このコラ画像が昔流行って」「あ、そいつ強いですよ。ガチャ運ありますね」黙っていても仕方がないのでなんとか話しかけるのだが、リアクションが全くないので僕は「よく喋って面倒臭い背後霊」の構図になっている。距離が縮まった気はしなかった。

それでもかなりの時間、ゲームは続けていた。ナギさんが進めるテンポが速いこともあり、初回としてはかなりのところまで進み、レアキャラも入って自軍の陣容が整ってきた矢先、ナギさんは突然携帯をシャットダウンした。

「あれ」

「バッテリー残量が減りました」

ムービー再生中にいきなり終了するから驚いた。ここで切ったら八割がた進んでいたミッションが敗北扱いでやり直しになってしまうのに。確かに退勤後は無線を持たないため、従業員はバッテリー残量を常時50%以上に保つように、とは言われている。だがナギさんは携帯を充電器ケーブルに接続すると、無言でポケット六法を開き、また読み始めた。

そこでようやく僕にも分かった。夢中でゲームをやっていたかと思ったがそうではない。彼女にとって今のは単に「ポケット六法の代わり」なのだ。しかもまた頁が変わっている。よく見たら栞(しおり)を挟んでいない。

つまり、そういうことだった。本もゲームも、この人にとってはどうでもいいのだ。ただ呼ばれるまでの間、何かをしているためのもの。純度100%のキルタイムで、好きでもなければ楽しいとも思っていない。

「あの、ナギさんのおすすめ聞いていいですか。何か、好きな食べ物とかありますか?」

「いいえ」

「好きな芸能人とか」

「いいえ」

「何か、好きな遊びとかありますか」

「いいえ」

カウンセリング、ではなかった。AIの入力作業。いや、AIとは違う。情報や機能が乏しいのではなく、それ以外の何かが欠けているのだ。

それならそれでいいじゃないか、という意見が脳内で響く。世の中には色々な人がいるのだし、誰だって何かしらが欠けている。一人でいたい人、何も好きなことがない人、何一つ変える気がない人。他人に迷惑をかけるわけでないのなら横からとやかく言うものではないし、外野がいい悪いの判定を勝手にするのは失礼というものだ。ナギさんはこうなのだ。もう分かったから、関わるべきでないのではないだろうか。

よし、と決め、立ち上がった。「ラウンジで飲み物買ってきませんか」

やはり断らない。ナギさんは黙って立ち上がると、僕より先に廊下を進む。僕が「出しますんで」と言うより先に電子マネーで支払いをしてミネラルウォーターを買った。見ていたが、間違いなく「一番左上だからそれにした」様子だった。

ラウンジで座って水を飲む間も、ただ単に水を飲んでいた。とことん話しかけてやる、と思い、カルピスウォーターを片手にあれこれ話題を振った。無反応ぶりにかえって躊躇(ためら)いがなくなった。話しかけられて邪魔という感覚もないのなら、遠慮はいらないのだ。この人がどうこうではなく、100%僕のために、僕がそうしたいから話しかける。なんとなく相手を「いじり回す」ような感覚で罪悪感があるが、いじり回されても何も感じないらしい相手なのだから気にしなくていいのだ。学生時代は喋らない友人も反応の薄い友人もいたが、こんな人はいなかった。一体どうなっているのか知りたかった。職場近くのおいしい店。面白かった映画。漫画。ゲーム。先輩たちの変な言動。昨日出た虹。何の話をしても「ちゃんと聞いてはいるが無反応」で、何かを訊いても最低限の「回答」しかない。だが何かあるはずだと思った。この人が関心を持つこと。

しかし、僕が「うまい棒の好きな味」について話すと、ナギさんは「ありません」と答えた後、一つ付け加えた。

「私は、全般的にありません」

やはりそうなのだろうか、と思う。「……好きなものが？」

「いいえ」ナギさんは首を振った。「『好き』という感覚が」

※

## EMPLOYEE LIST ④ ナギ（幾島(いくしま)　美月(みつき)）

普通というものが分からないから曖昧な感覚に拠るしかないのだが、十一歳までの私は、その後に比べればはるかに「普通」に近かっただろう。父も母も、明るく活発な子供だったと言っていた。記憶喪失になったわけではないから私自身も覚えている。確かに十一歳までの私は普通だった。友達とお揃いの小物を持ち、好きなアイドルを待受にし、漫画を読んでゲームをしていた。そこそこ勉強もしていたし、スイミングもちゃんと行っていた。

それが六年生の夏に壊れた。

何も起こらないはずだった。毎年同じことをしていたのだから。お盆に母方の祖母の家に行く。新幹線に乗って、電車内で好きな駅弁を食べて、祖母に歓迎され、スイカとかお寿司を振舞われ、庭で花火をする。典型的な「田舎のおばあちゃんち」だった。祖母のもてなし方は妹にはよかったが私には少々子供向けに感じられるようになってきていて、そこが少々物足りなくもあったのだが、逆に学校の友達の前では恥ずかしくて本気になれないような虫取りとか「だるまさんがころんだ」とか、そういった遊びもこちらではしてよかったから、なんだかんだでそれも楽しかった。来年は中学生、と何度言われただろうか。私自身も来年は中学生になって、同じようにこの家を訪ねるのだと思っていた。

だが、そうはならなかった。二日目の夕方、近所の田んぼの畦道(あぜみち)で見たのだ。

遠くの田んぼの中で何かが動いていた。人間ではない。かといって案山子(かかし)やのぼりなどの物品でもない、白くてくねくねと動くもの。田舎の風景を見慣れていない私でも、あれが普段、田んぼで見る物とは違うのは分かった。妹に「あれ、何だろうね?」と指差して教え、二人で目を凝らして「何だろう」とやっていたのだが、私は携帯に双眼鏡アプリが入っていたことを思い出して、その白いものを拡大してしまった。

---

**くねくね。田園で見られる、体をくねくねと不自然に動かす人のような姿の怪異。遠目に見ただけなら無事だが、目がよかったり、拡大してはっきり見てしまうと精神に異常をきたすため、もし見えたら絶対によく見ようとしてはならない。見てしまった人間は以後まともに話ができなくなり、**

**――目の焦点が合わなくなり、笑いながら体をくねらせ始める。**

拡大して見たのは一瞬だから、それの姿を詳細には覚えていない。だが白っぽい肌と服の人間のような姿で、両手を頭上に上げて高速で動かし、踊るような動作をしていた。分かるのはそこまでで、画面を見ていた私は突如、がん、と殴られたような衝撃を感じ、視界が白くなった。

妹と、助けにきた両親の話によると、私は笑い続けていたらしい。目を見開き、体をよじり、少しも笑顔ではない驚愕したような表情で、しかし大口を開けて大きな笑い声だけを発し続けていたという。私自身は全く記憶がない。私は何時間も笑い続け、意識が戻ったのはその日の深夜だった。気がつくと病室で、どうやら鎮静剤を打たれて途中から眠っていたらしかった。

医師は最初、毒キノコによる中毒――つまりいわゆる「ワライタケ症状」を疑ったらしい。ワライタケに含まれるシロシビンは酩酊(めいてい)状態をもたらす。必ずしも笑うわけではないが、そうなることも充分に考えられるのだという。だが違った。酩酊状態なら醒(さ)めれば元に戻る。だが目を覚ました私は、自分の中の何かがなくなっていることと、それがもう戻ってはこないことに気付いた。

最初は何がなくなったのか分からなかった。視力はそのままで、色彩も遠近感もきちんとあった。音もちゃんと聴こえた。触覚もあり、着せられていたパジャマの感覚も、排尿してパンツとパジャマのズボンが温かく濡れていく感触もあった。母がリンゴジュースを飲ませてくれた。欠けたのは味覚だろうと思っていたが、味覚も嗅覚（きゅうかく）もはっきりとあった。

だがそこで母が、私がベッドの上で排尿していることに気付いた。あら、と驚き、ひどく慌てた。父も医師も慌て、私は看護師と母の手で着替えさせられながら思い出していた。そういえば、排尿はトイレで便器に向かって「しなくてはならない」という決まりがあったのではなかったか。なぜそんな決まりがあるのだろうと思った。尿は無菌だし、服の色が変わってしまうわけでもない。ただ濡れるだけで、時間が経てば乾く。寒い屋外なら体温を下げないために濡れることは避けるだろうが、暖かい室内ではどうでもいいのではないか。そうは思ったが、その疑問を口にしては「いけない」ことも分かっていた。母は私を着替えさせながら訊いた。

「気持ち悪くない？」

その瞬間、私は理解した。私の中から完全に消失し、ゼロになったもの。濡れた感触はある。尿意もあった。排尿をトイレでするという「常識」も覚えていて、記憶にも何一つ欠けたものはなかった。だが母の言う「気持ち悪い」が分からなかった。濡れた感触が「気持ち悪い」はずなのだという。だが濡れた感触は濡れた感触であって、他の感覚が伴うわけではなかった。ただ「温かいもので濡れた」と感じるだけだ。

しばらくして私のお腹が鳴り、食事は問題ないということだったので、食べたいものはないかと訊かれた。私はよく分からないので「ない」と答えると、父が車で近所のコンビニに行き、コンビニ弁当のオムライスとバニラのアイスを買ってきてくれた。私はこれが好きで、いつも食べていたことを思い出した。

熱いオムライスを食べるとじきに空腹感は消えた。私が食べる様子を見て皆は安心したようだったが、私は何かがこれまでと違う、と思った。やはり味覚が変わったのかと思ったがそうではなかった。味覚はあった。卵の甘味。デミグラスソースの塩味とうま味。ケチャップライスの中にあるかすかな酸味と、グリーンピースを噛んだ時の軽い苦味も完全に分かった。それらはばらばらではなく、ちゃんと混ざりあって感じた。オムライスはいつものオムライスだったし、私の味覚もいつもの味覚だった。

だがその味覚から生ずるべきものが欠けていた。私はこれを「おいしい」と感じ、喜ばなければならなかったのではないか。その「おいしい」が分からなかった。「おいしい」とは何なのか。特定の味のことをそう言っているわけではなく、塩味もうま味も苦味も、場合によっては痛覚でしかないはずの辛味ですら「おいしい」の発生源になる。だがそれが分からなかった。味はある。だが「おいしい」という感覚がない。私は食べ続けた。オムライスはコンビニのレンジでかなり温められていたらしく、舌先を火傷して痛みが走った。私は食べ続けた。口に入れるたびに痛みが走り、火傷をした箇所にまた熱いものを触れさせていることで、火傷がどんどん悪化していることも感じた。痛みに伴って舌がびくびくと動くので食べにくかった。だがそのまま食べた。そこでまた母が気付いた。舌を火傷していないか、痛いのではないか、と。私は「痛い」と答え、母の求めに応じて舌を見せると、確かにはっきりと火傷しているようだった。私は舌をしまうとまた食べ始めた。母が慌てて止めた。痛いでしょう。無理しないで。

それが分からなかった。痛みは感じる。舌先ということもあり、かなり強い痛みだった。それがどうしたというのだろう。

そこでまた思い出す。普通は、痛いなら食べるのをやめる。痛みというのは嫌がって避けるのが普通の感覚だったはずなのだ。

看護師の表情が変わり、先生を呼んできます、と出ていった。親の表情からも、私の欠損に気付いたことが窺えた。私は「快」「不快」が分からなくなっていたのだ。

好物を食べても味を感じるだけで「おいしい」が分からない。もっと食べたい、という欲求も湧かない。火傷をしても痛みを感じるだけで、痛みがあるな、と思いながら同じ動作を繰り返す。痛くて「嫌だ」という感覚がないのだった。排尿で濡れた不快感も、空腹の不快感も、それが満たされた幸福感も分からなかった。その晩、私は眠らなかった。眠気はあったが睡眠欲はなく、まだ活動できるのだから特に眠る必要はないと思ってずっと起きていたのだ。そして翌日の昼頃、体の方が睡眠不足と疲労に耐えられなくなり、祖母の家の前でいきなり崩れ落ちて眠り始めた。その時に側頭部を打って血が出たため、眠気が一定以上になったら眠らなければ危険である、ということをあらためて学習しなければならなかった。

家に帰ってからも生活には支障が生じていた。欲求というものがなくなっていた。したいこともなければ、空腹も平気だった。「空腹感」それそのものとしては感じるが、それが不快だということが分からないのだ。栄養失調を避けるためには空腹感を合図に何か食べるべきだったが、そもそも栄養失調そのものに対しても恐怖感がなかった。眠気は無視すれば無視するほどパフォーマンスがはっきり落ちていったが、パフォーマンスを高くしたい、という欲がそもそもなかった。どんなに空腹でも怪我をしても「不快」を感じないし、何を食べても何をしても「快」がないから、何をすればいいのか分からなかった。「分からないこと」自体の不安感も不快感もなかったから、分からないままぼうっとしていても一向に困らなかった。だがとにかく、世の中には色々と決まりごとがあり、少なくとも人間には「自分の安全を確保するべきである」というルールがあるということは覚えていたので、今のところそれに合わせることにした。そのルールですら、たまたま「守る」と決めたから守っているだけで、守るのをやめたところで、決めたことを変えたところで、特に何も感じないだろうということは予想できた。今の私は、何かの気まぐれでそこらの道にぼうっと立ち続け、貧血か睡眠不足で耐えられなくなれば倒れ、そのまま脱水症状で死ぬ可能性があった。現実にそうならないのは、「これからどうしようか」という問いかけが一定時間ごとに訪れる以上、単に確率的に、死ぬまで「立ち続ける」の方を選択し続ける、という偶然が極めて起こりにくいからだった。

どうしてこうなったのか、このままでいいのか、疑問は多かったが、それを解きたいという欲求もないから、特に何もしない。一方で「楽をしたい」という欲求もないから、なんとなく何かをしてみたりもする。両親も祖母も妹も私を「かわいそう」だと言い、なぜか何度も謝りながら泣いたが、目の前で妹が「お姉ちゃん」と泣いていても、泣いている、と認識するだけだった。

何もしたいことがない。どうなっても構わない。私はすでに死体なのだろうか？　だがそうだったとして、そのことが別に不快でも何でもない。

家族の悲しそうな様子は、私にある疑問を生じさせた。「私は死んだ方がいいのではないか」。私はおそらくずっとこのままなのだった。そしてそうである限り、家族は悲しんで泣き続けるだろう。「家族が悲しむ」という状況は、避けるべきものだったはずだ。それなら私は早く死んだ方がいいのではないか。私か家族の死以外にこの状況が終わる見込みはないし、家族が死ぬのでは問題の解決になっていない。私が死ねば家族は一時的により深く悲しむだろうが、悲しみは徐々に癒えてこの問題は解決するだろう。今の私には「問題を解決したい」という欲求がなかったし、自分の行動や状態が「べき」と合致していようが、いなかろうが、何も感じなくはなっていたが、それまで学んできた社会常識からくる「べき」は、私の中にひとまず選択を生じさせた。選択を放置し続けることから生ずる不快感もなかったため、その問題はある程度の期間、放置されたが、選択肢が発生した以上、ずっと「放置する」または「死なない」という選択だけが連続する可能性もだんだん下がっていく。この状態になって四ヶ月後の冬の日、私は「死ぬ」を選択し、近所のビルの外階段をよじ登って屋上に上がった。錆びた鉄柵を握って掌が切れ、痛みを感じた。上りきった屋上からは見たことのない角度で自分の街が広がっていた。いずれもただ単にそれだけだった。屋上の縁に立ち、飛んだ。一瞬体がふっと浮き、そこからすとんと落ちる。足が何にもつかずに落ち続けるため反射的に異常を感じたのか、手が何かを摑もうと伸びる。何も摑めずに落ちていく。

だが、死ぬ、と思った瞬間、体の底から凄まじい不快感が突き上げてきた。死ぬ。死んでしまう。その不快感を何と呼ぶのかはすぐに思い出せた。これは「恐怖」だ。

怖い。死にたくない。

どこまで行っても無色だけの、完全なる無の世界。永遠の凪。そこにたった一点の、しかし最も強烈な色が生じた。「死の恐怖」の黒。それが私を釘付けにした。

私はそれから逃れるため行動した。空中で体を捻って壁面を蹴り、落下位置をずらして街路樹の枝に飛び込んだ。体を丸めて頭部を保護する。枝を突き破り、予想以上の速度で地面に叩きつけられて体が跳ねたが、即死はしないと分かってほっとした。そう、ほっとしたのだ。生還という安堵感の白が、死の恐怖の黒の対称位置に生じていた。だが歩道のアスファルトに横たわっているうちにそれらが薄れて消えてゆく。肉体の損傷度合いが分からない以上、まだ死の可能性はあったのに、あの黒は戻ってきそうになかった。どうやら、本当に差し迫った時にしか感じないようなのだ。いや、黒の方は感じなくてよい。あれはいやだ。だが黒が消えた時の、あの安堵感の白。生還の幸福感。あれだけは捨てがたい。

あれをもう一度味わいたい。どうすればいいだろうか？

だがそれが難しかった。飛び降り、首吊り、入水。そういった方法ではうまく自殺未遂に留めるのが難しい。死の恐怖は避けたかった。白の前の黒、ではあったが、もし失敗すれば黒だけで終わってしまう。それはいやだ。

だがある日、うちに事故調の人が訪ねてきた。うちに、ではなく、私に、だった。確かに「くねくね」の被害以来、夜になると常に茶褐色をした「偽の月」が見えていたし、そのことは両親にも医師にも話していた。そして「見える人」の過酷な運命は、たとえ十二歳の少女が相手でもお構いなしに、同じ強さで襲いかかる。

私の年齢が年齢だったため、通常の勧誘よりはるかに大勢の医師や官僚がうちを訪れ、私の就職が決まった。通常「見える」ようになるのは十代後半から二十代前半が多く、私はだいぶ早い、ということらしかった。私が出ていく時、両親や妹は泣いていたが、私は「こうやって離れれば、死ぬのと大差ない効果が得られるのではないか」とぼんやり考えていた。得られようが得られまいが何も感じなかったわけだが、死の危険が大きい仕事であることは説明を受けていた。

それなら、きっとまたあれを味わえる。

私にとっての「不快」は、「死の恐怖」だけ。

私にとっての「快」は、そこからの生還だけ。

だが私は、唯一の「快」である「生還」を体験できるこの仕事を辞める気はない。生還するためには死の危険に晒されなくてはならないから、戦闘をするしかない。私は生還をしたい。もっと何度も。だからここにいたい。少なくとも日本では、ここ以外にそれができる場所はなかった。

※

「……だから、私は何をしても何も感じません」ナギさんは水のペットボトルを飲まないまま持っている。「私に対して『気を利かせて』何かに誘う必要はありません。無駄になります」

ナギさんの話は衝撃だった。確かに「くねくね」の被害は脳機能に限定される。だが、こんな状態になるとは。生物の根本ともいえる「快」「不快」の消失。その状態で彼女がここまで生きてこられたのは、むしろ奇跡に近いのかもしれない。

よし、それなら、と思う。「……明日、退院後は休みじゃないですか。駅前に新しくできたパスタ屋さん行ってみませんか？　雰囲気いいし、前頼んだトマトソースのとか、すごいおいしかったんで」

ナギさんは一秒ほど沈黙してこちらを観察し、あらためて口を開いた。「私には、全般的に」

「分かってます分かってます。完全にこっちが誘いたいから誘うだけです。別にナギさんに何かを教えたいとか感じさせたいとか、そういうわけじゃないです」

本音だった。それに興味があった。本人が言うところの「何も感じない人間」と一緒においしいパスタを食べにいったら、どうなるのだろうか。どういうリアクションをして、僕はそれをどう感じるのだろうか。それより何より、「何も感じない人間」というのは、いい人なのだろうか。嫌な人なのだろうか。興味は尽きない。好奇心で他人を観察するために誘う、というのはいささか失礼な気もするが、失礼による不快感すら発生しない相手なのだ。

ナギさんはこちらを見て「それでしたら」と頷いた。僕はほっとしていた。少なくとも、この不可解な先輩は敵ではないし、僕に対して特に悪感情も持っていないのだ。

翌日、パスタを食べにいき、食べながらあれこれ話しかけたら、ナギさんは「合挽肉（あいびき）のうま味がかなり強く出ています」「トマトの品種が甘味の強いもののようですね」「オリーブ油の香りが」「パスタの茹（ゆ）で加減が」と、この上なく正確で詳細な食レポが返ってきた。「快」「不快」による先入観のフィルターがないせいで、五感そのものはかえって鋭くなっているのかもしれなかった。加えて普段の読書から知識量がすごくて語彙（ごい）が豊富だった。表現も的確だ。彼女はけっこうすごい人だぞ、これは楽しいぞ、と思った。まあ、むこうは特に不快でないかわりに全く楽しくもないのだろうが。

夕方、宿舎の玄関で別れる時に「楽しかったのでまた誘っていいですか?」と言うと、ナギさんは「不可解」と言いたげな雰囲気でこちらを見た。

「許可を取る必要はないと思いますが。……本当に楽しかったんですか?」

「それはもう」

「……それは、よかったですね」

一片の嫌味もなくそう言うので、こちらも一片の含みもなく「はい」と笑顔で答えた。

結局のところ、僕は反抗したかったのだろう。アンチテラーが共通して背負うものに。

アンチテラーが命がけの仕事を続ける理由は様々だが、ほとんどの人が強いられてそれをしているのは事実だった。社長については詳しくは知らないが、うちで「強いられているとはいえない」のはフランさんぐらいのもので、あとは皆、能動的にしろ受動的にしろ「この職場しかない」という人間が集まっている。僕たちは縛られている。ナギさんもだ。それに反抗してみたかった、というのもある。もし彼女が「生還」以外の楽しいことを見つけられれば、それは退職の理由になる。個々の戦闘で怪異に勝って生き延びたところで状況は変わらないが、自分をこの職場に縛りつけているものから解放されて退職したなら、それは最終的な勝利といえるのではないだろうか。武器の支給や緊急時の護衛等、安全面を考えれば実際には「退職」でなく事務方への「異動」になるだろうし、まあ当のナギさんは勝利したところで何も感じないだろうから、僕が勝手に思っているだけなのだが。

それに、単純に「予想外に楽しかった」というのもある。自分の欲求のために彼女を誘ってつきあわせるのは悪だろうか？　だが彼女にとっては何をしても、しなくても、「快」「不快」がなく同じらしい。それなら迷惑ではないはずだった。それに、本質的に「自分が誘いたいから誘う」というのは、世間一般の友人でも恋人でも一緒ではないか。

なんとなく疑問は残る。だがその疑問の正体も知りたい。絶対また何か誘う、と思った。

## 19

「へえ。……じゃあもうけっこう、何回も出かけてるの？」雄馬さんはいつもの高速タイピングでキーボードを叩きながら意外そうな顔をした。画面からは目を離さず表情だけが変わるので、僕の言葉に対するリアクションなのか、画面に対するリアクションなのか分かりにくい。

「プライベートの話だから、訊かない方がいいのかもしれないけど」

「そうですね。もうけっこう」僕は喋りながら作業をするのが苦手で、手が止まってしまう。止まったついでに指を折って数える。「こないだ中華街行ってきましたし、劇場版コナン観てきたし、ブックカフェ行って携帯する用の本探したり。アウトレットで服も買いましたし」

「あー、それでナギちゃん最近おしゃれなのか」雪花さんが離れた席から入ってくる。「えー。じゃあ私も誘えばよかった。最初は誘ってたんだけどさあ。なんか迷惑なのかなって思って遠慮しちゃってた。ナギちゃんかわいいし着せ替えたい」

「迷惑じゃない……と思ってはいるんですが」ゴスロリにするつもりだろうか。「あ、今度謎解きイベント行ってみようかな。楽しいかも」

「ネズミくん、ナギちゃんを誘ってくれるのは嬉しいけど、基本的にはその、あの子は……」

「あ、大丈夫です。僕が楽しいってだけの話なので」気遣わしげな雄馬さんに親指を立てる。

「感想が精密かつ的確だし、知識は多いし、話してると楽しいんですよ。けっこう常識を揺さぶられることも多いし」

「ほう」二つ隣の机でフランさんが眼鏡の縁をぎらりと輝かせた。「それは興味深いですね。これまで見落としていましたが、確かに彼女は欲求から切り離された特殊な視野を持っています。物事に関して我々とは違う見解が聞けるかもしれません」

「ナギちゃんを『使う』のはほどほどにしてくださいね」

雄馬さんはフランさんを窘める調子で言うが、一方でバンチさんと雪花さんが「オーバーサイズ着せたくない?」「MARSとかAnkRougeで胸元にリボン」「雪花さんすぐそっちに」「髪いじらせてほしい」と盛り上がり、意外なことに普段白衣のアラマタさんまで「僕的にはB系ですね。キャップをかぶせて」と主張しだしたので、なんだかんだで結局僕も「髪色をもっと明るく」などと参加していた。着せ替え人形にするのも結局「使う」の一種なのだろうが、皆これまでは遠慮していた一方、本音ではもっとナギさんにからみたかったらしい。袖手してその様子を見ていた豊後さんが微笑んで頷く。「俺は和装を推すな。時季的に軽めの色の秋単衣(ひとえ)だが、あの子なら『月に兎』の柄も可愛い」

結局このての話になると皆、自分のコピーを作りたがるらしい。話が盛り上がり、手が止まる。何度も座り直して自分の仕事に戻ろうと試みていた雄馬さんが諦めた様子で椅子を回すと、そのまま昼休みの流れになった。調査に出ている当のナギさんと社長を除き、今日は全員出勤で朝からデスクワークなので、昼前になるといささか弛緩してくる。皆、ちょいちょいと壁の時計を見て「あと七分で十二時」「あと四分」などと確認しつつ喋っていた。昼食調達時の混雑を避けるならさっさと休憩にしてその分午後の始業を早めればいいのだが、皆そこまで知恵は使わず「一応十二時までは席を立たない」空気になっている。

その分、時計の針が真上を向いた瞬間は早かった。バンチさんが「おっひるー!」と立ち上がり、雄馬さんが「私『昇龍軒(しょうりゅうけん)』行きますけど他にお弁当希望います?」とオーダーを取り始める。僕はそそくさと冷蔵庫に向かおうとするフランさんのベルトを摑む。「フランさん。『お菓子でお昼』は駄目ですからね」

「ネズミくんとフランさんはどうする?」

「あ、僕も弁当希望ですけどHotto Mottoの方にしようかと」

「了解。じゃHotto Motto希望の人はネズミくんで」

雄馬さんと手分けをしてオーダーをとり、二人並んで調査部を出る。ちょうど三階の人たちも出てきたところで、階段の上に顔見知りの男性がいたが、むこうはこちらを見ると階段を下りるのをやめ、会釈して待つ態勢になった。こちらも軽く挨拶して先に階段を下りる。避けられているというか、お互い接触しないようになんとなく道を譲りあうような雰囲気がある。同じ「見える人」でありながら、積極的に殺しあいに身を投じる調査部と、そこから離れて保護を受けるバックオフィス。立場の違いからくる様々な感情が混合され醸成され、結果「距離を取る」という無難な判断だけが上澄み液のように抽出される。それでいいのかな、と思いながらビルを出る。曇っているせいもあり、今日は風が涼しい。目の前をカラスが横切り、雄馬さんと二人でその動きを目で追った。訓練と実戦で「高速で動く敵に対する偏差射撃」を繰り返しているせいで、目の前を何かが横切るとついその予想進路に視線をやってしまう癖がついていた。お互いにそれに気付き、なんとなく肩をすくめて歩き出す。

「……雄馬さん、三階の人に顔見知りとかいます?」

「一人二人はね。どうしても直接話す時があるから」雄馬さんもそこについては考えがまとまっていないらしく、ビルを振り返りつつ歩いて唸る。「三階の人たちがこっちに負い目を感じちゃうのは仕方ないかもね。こっちは別に、バックの人たちの代わりで出動してるわけじゃないんだけど」

昇龍軒とHotto Mottoは反対側なので、それ以上話す間はなく雄馬さんと別れる。Hotto Mottoに着くと中の上という混み具合で、僕は雄馬さんから言われた言葉を思い出す。研修終了時、僕の力は「中の上」だったという。だがまだ生き残っている。左目と左の指二本はなくなったが、けっこうな数の出動をこなしてもいる。

仕事には慣れ始めていた。オーダーされた弁当を注文しつつ、同じように昼食を調達しにきている人たちの列に並ぶと、自分がありふれた「勤め人」の一人である、という感覚になる。誇らしいような、安心するような感覚。そう、ちょっと派手な駆除業者に過ぎないのだから僕だって「普通の勤め人」ではないか——と考えてみるが、左手の義指とシャツの中に隠したグロック26がそれを嘲笑う。就職以来、親とは一度も連絡をとっていない。事故調の「それ担当」の人がうまく説明してくれたらしいのだが、うちの親の関心事は主に弟なので、案外あっさり納得したかもしれない。

それでもちゃんと「社会人」にはなったぞ、と思う。僕は働いている。午前中はデスクワークで、今は昼休みに同僚の弁当をまとめて買ってくる係。うちの昼食は出前を取ったり立ち食い蕎麦(そば)屋に行ったりと普通に様々で、弁当希望者が多い時は適当に言い出しっぺが皆の分をまとめて買ってくる。Hotto Mottoはチラシがあるし、創業四十年の昇龍軒はメニューが十年前から変わっておらず全員暗記しているのである。三人分の弁当をがさりと受け取り早足で会社に戻る。Hotto Mottoの方が二ブロックほど遠いので、雄馬さんはもう戻っているだろう。食べたら午後の業務だ。

手提げ袋をがさがさ鳴らしながら会社に戻ると、ビルの玄関のところに人がいた。携帯の画面とビルを見比べている。

妙だなと思った。うちは「探偵社」と名乗ってはいるが、興信所としての仕事をしていないアンチテラーの専門会社だ。ＨＰも作っていないし目立つ看板も出していないから、飛び入りで仕事を頼む人もまず来ない（そもそも人通りの少ない場所を選んで本社ビルを置いているのだそうだ）。だがあそこにいる人は明らかにうちを訪ねてきている。

「あの、すみません。……何か御用ですか？」

声をかけると振り返り、なぜか僕を見て「あ」と反応し、頭を下げた。「ご無沙汰していま す」

見覚えのない人だった。きちんとスーツを着ているが、なぜか中身のあまり入っていない様子のボストンバッグを肩にかけた眼鏡の女性。雄馬さんと同い年くらいだろうか。

女性はお辞儀をし、「あの、この度は」と葬式のようなことを言った。

「ええと、住所をお間違え……ではないですか？」用件など思いつかない。「このビル、うちの会社しか入っていないんですが……」

「いえ、唐木田探偵社さん、ここですよね？」女性は僕を見て一瞬眉をひそめたが、すぐに口を開いた。「あの、先日ご連絡させていただきました中沢の友人で、木在と言います。大変遅くなってしまい申し訳ありません」

「中沢……ですか」

誰のことなのだろう。三階の人の名前は知らない。調査部にしても仕事上の名前しか知らない。そういう職場である。だがそれゆえ、かえって不可解だった。うちの従業員の名前を外部の人が知っていることなどないはずなのだ。だが彼女は間違いなくうちを訪ねてきたのだという。

「ええと」相手がスーツでこちらがカジュアルだと、どうしても気後れする。「すみません。ご用件を伺ってもよろしいですか?」

「あ、はい」木在さんは一瞬躊躇ったようだったが、声の音量を半目盛り程度下げて言った。「あの、中沢の……中沢紗英さんの遺品を引き取りに」

何を言っているか分からなかった。「……遺品、とおっしゃいました?」

「はい。あの」木在さんはそれこそ遺族を前にでもしたように沈痛な表情になった。「本当は葬儀の後、すぐに伺うべきだったんですけど。……中沢の父は今でも『娘は死んでいない。何かの間違いだ』と言っていまして、なかなか納得しなくて。私は中沢の母から依頼を受けまして、遺品の整理などを手伝っていたんです。それで、こちらにも中沢の私物があるということでしたので、先日お電話しまして、今日の午後に伺います、と……」

木在さんは俯けていた顔を上げ、それから困惑を見せた。だが困惑するのはこちらだった。「中沢」が誰のことか知らないが、うちの従業員らしい。従業員の死者となれば調査部だろうが、当然のことながら最近は死者などいない。三階にもいないはずだった。いれば聞いている。

「あの、会社をお間違え……ではないでしょうか? 当社の従業員には、亡くなった者はおりませんが……」

木在さんはこちらを窺っている。何か必死で考えをまとめようとしているように見えた。

「あの、紗英の葬儀でお会いしましたよね。あの時は私も混乱していて、あまりちゃんと話せなかったんですけど……」

「いえ」僕は首を振った。「すみません。お会いした記憶はないです。そもそも僕、ここ数年、葬儀に出席したこともありませんし」

眼鏡の奥で木在さんの目が見開かれる。本当に驚いているようだ。彼女は僕の全身を観察し、それから困惑した顔を見せた。妙だった。今、こちらを観察した時、彼女は明らかに左目の眼帯に注目していた（見られる側はよく分かるのだ）。つまり僕の特徴として眼帯を覚えていたのだ。だとしたらおかしかった。彼女は確かに僕を記憶しており、嘘をついてはいない。だが僕は彼女のことなど知らない。

一瞬にして仕事の感覚になった。遭遇かもしれない。「とにかく何か妙なことがあったら遭遇と思え」は「見える人」が叩き込まれる鉄則だ。おかしなものを見た時、確かめようと近付くなどもっての他。それ以前に、全力で離れなければならない。そうするだけで回避できる怪異もあるのだ。

今は両手が塞がり、武器も携帯しているナイフとグロック26しかない。僕はさっと木在という女性から離れた。「すみません社長を呼んできますんで、そのままお待ちください」

本来、来客なら中に案内すべきだろう。だがこの女性自身が怪異なのかもしれないのだ。僕は急いで玄関に入ると、階段を駆け上がった。今は社長はいない。「豊後さん」

「お？　どうした」

豊後さんが顎の傷痕を撫でながら振り返る。雄馬さんはすでに帰っていて、アラマタさんが皆にお茶を配っていた。

「遭遇の可能性。玄関の前に不審な女性が来ています」

一瞬で全員、状況時の顔になる。アラマタさんが急須を素早く置き、かわりにグロックを出してスライドを引く。「外観は？」

「普通の人間に見えました。明らかに人間以外、という言動はなかったんですが、ちょっと言っていることがおかしくて」

「どう、おかしい」豊後さんも刀を差している。

「うちで働いている『中沢紗英』さんの遺品を引き取りにきた、と言っていました」

「遺品だと……？」

豊後さんが雄馬さんを見る。「とすると、ターゲットはむしろ雄馬かもしれないな。呪殺じゃないといいが」

初めて聞いたが、どうやら「中沢紗英」は雄馬さんの本名らしい。やはりあの木在という女性の話はおかしかった。雄馬さんならずっと一緒に仕事をしているし、一番よく飲んでいる。先週末だってうちで、一緒につまみを作って食べたのだ。皆もいた。

雄馬さんが頷く。なるほど、「遺品を引き取りにきた」と言って標的を訪ねてくる怪異。訪ねてこられた標的は数日後に死ぬ――というパターンの都市伝説なら、ありそうな気がする。

「バンチ、アラマタ。地下に移動して雄馬とネズミを守れ。フランと雪花は俺と来い。玄関前でやる」

豊後さんが指示を出す。フランさんはすでに、部屋の隅にあるロッカーから89式小銃を出している。一挺を豊後さんに投げ渡して自分のフランベルジュを取る。「見える人」が集中している関係上、自社のオフィスが戦場になるケースもある。武器は備えていた。雪花さんが方天画戟の部品を接続する。

全員、動きは速い。バンチさんとアラマタさんに挟まれ、僕と雄馬さんは地下の訓練場に下りる。後ろから階段を下りていた豊後さんに振り返った。

「気をつけて」

「おう」

豊後さんたちが出ていく。大丈夫だ、と念じる。甲種装備の上に、フランさんも雪花さんもいる。それより自分たちの心配だった。地下二階の訓練場に駆け込み、全員が89式小銃と近接武器を装備する。バンチさんは僕や雄馬さんと同じ麺打ち棒だが、アラマタさんの「私物」は二股のフォークである。

「うーん……新種っぽいからぜひこれで刺して、よく観察したかったんだけどなあ」

アラマタさんは白衣を翻してフォークを構えつつ趣味全開のことを言う。近接武器の「私物」は各々、主観的に使いやすいものを選んでいるのだが、アラマタさんはそういう理由でフォークなど使っているらしい。趣味に走りすぎなのではと思うが、突きが正確すぎて、僕は近接の模擬戦で勝てたためしがなかった。

だが、すぐに雪花さんから電話があった。

「……いないそうです。痕跡もなし」

全員が息を吐いて力を抜き、地下訓練場の空気が少し弛緩した。これで去ったのか、あらためてまた来るのか、それともすでに呪殺のスイッチが入ってしまったのか。それが分からない以上、安心はできなかった。

## 20

リビングに入った途端、豊後さんは「ふう、やれやれ」と首を回し、ソファにどかっと倒れ込んでしまった。「なんだかんだ、疲れたな今日は」

「ですねえ。いやあ新種、会いたかったなあ」アラマタさんは白衣をばさりと脱ぎ捨て、テレビを点けて床に座る。「あっ『忍たま乱太郎』やってる」

「あれ？　またOPテーマ変わったか？」

「ちょっと前からこれですよ。土井半助（どいはんすけ）先生出る回かな」

二人とも「やっぱり家が一番落ち着くわ」と言わんばかりに振る舞っているが、ここは僕の部屋である。飲み会に提供しすぎたな、と思う。「風呂沸かしちゃいますけどメシ前に入りますか？　あと何か飲みますか？」

「先に風呂入りてえな。……気、遣わなくていいぞ？　自分で勝手に飲むから」

「了解です」

ですよね、と思いつつ風呂の設定をする。昔は防災の一環として浴槽にお湯を張りっぱなしにしていたのだが、今はできなくなった。水が溜まったままだと中から何か出てきて、浴槽に引きずり込まれる可能性があるのだ。

昼に遭遇した新型の怪異は、結局何も摑めないまま姿を消していた。木在と名乗った眼鏡の女性が怪異の本体なのか、怪異に取り憑かれただけの要救なのか、それとも異界駅のように本体の特定できない「現象系」の怪異なのか。まだ何も分かっておらず、アラマタさんは勤務中、昼からずっとそのことについて一人で推測をし、喋り続けていた。だがいずれにしろ僕が標的になっている可能性があり、都市伝説においては「その日の晩」に本体が襲ってくるパターンが存在するため、豊後さんとアラマタさん（ハイハイハイ！　と手を挙げて立候補していた……）が護衛としてうちに泊まってくれることになっている。もちろん雄馬さんの部屋にも雪花さんとナギさんが泊まっているし、今夜はベッドの下にアサルトライフルを置いて眠るのである。気が抜けない状況は続くが、緊張し続けては疲れてしまうし、疲れた状態でベッドに入るのはそもそも危険だった。金縛り系統を始めとして、「疲れてベッドに入った」状況は都市伝説と親和性が高いのだ。だから皆、アルコールこそ入れないもののけっこう気楽にやっている。最低限必要な警戒を解かないままいかにリラックスするか、というのも、この仕事では大事だった。それでも豊後さんの入浴中はアラマタさんが、アラマタさんの入浴中は豊後さんが、ちゃんと台所についていてくれた。僕は夕食後に入るが、その時は外に二人が待機していてくれるという。

夕食中、アラマタさんはやはり怪異の正体についてあれこれ話した。僕と豊後さんは食べながら「そうかもしれない」と頷いたり「それはない」と首を振ったりしていたが、三人とも、何か釈然としないものを抱き続けていたようだ。アラマタさんが味噌汁を飲みつつそれを口にした。

「……でも、総じてなんか変じゃないですか？　今回の奴」

「そうなんだよな。何か危機感がない」豊後さんが金目の煮付けをほぐしながら頷く。魚の食べ方が綺麗だ。「ネズミの印象はどうだ？　その木在って女、怪異っぽかったか？」

「いえ、全く」昼のことを思い出しつつ考える。「かなり困惑している様子でした。メッセンジャー的な存在ならもっと超然としてますよね？　どっちかというと……」

そこまで言ってふと考えてしまった。どちらかというと、むこうの方が怪異に遭ったかのような顔をしていた。

「どしたの？」アラマタさんが眼鏡を直す。「あとその手袋、したまんま食べるの？」

「あっ、いえ」僕は立ち上がった。「置いてきます」

左手の義指は裸の状態だとサイボーグそのもののメカ指なので（先輩たちは「かっこいい」と言ってくれるが……）、普段は義指の上からエピテーゼ[*20]メーカーに特注した本物の指そっくりのカバーをつけているのだが、炒（いた）め物などをすると細かい油が入り込んで義指に汚れがつくため、料理の時だけ薄い手袋をしている。キッチンに戻って定位置のフックに手袋をかけると、後ろから来た豊後さんに「一人にならん方がいいぞう」と声をかけられた。さすが厳重だな、と思ったが豊後さんは冷蔵庫を開けて中を検めている。「おっ、前買った塩辛まだあるじゃねえか」

「ノンアルコールビールとか買っとけばよかったですね」

「いや俺、ビール飲まねえから」豊後さんは塩辛の瓶とプロセスチーズの箱を出しつつ、ついでのように言った。「そういや、ナギちゃんのこと、ありがとうな」

「はあ」

「いや、お前が最近、あれこれ連れ出してるんだろ？　おかげであの子が話の輪に入ることが多くなった」豊後さんは冷蔵庫の中を見たまま言う。「俺がそうしたかったんだが、この歳になるとどうも、十代の子はやりにくくてなあ」

「まあ、僕が楽しくてやってるので。ナギさんのことだから迷惑ってわけではないと思うんですけど、役に立ってるかは……」

「いや、俺たちが助かってるんだ。おかげで気が楽になった」

＊20　手足や乳房、耳、鼻など、事故等により欠損した体の一部に装着して自然な外観を復元する装具。通常オーダーメイドするため本人の体と「全く同じ」と言えるレベルで、温度変化により肌の色が自然に変わるものまであるが、機能ではなく外観の復元が目的のため、一部しか保険適用がされないという問題がある。

さいですか、と思う。しかし豊後さんは冷蔵庫を開けたままだ。「あの、そろそろそこ閉めてください、と言いかけ、ちょっと待て、と思った。豊後さんをどかして中を見る。何かが気になった。ドアポケットだ。牛乳。中濃ソース。フランさんのワイン。クラフトビールの瓶が二つ。

「どうした？　……違和感はすぐ報告しろよ」

「いえ」冷蔵庫のドアを閉じる。「大丈夫です。そういうのじゃないんで」

地下三階の射撃訓練場は四方も天井も灰色の吸音材一色で寒々としているが、実際には火薬のにおいの混ざった空気がいつも淀(よど)んでいて生暖かかった。もちろんエアコンはついていて、ヴンヴン……という独特の、しかし耳に馴染んだ音が一定の調子で続いている。声が全く反響しないので、会話をすると発した音声を直接手で投げ渡しているような感覚がある。

「……新種の怪異？　昨日の女ではなく？」

「はい。昨日のあの人は人間です」眉をひそめる雄馬さんに頷く。「怪異は、調査部内にすでに侵入していたんです」

雄馬さんは、事態の深刻さを理解した、という顔になって頷いた。

「新種の怪異です。僕は勧誘された日、ネットで見て知っていました」

**正式名称かどうかは分かりませんが、Another と呼ばれる怪異です。学校のクラスとか、メ**

**ンバーが決まっている集団に、本来いないはずの人が一人、いつの間にか紛れ込んでいます。他のメンバーの記憶もそれに合わせて変わっているし、名簿なども改変されているため、メンバーは誰が Another なのか分かりませんし、そもそも誰も一人増えていることに気付きません。ですが一人増えたままだと矛盾が生ずるので、Another はしばらくするとメンバーの一人を殺します。殺された人は記憶からも記録からも消えて、人数が合うようになります。**

自分が襲われた「思い出女」のことばかり気になってしまっていたが、確かにあの夜、こういう怪異の記事も読んでいたのだ。

「『Another』」雄馬さんが繰り返した。「……なるほど、現代的だね」

「僕たち全員が気付かないうちに、調査部のメンバーが一人増えていたんです。本当ならいないはずの人がいつの間にか調査部に加わっていた。僕たちの記憶も、データや書類の記録も一緒に捏造(ねつぞう)されるから、僕たちはそれに気付きませんでした」

「……ネズミくんはどうして気付いたの?」

「ちょっとしたきっかけですよ。昨夜」ドアの方を見る。そろそろ来るはずだ。「Another は集団内に出現する怪異です。集団の構成員や、その近くの関係者であれば記憶は改竄(かいざん)するし、名簿や机程度なら事実も改竄して、矛盾がないように世界を変える。でも、人が一人出現するっていうのは、本来、大変なことなんです。たとえばその人が一回、弁当屋で買い物をしただけで、店の売り上げが変わる。それにまつわる会計、税金、在庫……すべてが変わります。その影響が関係者すべての心理に及び、行動を変えます。それによって……という具合に、因果関係が無限に広がっていってしまう」

「バタフライ効果ってやつね」僕の視線の方向に気付き、雄馬さんも身構えてドアの方を向いた。

「はい。それらすべてを改竄するのは、いち怪異の力では不可能なんです。世界全部を改竄することになってしまいますからね。だから改竄の範囲はある程度のところまでに限定されるし……」

「『増える人間』は、周囲に対しなるべく影響のない、人付き合いの少ない性格になることが多い……か。調査部でいうなら、あの子のように」

ドアが開き、ナギさんが入ってきた。雄馬さんと僕の姿を認め、普通の速度でこちらに来る。彼女の背後でドアが閉じる。これで音は漏れない。

木在さんの来訪によって怪異の存在に気付いた翌日の今日、すぐにこの機会があったのは幸運だった。社長はおらず、豊後さんたち他のメンバーは出動していて、僕と雄馬さんとナギさんだけが残っている。

あまり近付かれたくないのだろう。数メートルの距離のまま、雄馬さんはナギさんに声をかけた。「ナギちゃん。来てもらったのは、昨日の」

雄馬さんが喋りながらグロックを抜くより、僕が麺打ち棒を抜く方が速かった。

だが一番速いのはナギさんだった。クイックドロウからの二連射が雄馬さんの脚を貫き、体勢が大きく崩れる。僕の麵打ち棒は左腕に当たった。致命傷ではないが手応えはあった。続けてもう一撃しようとしたが、雄馬さんは旋風を残して飛び退き、壁際に移動していた。だが撃たれた右脚にダメージがあるようだ。踏みとどまって体勢を立て直そうとしながらぐらつき、そこにナギさんの銃弾が当たる。銃声が響く。心臓と腹。だがまだ動く。横に飛び、射撃台の陰に隠れた。僕はナギさんと一瞬だけアイコンタクトを交わし、グロック26を抜いて回り込みながら台に駆け寄る。同時にナギさんが台に向けて援護射撃をし、敵を釘付けにする。9㎜弾でも木製の射撃台は貫通する。ギ、という呻き声が聞こえ、敵が台の陰から飛び出して的の前まで逃げた。雄馬さんの形がぐにゃりと崩れる。全身が白い粘土のような質感になり髪も服も消失した。粘土はうねり、頭部に目のような口のようなものをなんとなく作りながら模様を変えている。これが本来の姿なのだ。新種の怪異「Another」の。

予想通り、Anotherは雄馬さんに化けていたのだ。僕ははっきりと思い出した。雄馬さんは数ヶ月前、僕の初出動の時に、「はなこさん」にやられて死亡している。いつからだったかもう思い出せなくなっているが、少なくともここ数日、死んだはずの雄馬さんが何食わぬ顔で調査部のオフィスに存在し、僕たちと一緒に仕事をしていた。僕たちは全員、それに気付かなかった。Anotherとはそういう怪異なのだ。

それに気付かせてくれたのが昨日来た木在さんだった。彼女の来訪が予想外だったのか、それともAnotherによる改竄の範囲外だったのか。唐木田探偵社の外では、「中沢紗英」の死亡の事実はそのままだった。彼女はさぞかし困惑しただろう。雄馬さんの通夜で泣いていた奴が、死んだ人間などいない、と言っている。あるいは雄馬さんの父親同様、彼女の死を受け容れられていない、と映っただろうか。

こちらから見れば奇妙な言動をとっていた木在さんに怪異らしき気配が全くなかったのも大きかった。それに仕事を続けるうち、僕にも勘のようなものが芽生えてきている。怪異に相対した時に感じる緊張感が、木在さんにはなかった。

ナギさんと並んでグロックを撃つ。怪異は二ヶ所からの連射をかわしきれないようで、腹に、左足に、銃弾が命中して赤い血が飛んでいる。

何かある、と疑っていたところに、僕は昨夜、冷蔵庫を見た。あれが決定打だった。

ドアポケットに、生前の雄馬さんが置いていったクラフトビールの瓶が残っていたのである。それだけですべてを思い出したわけではなかったが、おかしい、と思った。フランさんはワイン。豊後さんは日本酒。バンチさんは『破壊王』で雪花さんは泡盛。アラマタさんは下戸でナギさんは未成年。社長は知らないが、そもそもうちに来ない。うちでクラフトビールを飲むのは雄馬さんだけだから、これは彼女が置いていったものに違いないのだ。僕の記憶によれば雄馬さんはこれまで何度も見たところ何ヶ月も前に買ったはずの瓶だった。僕の記憶によれば雄馬さんはこれまで何度も……つい先週もうちに来て飲んでいたはずなのだ。なのに、何ヶ月も前に雄馬さんが置いていったクラフトビールの瓶が、なぜかずっと手をつけられないまま、目立つドアポケットに残っている。そこに矛盾を感じた瞬間、僕は思い出していた。

ドアポケットに残ったクラフトビールは、飲む人がいなくなったから残っていたのだ。次に来た時に出せばいい、と思って、結局そのままになっていた。因果関係が小さすぎてAnotherの力が及ばなかったのか、それとも矛盾に気付かなかったのか。クラフトビールの瓶は消えなかった。僕たちの記憶を、勤務記録を捏造しても、雄馬さんの休日の行動から生ずるべきすべての結果までは捏造できなかったのだ。

――雄馬さんが気付かせてくれたのかもしれない。そいつは怪異だ、と。

気付いた僕はナギさんに相談し、雄馬さんに化けているであろう敵を駆除する作戦をたてた。さっき「ナギさんが怪異だ」と言ってみせたのは最終確認だった。本物の雄馬さんなら、新人である僕の突然の証言だけでナギさんを撃ちはせず、社長に相談するだろう。だが「一人殺してなり替わる」ことが目的であるAnotherはそれに乗り、ナギさんを撃とうとした。

――人間を舐めるな。

壁際に追い詰められた怪異には弾丸が当たり続け、蜂の巣になっていた。僕がリロードする瞬間を狙って飛び出してくるが、動きが遅い。隣のナギさんがグロックを捨て、射撃台を乗り越えながら両腰からナイフを抜いた。リロードして即、撃った一発目が頭部に当たり怪異がぐらつく。二本のナイフを逆手に構えたナギさんがそこに斬りかかる。怪異は見た目より硬質であるらしく、ナギさんのナイフを腕で受け止め、火花を散らして弾いた。だがすでに懐に入っているナギさんは左右から高速で連続攻撃する。右左右、と弾いても次の左が脇腹を斬る。次の右を弾いても続く左が顔面を裂く。ナギさんは連続で斬りつけ続け、怪異は徐々に受け止められなくなっていき、最後に胸を横に、さらに縦に切り裂かれた。怪異の胸から十文字を描いて真っ赤な血が噴き出し、ナギさんが飛び退くと同時に僕がグロックの連射を叩き込んだ。怪異が仰向けに倒れる。僕も麺打ち棒を抜いて怪異に駆け寄る。怪異は動かなかった。

「雄馬さんは死んだ。もういない」麺打ち棒を振り上げる。「……忘れるわけ、ないだろう」

怪異の白い頭部を叩き潰す。残骸処理。雄馬さんが教えてくれたことだ。

気がつくと、怪異は消えていた。駆除完了。すぐに社長に報告し、午後の仕事は報告書と発砲処理その他、Another の事後処理になりそうだった。新種の怪異だ。事故調に報告を上げ、業界内で情報を共有しなければならなかった。だが、その前に。

「……ナギさん、ありがとうございます」僕はナイフの刃こぼれを確かめているナギさんに頭を下げた。「しんどい仕事させてすみません」

一人で戦うのは避けるべきだったが、大勢で動けば怪異に勘づかれるかもしれない。それで僕が援軍に選んだのがナギさんだった。……「快」「不快」がない彼女なら、雄馬さんの姿をした敵にも躊躇なく攻撃ができるし、彼女が死んでいるという事実も受け容れてくれると思ったのだ。

我ながら冷たい判断だと思う。だがナギさんは、僕がなぜ謝っているのか分からない様子でこちらを見て、無表情のまま怪異の倒れていたあたりに膝をついた。確かに消滅している。

それからナイフを鞘にしまうと、上を向いて目を閉じ、長く深く深呼吸をした。彼女の唯一の「白」。生存の安堵感。

Uターンババアの時は僕の指が飛んでいて、それどころではなかった。だから初めて見た。

ナギさんの表情に、わずかな変化と感情が窺える。

それは紛れもなく、生きている人間の表情だった。

## 21

「私が思うに、ですね」

ローテーブルに盛られた宅配ピザをバックに床に胡坐(あぐら)をかきつつワイングラスを持つというちぐはぐさなのに、フランさんは妙に優雅である。明らかに見ただけで分かるいいスーツのせいだろうか。「怪異というのは別の現実なのではないでしょうか。大半の人間が見ている『怪異のない現実』とは別に、呪殺が存在し、死者が歩き、茶褐色をした偽の月が夜空に浮かぶもう一つの現実がある。我々『見える者』たちは、何かの加減でこのもう一つの現実に周波数が合ってしまい、二つの現実が二重写しに見えてしまうようになった人間ではないかと、私は思うのです」

「『ふつしおはうへ。ほうのうへほそまほそ』」雪花さんは何かを引用したようだが、マヨコーンピザを頬張りながらなので暗号文のようにしか聞こえなかった。

「二つの現実、ですか」今日はピザを取ったため、僕も台所仕事をせずに最初から食べていられる。

「二つではないかもしれません。というより、我々は個々人によって別々の『現実』を見ているのではないでしょうか。たまたまそれらの一致率が高いため、同じ一つの現実を見ているように錯覚しているだけで」

フランさんはピザと同時になぜか自分用に持参した小さなケーキを複数食べており、今はモンブランをフォークで一削りして口に運んでは「んっ！　……ふぅ……」と吐息を漏らしつつ味わっている。それから眼鏡を直し、また口を開く。話の途中にいちいち変なものが挿入されるのである。

「アインシュタインの相対性理論はそれまで絶対的で単一だと思われていた『時間の流れ』が相対的で、観測者によって異なることを解明しました。いずれ『現実』についても同じことが証明されるかもしれません。客観的な『絶対現実』は存在せず、『現実』は観測者の状態によって異なる、相対的なものである。亜光速に達すると時間の流れの主観性が確認可能になるように、『偽の月』が見えている状態では、観測者にとっての現実と通常の現実の差が認識可能なレベルに広がる」

「なるほど」

「……ん、ぅん！　……ふぅ……。『偽の月』が直接間接にそれをもたらすのか、単に現実がずれている結果として見えるようになるだけなのかは分かりませんがね」

「食べるか喋るかどっちかにしてくださいよ」

「この皿のプルコギ、フランさんのっすか？　食べていい？」

「どうぞ。おっと、アントルメ[*21]はひとつ残らずすべて私のものですよ。手を出さないように」

「フランさんその食生活でなんでその肌維持できんの?・」

例によって僕の部屋に集まり、皆好き勝手にピザを食べ、酒を飲み、アラマタさんと豊後さんはマリオカートで対戦し、雪花さんはさっきから僕の髪を無理矢理ヘアゴムでまとめて遊んでいる。「うふふー。ネズミくんピンク似合う」「豊後さん速すぎ、ってか、うわっ! バナナの置き方鬼畜でしょ」「バナナは並べて置くのが基本だろう」

みなさん楽しそうで何よりである。一応名目は僕とナギさんの戦勝祝賀及び雄馬さんの追悼であるが、始まって十分で皆、忘れていた。主役の一人であるはずのナギさんは社長への報告で残業している。けっこうかかっているな、と思ったらその途端にチャイムが鳴り、迎えに出たフランさんの後からすっと入ってきた。

ナギさんはリビングを見回し、無言で歩いてテーブルを回り込み、僕の右にすとん、と座る。いつも少し癖のある髪がふわりと広がって落ちる。

だがなぜかその瞬間、先輩たちが静かになった。空気中のざわめきが一斉に運動を止めてぱたん、と床に落ちたようだった。熱いレースを繰り広げていた豊後さんとアラマタさんまでがコントローラーを持ってこちらを振りむいたまま硬直し、二人の操作するカートがゆっくり前進して壁にぶつかる。

*21 元は西洋料理のコースで、メインとデザートの間に出される軽い料理のこと。現在では単にデザートを指す。また、パティスリーによってはケーキのことを「アントルメ」と呼んだりすることもある。

「……え？　どうしました？」怪異が見えたのかと思ったが、そういう雰囲気でもない。

雪花さんが口を開けた。「ナギちゃんが……席を選んだ！」

「はい？」

雪花さんは驚愕している様子である。隣のナギさんはというと、こちらをちらりと見ただけで、無言でピザを食べ始めている。

豊後さんはこちらに親指を立てると、ゲームのコントローラーを取っていきなりスタートした。フランさんは再びフォークを動かしてフランボワーズのムースケーキを食べ始めた。とにかく時が動き始めたようだ。「ずるい！」と悲鳴をあげるアラマタさんが抱え込んでいた葡萄ジュースのボトルを取ってナギさんのグラスに注ぐ。皆が再び賑やかに騒ぎ始めたが、その一方で気になることがあった。

「バンチさん、どうしました？」

だいたい飲み会では一番喋るバンチさんが静かだった。壁際にクッションを据え、体育座りで携帯を見ている。お腹でも痛くなったのかと思ったが、体調が悪そうではない。

「ん。……あ、ごめん」

謝ることではないが。少し声を落とす。「何かありました？」

「いや、たいしたことじゃないんだけどね」バンチさんは携帯を差し出してきた。ＰＤＦファイルか何かを表示している。「先月の統計が出たよ」

携帯を受け取って画面を読み、僕はそのまま動けなくなった。

**9月　特定事故件数　（前年同月比）**
**遭遇件数　２２４（＋１５４）**
**うち新種　１６１（＋１５６）**
**死者数　　１１１（＋７６）**

無意識のうちに画面上を探していた。これは何の数字だ。何かの間違いでないのか。

「今月だけで……これですか」

怪異の発生数は八月がピークであり、九月になると急に減る。それがこの業界の常識だった。だが今年の八月は遭遇が１９０件、死者数も86人だったはずだ。九月になったのに減らない。むしろ「異常な数字」だったはずの八月よりさらに増えている。一ヶ月で死者が１１１人。昨年の倍以上だ。しかもここからまだ増え続けるとなると。

僕たちの様子がおかしいことに気付いたのか、豊後さんとアラマタさんが来た。二人に画面を見せる。フランさんと雪花さんにも見せると、リビングは静かになった。最後に見たナギさんから携帯を受け取り、バンチさんに返す。

「……七月八月の数字からして、ヤバいことは分かっていた。九月になっても何か打開策が見つかったわけじゃなかったしな」豊後さんが頭を掻く。「……だが、ここまでとはな」

『閾値』を超えたね。八月の時点で怪しかったけど、完全に」雪花さんも沈痛な顔をしている。「九月で逆に増えたってなると、今月はもっと増えるよ。爆発的に」

遭遇が増えると、遭遇の体験談が不安を煽り、さらに遭遇が増える悪循環になる。アンチテラーはそれを起こさないよう、常に怪異を狩り続けて数を抑えていた……はずだったのだが。

バンチさんがこちらを見上げる。「……とうとう、ここまでになっちゃった。私たちがどう頑張っても、もう拡大を止める手はないよ」

バンチさんは「新種161って……」と頭を抱えている。普段は喜ぶアラマタさんも、さすがに厳しい顔をしていた。

豊後さんを見ると、豊後さんは僕の肩に分厚い手を置いた。

「……まあ、いち会社員である俺らにやれることはねえよ。せいぜい現場として、一匹でも化け物を減らせるよう精勤するんだ。適度に休憩を挟んで業務効率を維持しながらな」

豊後さんはそう言うと、冷めてしまったマヨコーンピザを一切れ、口に押し込んだ。バンチさんも「暗くしてごめんね。アラマタ、マリオカートやろうぜい」とテレビの方に行く。

豊後さんの言う通りだった。統計だの総数だのを見て頭を悩ませるのは「上」の仕事だ。僕たちはつい今日、Anotherという新種を片付けた。よく働いている方だと思う。あれだって、たまたま僕が違和感に気付かなければ、誰かが死んでいたところなのだ。この部屋のクラフトビールの瓶を見ていなければ、今頃……。

「あれ？　ネズミくん、どうしたの」

雪花さんが気付いて声をかけてくれる程度には変な様子だったのだろう。僕は考えていた。

Another。僕は覚えていた。偽の月が出て「思い出女」のことを知った時、一緒にウェブ上の記事で見ていた。それを覚えていたからだ。だが、それは。

「すいません雪花さん、ちょっと電話してきます」

僕はテレビ台の隅に置いてあった携帯を取ると、寝室に行った。ナギさんとちょっと目が合ったが、来てもらう必要はないと判断した。ベッドに座り、携帯に向かって「発信、社長」と言う。会社関係の人には、ロック画面からすぐにかけられるようになっていた。

社長は二コールで出た。――ネズミ君？　緊急？

「緊急、かどうか、分かりませんけど」前置きの間に言うべきことを整理する。「新種の異常発生についてです。さっき思い出しまして。Another の報告書、読んでいただけました？」

――ええ。

「その中で、敵の正体に気付いたきっかけについて書いてありますよね。でも、よく考えたらそれがおかしい気がしまして」

まだオフィスにいる様子の社長が、座り直した気配があった。

――詳しく話して。

## 22

翌日は調査が一件入ったが、夕方、会社に戻って報告書を作っていると、社長が立ち上がった。「全員、聞いて」

皆、こういう時の反応は速い。お茶を淹れていたアラマタさんやお菓子を齧っていたフランさんを含め、全員がそちらを向く。

「もう知っていると思うけど、先月の統計が出ました。深刻な数字です」

全員が黙って話の続きを待っているのを確認し、社長はよく通る声で続ける。

「それに関してたった今、事故調から連絡があった。今年に入ってから続いていた新種の異常発生。その原因について」

新種の異常発生は僕が入社するだいぶ前から続いていたらしい。いや、そんなことよりも。

豊後さんが言った。「……分かったんですか。何か」

「ええ。唐木田探偵社の活躍でね」

社長がそう言って頷くと、先輩たちは視線を交わした。うちは普段通りに委託された案件を処理しているだけのはずなので、心当たりがないのは無理もなかった。

だが社長が「正確に言えば、ネズミ君とナギちゃんのおかげ」と言うと、一斉に視線が集まった。ナギさんの方は黙って社長を見ているだけだが、僕は驚いていた。もう結論が出たのだ。

昨夜、電話で話した疑問の。

「ネズミ君。あなたがうちに来るきっかけになった怪異は覚えている?」

「はい。……『思い出女』ですよね。新種の」

今から見ればあれは、新種ではあるが普通の怪異だった。だが。

「あなたが遭遇した『思い出女』は、最初は通常の『新種との遭遇案件』として処理されていた。でも後に事故調は、そこに重要な情報が含まれていることに気付いたの。『思い出女』本体ではなく、その情報を載せていたサイトの方が問題だった」社長は緊張感のある表情のままで僕を見ている。「あなたがあの時に見たサイトは、『見える者』以外がいる状況で検索しても、検索結果に出てこないことが分かった。それが七月初め頃」

「『赤い部屋』系ですか」アラマタさんが呟く。さすがに早い。

このことについては昨日、すでに社長から聞いていた。初めて偽の月が見えた夜、僕が携帯で見たあの検索結果、そのものがすでに怪異だったのだ。突然不可解なポップアップ広告が出現し、消そうとクリックしていると最後は殺されてしまう「赤い部屋」。SNSに特定の言葉を書き込むと死者から返信が来る「海馬市蘭（かいばいちらん）」。ウェブ上の怪異はいくつも例がある。

「事故調が調査した結果、これは特定のサイトの形をした怪異ではないことが判明した。あちこちの掲示板やSNSに、『書き込みの形で出現する怪異』らしいの」

謎の書き込み、というパターンの怪異。そういえば僕が見たのも、何かの掲示板の書き込みだった。「思い出女」「Another」そして「GPSの怪異」。

だがそこに、気になる単語があったのだ。

**同じパターンで、警視庁四号文書に載っている代表的な話としてもう一つ挙げられるのが「思い出女」でしょうか。真っ白なナース服を**

「……『警視庁四号文書』」

独り言のはずだったが、社長は聞こえたらしく、こちらを見て頷いた。

「この怪異のパターンはこう。インターネット上の掲示板やＳＮＳなどで『皆が知らない怖い話を知りませんか』と募集すると、『警視庁四号文書に載っていた話ですが』という形で書き込みがあり、新種の怪異が語られる。書き込みの主によると、『警視庁四号文書』というのは、警察が把握している怪死のケースを集めた秘密文書の符丁。昭和末期まで、警視庁本部庁舎の地下には、怪異による死とみられる不可解なケースをまとめた同名のファイルが紙の形で保存されていた。その内容を知る者が現在、ウェブ上に情報を公開している——という体裁で書き込みがある。そういう怪異なの」

ありえない話だ、と思う。そういう文書ならそもそも「警視庁」ではなく「警察庁」だろうし、何より事故調との関係から、各行政機関にそういったファイルは実際に存在するのだ。だがそれらは別に隠されてはおらず、関係者間では共有資料になっている。なんなら僕たちは日常業務で、許可を得てそれを閲覧することができる。「見える人」が閲覧可能なのは、見ただけで状況が発生し得る「感染型」の怪異を除いた「Ｂ資料」だけだが。

したがってこの話は大部分「ただの事実」ということになる。だが関係者の間で共有されている「Ａ資料」「Ｂ資料」には、当然のことながら新種は載っていない。載っていないから新種なのだ。だが。

「『警視庁四号文書』には、これまで把握されていなかった新種の怪異も多数載っている、というの。事実、『警視庁四号文書に載っていた』と語る書き込みが示すのは、大部分が新種」

がたり、と音がした。豊後さんが、と思ったらアラマタさんと雪花さんも立ち上がっていた。

「まさか」フランさんが呟く。「『怪異を創り出す怪異』……?」

「おそらく、そうね。この『警視庁四号文書』という怪異が、今年頭からの新種の異常発生を起こしている。……『Another』の件で、それがはっきりしたの」

ナギさんが目を細める。

社長は僕に言った。「ここはネズミ君が説明する」

「あ、はい」視線が集まる。先輩たち全員に見られながら話をするのは初めてだった。

「僕がAnotherの出現に気付けた理由の一つは、このサイトに『思い出女』と一緒にAnotherのことも書いてあったことを思い出したからです」名探偵の喋りだな、と思う。「だとすれば、少しおかしいです。Anotherは自分が『紛れ込んだ』ことによる矛盾を改竄できる。それなら なぜ、バレるきっかけになりかねない『Anotherの記事を見た事実』を改竄するか、僕の記憶から消さなかったのか」

そう。それをされていれば、今頃僕はここにはいなかったのではないか。

「……つまり、消さなかったのではなく消せなかったのではないかと思いました。なぜならAnotherそれ自体が、警視庁四号文書の書き込みによって存在を始めたから。書き込みの事実を改竄してしまうと、自分自身を消してしまうことになる。……もっと単純に、Anotherの存在は警視庁四号文書に拠っている……つまり怪異『警視庁四号文書』は怪異『Another』の上位存在だから、Another の力ではそもそも警視庁四号文書の記憶に干渉できなかったのかもしれません」

上位存在、という言葉を口にして、それがとてもしっくりとくることに気付いた。だとすれば、それを消しさえすれば。

先輩たちも皆、それに気付いているのだろう。黙って考えている。

社長が続けた。

「警視庁四号文書に言及しているウェブ上の書き込みを、事故調の調査班が総出で分析したそうよ。結果、最初の書き込みが特定できた」

社長はそこまで言うと、壁にかかっているモニターを操作し、自分の端末の画面を表示させた。地図が出ている。岩手県。遠野(とおの)のあたりだろうか。

「書き込みは個人のパソコンからだった。初期の発信地はすべてここ。岩手県南部」

地図が拡大され、山間部の一点に寄っていく。

「ただし、住所の特定はできなかった。なぜなら、発信地点であるはずのここには町も村もないの。民家どころか建物の一軒もない。完全に山林の中で、ネット回線のケーブルはもちろん、スマホの電波すら届きにくいような場所だった」

拡大された地図は山の中だ。斜面の茶色と林の緑しかない。ここに誰かが、あるいは怪異が潜んでいるのだろうか。だが書き込みそのものが怪異ということになると、どうなるのだろうか。人がいないはずの場所からの発信。それだけで怪異のようにも思える。というより。

アラマタさんが訊く。「まさか『杉沢村（すぎさわむら）』ですか」

「その類型ね。ただしこれも新種と言っていい」社長は頷いた。「ウェブ上では『白衣村（びゃくえむら）』という名前で呼ばれている怪異よ」

---

**白衣村。地図に載っておらず、公的には存在しないことになっている村。元は三十軒ほどの家がある普通の山奥の集落だったのだが、昭和末期、一夜にして住民全員が死亡するという怪事件が起きた。警察も捜査に乗り出したが、家の中で首を切られている者もいれば林の中で首を吊っている者、あるいは道端でただうつ伏せに倒れて死んでいる者もおり、何が起こったのか全く分からなかったという。事件後、無人となったため「白衣村」は消えたが、廃村となった集落には事件時の血の跡などがそのまま残されている。**

**白衣村の正確な場所は分からず、付近を探しても村の入口が見つからないが、古いカーナビで「白衣村」と入力して検索すると東北の山の中が表示されることがあり、この表示に従って車で行くことができる。実際に以前、学生五人のグループがこの方法で白衣村を訪ね、その様子をSNSにアップしたことがあるが、「村の入口に鳥居がある」「『ここから先に入る者　命の保証はない』という看板がある」「古い車が捨てられている」などという書き込みはあるものの、なぜか一緒に表示される画像がすべて真っ黒であり、メッセージの方も「家の壁に血の跡がある」「右の家から変な臭いがする」「村の奥に何か恐ろしいものがいる」という三つを最後に突然途切れている。そ**

**の後この五人は行方不明になっており、村の中で何かに襲われたのではないかと言われている。**

**白衣村の住民が死亡した原因については「村人の一人が皆殺しにした」「狂犬病で死んだ」「もともと村に封印されていた怪物に近付いたため呪い殺された」等と語られるが、真相は不明。ただ、白衣村に入った人間は全員死ぬため、もしカーナビに白衣村が表示されても絶対に行ってはいけない。**

---

「……ここに『四号文書』の発信者がいるのか」豊後さんが顎を撫でる。「怪異の中の怪異、ってか。なるほど特定に時間がかかったわけだ」

「こうしている今も、新種の出現は続いている。しかもペースが上がり続けている」

社長はそこで一拍置き、明確に指示を出す時の声になった。

「本日、事故調から依頼がありました。怪異『白衣村』及び『警視庁四号文書』の調査。白衣村に進入し、警視庁四号文書を発信しているサーバーコンピュータの破壊、もしくは書き込んでいる者を抹消せよ」社長は付け加えた。「なお、警視庁四号文書の発信者に対しては、あらゆる手段を用いてこれを制止すること」

喉の中を絞めつけられるような感覚があった。「発信者」は生きた人間かもしれない。それを「殺してでも止めろ」という意味だった。

「白衣村に関しては村全体が敵になるため、敵の数は五体や十体ではないでしょう。かなりの危険が予想されるわ。そのためフル出動で、フル装備という態勢になる。白衣村までは片道八時間。カーナビの表示をそのままにしなければならない関係上、途中で宿泊などを挟むことはできない。集合は明朝七時。……という話だったけど」社長はそこで口調を緩めた。「断ったわ。危険すぎるから」

思わず、がくり、と力が抜けた僕に対し、社長は言う。

「うちはただでさえ働きすぎなの。なのにこんな危険度の高い仕事まで請け負うのは無理。……ということで、明日は休みにしました。みんな、ゆっくり体を休めて」

日が短くなる季節だった。玄関を開けると家の中はもう暗くなっていたが、明かりをつける気にはならなかった。リビングのソファに移動し、倒れ込む。その姿勢のまま考える。

……明日、どうすればいいのだろう。

社長は休みだと言っていたが、無論、あれは嘘である。本当に依頼を断ったなら明日を休日にする必要はなく、普通に他の仕事をしていればいいし、依頼内容や集合時刻を僕たちにわざわざ言う必要はない。先輩たちの反応もそれを裏付けていた。休みだ、と社長が言った時、がくっとしたのは僕だけで、他は全員、動かないまま考えていた。

つまり社長はこう言っているのだ。危険な仕事だから来なくていい。これは業務命令ではない。だが来るなら明日七時集合。

社長も先輩たちも無言だった。一人で決めろ、ということだろう。

左手を握り、また開く。

行く理由は一つもないはずだった。社長がこんなやり方をしたということは、間違いなくこれまでの仕事より数段危険なのだ。僕はこれまでの仕事ですら左の視力と指を失っている。生き残れる可能性は小さい。行けば明日、死んでしまう。

そうまでしてうちがやらなくてもいいはずだった。確かにこのまま新種出現が拡大すれば、日本国内の特定死亡者は年間千、いや万単位になるかもしれない。その一人一人に家族がいて、友人がいて、将来の夢があって恋人がいるかもしれない。だがうちがやる義理はない。やったとしても誰も感謝などしてくれないし、それどころか僕たちは、一般社会からすれば後ろ指をさされる「殺人者」なのだ。一般社会に対しては何の義理もない。税金で食っている分はとっくに返している。人は死ぬだろう。だが本格的に万単位の死者が出れば、公的機関のどこかがなんとかするはずだった。自衛隊を使うか、超法規的措置で四号文書の書き込みを削除するか。そのままにできない以上、最終的にはなんとしてでも発信者を消すだろう。僕たちがやる必要はない。その「最終的」がいつのことで、それまでに何万人死ぬかは分からないが、それも僕たちには関係ない。怪異の九割は、本気で避けようとすれば避けられるのだ。よせばいいのに怪談などにわざわざ近寄る、警戒心のない人が死ぬだけだ。自業自得。自然淘汰(とうた)の一環だと考えればいい。

そもそも、僕は人の命を救うためにこの仕事をしているのではない。だが、「では何のためだ」と問われると答えられない。それ以外が考えられないから、としか。

## 23

朝だった。「早朝」と「朝」の中間。人が動き出し、街が少しずつ昼のざわめきを大きくしていく。太陽は上っていたが、空気は予想外に冷たかった。暑いよりは気が引き締まっていい。それに背中を押されているような気もする。

家から会社のビルまでは徒歩三分。それも人の少ない路地を通るから、すれ違った通行人はゼロだった。それでいい。他人の姿など見えない方が。

ガラスドアを開け、階段を上る。階段を上って怪談の世界へ、などと、全く意味のない駄洒落が頭に浮かぶということは、やはり緊張しているのだろう。大学入試の日もこんな感じだった。朝の空気は人を緊張させる。

調査部のドアを開けると、社長とバンチさんがすでにいた。

「来たのね」

「Wow! クレイジーだね。ネズミ君」

社長は小さく溜め息をついたようだったが、バンチさんの方は単純に笑顔だった。

「……バンチさんは、どうして?」

「甲一種装備だよ?」バンチさんは食い気味に応えた。「久しぶりだもん! 夢の全火器解禁! 89式小銃撃ち放題! あ、二挺持ちで89式とレミントンM870っていうのもやってみたい！」

「こら。どちらかひとつにしなさい」子供を叱る調子で社長が言う。

「あ、久しぶりにマグナム弾撃ちたい！　先生、倉庫の50ＡＥ[*22]持ってっていいですか？」

「そのつもりよ。使わないことを祈るけど」

誰が先生やねんと思ったが、バンチさんはあれも持っていこう、これも持っていこう、と、完全に遠足前の小学生だった。いつも通りのアーミーファッションであり、全くぶれていない。なるほど変態だった。

「あっ、もういやがった。本気かよ」

「……物好きな人たちですね」

人のことは言えないはずだが、呆れた調子で呟きつつ豊後さんとフランさんが入ってきた。フランさんは明らかに高級品のスーツにBREUERのネクタイ、豊後さんは柿渋の野袴に灰色の上衣で二本差しという、二人ともそれなりに気合の入っているであろう恰好だった。並ぶと珍妙だが、二人とも立ち居振る舞いが完全に「普段から着ている人」のそれなので、単体ではそれぞれ様になっている。

二人揃って来たのね、と社長が溜め息交じりに言うと、フランさんは眼鏡を直した。「このあたりで一度、より確実な死の可能性と向きあっておくことも必要かと」

豊後さんは懐手する。「三方斬りや四方斬りはなかなか使う機会がねえからな。今回みたいなのはありがたい」

二人とも完全に自分のしたいことしか考えていない。だがあるいは、恐怖に対して最も有効な心理はこういう「趣味」なのかもしれなかった。そして趣味というならば、絶対に来るであろう人の声も今、聞こえた。

「やあどうもこんにちはこんにちは。あらみなさんお揃いで」

上機嫌に語尾をぽんぽん跳ねあがらせつつアラマタさんが笑顔で入ってくる。目元と口角も跳ねあがっている。「楽しみでハッスルが収まらなくて四時間しか眠れませんでした。今朝も起きた瞬間からもうフルハッスルですよ。えへへ。移動中寝たいんで僕、後部座席でいいですか?」

「そうしなさい」社長は呆れ顔のままである。

「いっぱい出てきますかね。じゃあ一匹くらい捕れるんじゃないかな。ふふ。どんなのかな?」

アラマタさんが「どんなのかな?」のところで急にぐい、と顔を近付けて来たので、僕は思わずガードを固めて下がった。「近いです」

ハッスルが抑えられないらしくオフィスの真ん中でふわりと白衣の裾を広げてトリプルアクセルをするアラマタさんを少し離れて眺めていると、キイ、とドアが開き、「あー、やっぱり

＊22　デザートイーグル50AE。50AE弾という、現在では最大クラスの拳銃弾を発射できるお化け鉄砲。筋力のある成人男性でも数発連射すると手が痛くなるが、よく言われる「体重が軽いと反動で後ろに倒れる」「女性が撃つと肩を脱臼する」は誇張で、撃ち方のほうが悪いだけらしい。

いた」という雪花さんの声がした。

　三段のフリルがついたスカートが覗き、それに続いていつものドレスに身を包んだ雪花さんが現れる。今日、頭に載せているのはネコ耳にも見える黒のリボンだ。ドレスの正面にも淡いピンクのリボンがあしらわれており、この人なりの「勝負服」であることは分かった。

「おうおう、可愛いじゃやねえか」豊後さんが苦笑する。「あんたほんとコスプレだな」

「あなたに言われたくはないと思いますがね」

「お前にもな。あと俺はちゃんと実用本位の恰好をしている」

「江戸時代ならそうだけど」とうとう社長がつっこんだ。「……これで全部かな」

　階段を上ってくる足音がした。歩調の正確さで分かった。閉まりかけていたドアが開く。ナギさんはいつもの普段着で入ってくると、オフィスにいる人数を確認するように見回し、僕のところで視線を止めた。

　会釈する。「……どうも。やっぱり来たんですね」

「あなたが時間ぎりぎりとは珍しいですね」

　フランさんが言うとナギさんはなぜかこちらをちらりと見たが、特に応える気はないようで、社長を見た。

「結局、全員揃ったか」社長は溜め息をついた。「……馬鹿ね。死んでも知らないよ」

　社長は「準備。駐車場集合」と言って僕たちの間を抜け、さっさとドアを開け放す。

　だが通り過ぎる時に一瞬だけ見えた横顔は、どこか嬉しそうだった。

「クサントス号とバリオス号に分乗します。クサントス号は豊後さん、フランさん、バンチさんと私。バリオス号は雪花さん、アラマタさん、ナギちゃんとネズミ君」社長は廊下に出てこちらを振り返る。「装備は甲一種。……唐木田探偵社調査部、全員、出撃！」

はい、応、了解、Aye, Ma'am! と語句もタイミングも揃わない返事がばらばらに飛ぶ。熱量だけは揃っていた。

「全従業員に業務指示」社長は全員を見回した。「……必ず生きて帰るように」

今度は少し返事が揃ったようだ。どかどかと足音が続き、調査部員七人が地下に向かう。社長の後から階段を下りるアラマタさんが、社長の背中をつついた。「今みたいに言うの、珍しいですね。……ひょっとして言ってみたかったんですか？」

社長は耳を赤くした。「いいでしょ。ちょっとくらい」

## ■"%9@'（)■%ら⁝?%' に目的地を設定します

しかしながら、現場は岩手県である。東北道を延々走り、現場付近で休憩と昼食を挟むスケジュールになる。怪異の性質上、昼でも村の入口は出現するから、進入は午後四時頃。道中が混まなければ、日没までは二時間ほどある計算になる。本当はもっと早い方がいいのだろうが、泊まりがけになるとカーナビの目的地設定が「いつの間にか消えている」可能性があるので、一日で強行軍をせざるを得なかった。

目的地検索で「白衣村」と入力すると、カーナビは当然のように何もない山地を示した。表示もおかしくなっている。総勢八名で車両内に四名。しかも先月配備された改良型のSHINOBIと新品の脛当て、手には手套をはめてグロック17、ナイフ、手榴弾を身につけた重装備である。状況が開始しないのでは、という不安があったが、白衣村への道はあっさりと示された。それはつまり、この装備でもなお不安な怪異、ということでもある。

バリオス号の運転手一番手はまず僕である。二時間ごとに交替して後部座席で休憩、及び装備の再チェックをしつつ首都高から東北道に出て、ひたすら北上する。車でこんな遠出をしたのは小学校の頃、家族で仙台(せんだい)まで行ったのが最後だ。両親を思い出し、なんとなくルームミラーに映る自分の顔を見る。あまり嬉しくはないが父と母が確かに半分ずつ混ざった感じの顔だ。視線を戻し、ウインカーを出して側道に入る。

結局、仕事のことは両親には言っていない。というより連絡をとっていない。ブロックしたわけでも連絡先を変えたわけでもないのに連絡が来ないということは、両親も特に何とも思っていないのだろう。途中退学で就職。あの人たちは、たぶんそれで納得している。それでいい、と思う。もしこの仕事で僕が死んでも、両親は弟の存在を支えに前に進むだろう。どちらかというと弟本人の方が心配だが、あいつならいつも通りうまくやるだろう。後腐れがなくていい。そういえば唐木田(うち)の先輩たちも、家族の話はほとんどしない。家族関係については「そういう感じ」の人が多い業界なのかもしれない。

それでも一応、両親には悪いと思っている。子供が死ぬ、ということは、大抵の親にとっては地獄以外の何物でもないはずだ。それは雄馬さんの通夜の時に見ている。左目の失明のことも、左手の指二本のことも、まだ伝えていない。ひとまず頭の中で親に謝る。父さん。母さん。こんな息子でごめんなさい。

そう。僕はいつでも三階に移れたし、社長も先輩たちも、何度もそうしろと言ってくれた。なのに自分の意思で拒否した。意地でも義理でもなく。

なのにそれが何故なのか、未だに言葉で説明できない。ただ「この仕事がいい」としか。

なんとなく思った。僕はなぜこの仕事をやっているのか。それを理解するのは、死ぬ瞬間だという気がする。

それから仕事の頭に戻し、心の中で宣言する。……まあ、僕は死なないわけだが。

アクセルを踏み込んでエンジンを唸らせ、坂を上ってゲートを越える。最初は怖かった首都高での合流もすっかり慣れた。

## 24

遅鳴きのツクツクボウシが完璧な節回しで歌っている。十月なのにずいぶんたくさん、と思ったが、鳴いているのは一匹だけのようだ。そこの林の中のはずだったが、位置はよく分からない。

ざく、ざく、と砂利交じりの土を踏み、重い装備を背負って進む。目的地まではあと二十メートルほど。高速道路から県道へ。県道から二車線の峠道へ。そこから脇に入り、崖ぎりぎりを走る砂利道へ。奥へ奥へ山を分け入り、最後に出てきたのは「そこだけ草が剝げている」というに過ぎない未舗装の山道だった。車が入れる道ではなく、装備を降ろせるだけ降ろして身につけ、ハイエース二台は後方に置いてきている。SHINOBIを着込んでいても暑くも寒くもなかったが、この感覚には覚えがあった。

「異界駅の時と同じ空気だね」

前を行く雪花さんが言い、すでに抜き身にして背負っている方天画戟の柄をちょっと撫でた。「やはり村の一角ではなく、村全体が怪異になっているようね」先頭の社長が歩きながら振り返る。「GPSが消えた。全員、襲撃に備えよ。なるべく味方全員を視界に入れるように。視界から外れた味方とは、その瞬間に分断されると思え」

了解、という声が続く。僕を含めて全員、慣れていた。大勢で行ったからといって安心とは限らないのだ。怪異に遭遇している状況中では、前後や隣を歩いていたはずの人が突然消えて一人にされたり、夢遊病者のように反応がなくなったり、おかしな挙動をとり始めて当てにならなくなったりする。僕たちは八人でありながら一人ずつなのだ。すでに個々人が見る現実が別々になっているのかもしれなかった。

だが、前の「体験者」が語ったのと同じ形で村の入口が現れる。山道から、さらに左の林の中に入る道がある。その前まで来ると、周囲の下生えと木立に半分隠れたような形で、道をまたぐゲート状に木が組まれていた。赤くなく木材のままだったので気付くのが遅れたが、これが鳥居なのだろう。数メートル先の道端には表面が朽ち、白ペンキを塗られた部分と中の木材が覗いた部分が半々くらいになっている看板もあった。

ここから先に入る者　命の保証はない

かなりの部分がかすれて読みにくくなってはいたが、墨でそう書かれていた。

顔にぶつかってくる小さな虫を払いつつ前を見る。鳥居のむこうに山道が続いている。少し下るようで、曲がってもいるので十メートルほど先までしか見えない。

この鳥居が境界だ、ということがはっきり分かった。ここをくぐれば、もう完全に後戻りはできない。この先にあるのは新種の発生源。日本全体の危機の淵源。

社長が振り返る。「点呼」

全員が、全員揃っていることを確かめながら点呼を取る。それから装備の確認。すでに全員、手にした89式小銃はスイッチレバーを「レ（フルオート射撃）」まで回しているし、フル装填済みである。携帯の電波はもちろん、無線機もとっくにノイズだけになっていた。ここからは肉声で意思疎通をするしかない。各人、自分の肉体と武器のみが頼りだ。その銃もいつジャムを起こすか分からない。そうなったら剣や金棒で戦う。そういう訓練をしてきた。

社長が銃を構えて鳥居をくぐると、全員が無言でそれに続いた。僕はフランさんの後で、僕の後ろはバンチさんだった。くぐる瞬間、ふっ、と冷たい感覚があり、鳥居の木材が突然縮まって僕の体を締めあげてくるのではないか、という不安がよぎる。鳥居をくぐってすぐ、ツクツクボウシの声が聞こえなくなったことに気付いた。草叢（くさむら）の中に何か、棒のようなものが倒れている。ロープが張ってあり、この先を立入禁止にするためのものではないか、と思った。だがもう入ってしまっている。その感覚がある。敵以外のものに注意を向け続けていてはならなかった。

緩やかに下ると、すぐに視界が開けた。先輩たちは道幅が広くなると見るやすぐに左右に広がった。縦一列に並んで歩く、などというのは射撃人数も方向も限定してしまう危険な状態だ。

現れたのは、ただの朽ちた村だった。すべての家が、もう住める状態ではなかった。屋根の板が半分以上落ちて吹き抜けになってしまっている家。畳が腐り、その下の根太に穴が開いて床下が見えている家。戸板が残っている建物は一軒もなく、朽ちるのだ、という事実を知った。そして家が朽ちると、その周囲の草も木も荒れるのだった。茶色く不健康にしなびて、だが茎だけは異様に高く伸びた草。幹が不自然な位置で曲がり、枝から何なのか分からない汚いものを垂れ下がらせた木。その木から伸びた蔦（つた）が波打って絡まる家の壁。

だが村の印象は「古い」よりも「安い」だった。載せた瓦が半分がた落ちている手前の家はまだましな方で、その奥の家は錆びて穴の開いたトタン屋根だったり、掘っ立て小屋のような腐った木材の箱だったり、埃（ほこり）で茶色にくすんだパネルのような板を上に載せて屋根にしていたり、「こんなところに住むのか」という建物ばかりだった。廃村になる前からかなり貧しかったのだろう。道はまっすぐ延びる一本だけが辛うじて舗装されていたらしいのだが、アスファルトは経年劣化による穴と左右から伸びる木の根によって凸凹になっていて、これなら未舗装の方がまだ歩きやすいくらいだった。その舗装も少し先でもう途切れている。

静かな廃村だ。風がなく空気が動かない。静止している。そういえば、鳥の声も一つもなかった。時間が流れているのは僕たちの周囲だけで、ほんの数メートル先の廃屋の中はもう停止しているのかもしれなかった。

だがその一方で、確実な「気配」があった。手前の瓦の家。反対側のトタン屋根の家。その奥の半分崩れて全体が斜めになった家。一軒一軒、すべての家の中に何かがいる。こちらをじっと窺っている気がする。いや、家の中だけではない。あそこの家のブロック塀の陰。そのむこうの家の物置の陰。あの木は幹が太いからその陰にもいる。あちらの石垣のところが段差になっているからその陰にいる。大きな物陰からは大きな、小さな物陰からは小さな気配がして、そのすべてが僕たちをじっと観察しているように感じる。

先頭を行く社長が止まると、全員がお互いの射線に入らないように位置し、停止する。僕は最後尾について後方を警戒した。あの鳥居の道が現実からの命綱になる。確保しておかなければならない。

「……どうします?」豊後さんが低い声で訊く。

「擲弾足りますよね? 家、手前から一軒ずつ全部潰すっていう方向はどうでしょう?」

バンチさんが興奮気味の声で提案するが、社長は「いえ」と却下した。

「何も出ず弾薬だけ消費する可能性が大きい。家を崩しても、その瓦礫の陰に『いる』でしょうね」

「……うん。ですね」

バンチさんもすぐ頷いた。僕と同様の感覚が皆にあるということは、僕が怖気づいているせいではないのだ。現に異界駅の時は、予想通りに塀の陰にいた。

だが、いると考えるなら桁違いの数だ。一斉に襲ってこられたら全滅する。

「今回の目的は『発信者』の殲滅。この村自体が新種だとすれば、発信者を倒した時点で他の気配も消える可能性が大きい」

社長は「殲滅」という言葉を使った。相手がたとえ生きた人間であっても捕獲や制圧は考えず、はなから「殺害」を狙う。当然だった。「発信者」は日本全国で最低でも数百人殺し、放置すれば今後、万単位で殺すことになる。躊躇っている場合ではなかった。

だが、発信者のいる方向、となると。僕は先輩たちの背中越しに村の奥を見る。

「……とすると、あっちの奥、ですよね」豊後さんが珍しく、緊張を隠さない声になっている。

「あっちの方向、ヤバい感じがビンビンしやがる」

だが、行くしかなかった。東北までドライブをしにきたわけではない。

「前進する」社長が言った。「私と豊後さんは前方を警戒。フランさんは右、雪花さんは左。バンチさんとアラマタさんはこのまま隊列中央で運搬を継続。ナギちゃんは最後尾に回って。

ネズミ君と二人で後方を警戒。鳥居までの退路確保を最優先」

「了解」ナギさんがさっと動き、僕の隣で89式を構える。

そのまま社長の号令で前進を再開した。やや遅めに歩く程度のペース。小さな集落だ。このペースでも一時間以内に最奥部へ辿り着けるはずだった。

僕は呼吸を整え、後方だけに意識を集中する。僕は自分から見える範囲だけでいい。右も左も先輩たちがやってくれている。背中は完全に任せるのだ。自分に言い聞かせる。……大丈夫。勝てる。全隊出撃で甲一種のフル装備なのだ。負けるはずがない。

静止した廃村を進んでいく。さっき停止した村の入口が、その先の鳥居が、どんどん遠ざかっていってしまう。道は緩やかに下っていて、入口はじきに地面の陰になってしまった。もう周囲のすべてが白衣村だ。朽ちた屋根が苔(こけ)に覆われて緑色になっている家。板が錆びて落ち、フレームだけになった金属看板。足元にあるマンホールは周囲の土が減り、そこだけ出っ張っている。電柱らしき木製の柱はそこここに見られるが、どうなったのか、電線は全く残っていなかった。確実に電気も電波もない場所だ。ここから発信できるとすれば、発信者も通常の方法は使っていない。

なぜか、生き物の気配が全くなかった。こんな場所なのに虫の一匹も飛んでこない。草を踏み分けてもバッタ一匹出ない。

だが、進行方向に確かに存在する「ヤバいもの」は、確実に近付いてきている。

「この感じ」左側を警戒している雪花さんが呟いた。「……この間のに似てる。『あっちは絶対やばい』ってやつ」

確かにそうだった。異界駅で電車から飛び降りた後、背後の闇から迫ってきた感じ。追いつかれたら絶対ヤバい、という感じのあれがいる。

近い、と思ったところで、社長が「停止」の号令を出した。大声でなく、全員が聞こえる最低限の音量であることに緊張する。

「目標を発見。前方、あの大きな家ね」

肩越しに前方を見る。進んできたメインストリートに突き当たる形で、周囲の家よりふた回り大きく立派な平屋があった。周囲より一段高いようで、敷地をぐるりと、緑色の苔でまだらになった石垣が囲んでいる。その奥に鎮座する、おそらくは地主の家。古いが、周囲の家より朽ちている度合いが小さかった。茅葺の屋根は綺麗に残っている。戸板も何枚か残り、部屋の中を見えにくくしていた。

見た瞬間に分かった。あそこにいる。

近付いたらまずい、という絶対の予感があった。というより、たぶん近付けない気がする。

先輩たちが社長を見る。

「……真正面が一番広いすね」

豊後さんが屋敷を見ながら言う。アンチテラーの戦闘は軍事のそれとは正反対だ。射線上に障害物がなく、全方位の見通しのよい広い場所が「いい場所」ということになる。

社長が、静かに、と豊後さんを制した。耳を澄ましているようだ。「……聞こえる」

何が、と問う者はおらず、全員が耳に神経を集中する。僕にも聞こえた。

——カタカタカタ、カタカタカタカタカタカタカタカタ、カタ、カタカタカタカタ。

「……キーボードの、音」フランさんが呟く。「あそこで入力を……？」

社長はすでに膝をつき、89式のスコープで屋内を見ていた。正面の和室。戸板が傾いた陰に、確かに時々、ちらちらと何かが覗く。

「人間に似た姿が一つ。肩のあたり。成人男性のような外見。白いシャツを着用。……座った姿勢で何かを操作している。キーボード入力ね」

あそこにいるのだ。発信者。増え続ける新種の発生源。今撃てば倒せるかもしれない。あいつさえ倒せば、と気がはやるのを自覚する。

社長が89式を構えた。「動いた。射撃用意」

僕とナギさんを除いた全員が一瞬で照準をつける。前方の屋敷から音がした。がたん、と何かが倒れる。戸板が倒れて、白いシャツを着た男性が立ち上がっているのが見えた。

後方の警戒を優先。だがつい見てしまった。あれが発信者だ。中年の男性のように見えるが……。

声が聞こえてきた。あああああ、と叫ぶ、酔っているような、寝ぼけているような声。見ると、男性がこちらを見つけた様子で、口を開けたままふらりと縁側に歩み出していた。

「社長」

「様子がおかしい。……背後にいる！」

その瞬間、僕は見た。男性の体が突然ぱんぱんに膨れ上がり、内側から爆発したように弾け飛んだ。真っ赤な血飛沫と肉片が何メートルも飛散する。その背後、部屋の奥の暗がりに――。

「目標、屋敷正面和室奥」社長が叫ぶ。もはや、こちらの存在には気付かれているのだろう。「射撃開始！」

展開した六名が一斉に射撃を始めた。一瞬にして聴覚が麻痺するほどの発射音が連続し、地面が揺れている感覚すらある。僕は後方を警戒しながらちらちらと窺う。残った戸板が粉々の木片になって消える。障子の枠が衝撃で宙に飛ぶ。柱も壁も蜂の巣になっていく。それでも分かった。まだいる。これだけ撃っているのに。

だが、今回の唐木田探偵社は甲一種装備なのだ。

「M2射撃開始」

「了解」

バンチさんが弾んだ声とともに両脚を広げて踏んばり、すでに地面にセットして照準していた重機関銃を連射し始めた。銃声が重なりあう轟音の中に、さらにひときわ重い発射音が加わり、白い発射煙が広がる。ブローニングM2。口径12・7㎜。銃身長は110センチを超える。装甲車や航空機ですら破壊する大型機関銃だ。

「06式全弾発射。目標は家屋正面」

「了解」

アラマタさんと豊後さんが地面に膝をつき、持っていた89式小銃の先端に発射機を取り付ける。06式小銃擲弾。小銃の先端に装着し、小銃弾で着火するいわゆるグレネードランチャーだ。煙をあげて発射された擲弾は放物線を描いて飛ぶ。着弾まで十秒。着弾後に炸裂する。その間に二人は機械のように同じ動きで第二弾を準備し、発射している。

すさまじい発射音とともに戸板が、柱が木屑になっていく。そこに二つの爆発が起こり、屋根の庇が吹き飛んだ。その間にも小銃の連射が部屋の暗がりをまんべんなく舐めている。リロード、の声で射手が交替し、射撃が続く。

アンチテラーを舐めてはいけない。今回は屋外で、通行人がいない上での殲滅戦だ。やっていいなら徹底的にやる。蜂の巣にし、爆破し、粉々にして丸ごと潰してしまえばいい。

みしり、という音が聞こえた。見ると、屋敷が丸ごと斜めに傾いていた。弾丸か爆発で柱が破壊されたのだろう。家が傾く。冗談のような光景だったが、ネットか何かで映像を見たことがあった。家屋が倒壊する瞬間というのは確かにこうなのだ。

轟音がし、地面が揺れ、灰色の粉塵が全方向に膨らんで広がる。白衣村の奥に堂々と構えていた屋敷がぺしゃんこになり、ただの積み上げられた瓦礫と化した。

それでも社長は容赦しない。「焼却する。援護しろ」

後ろからちらちら見るだけだったが、社長の動きは信じられないほど速かった。特に火器の換装と射撃準備から射撃開始までが滑らかすぎて、目で追えないほどだ。二、三秒前まで89式小銃を連射していたはずなのに、もう火炎放射器のタンクを背負い、屋敷の瓦礫に向かって構えている。その左右で雪花さんとフランさんが89式を撃ち続けている。豊後さんとアラマタさんが新たな擲弾を発射し、直前に着弾していた擲弾が爆発して瓦礫を跳ね上げる。

仁王立ちの社長の手元から、火炎放射器の炎が一気に噴き出された。地面を舐めながら一瞬で瓦礫まで到達し、積み上がった戸板や床板を消し炭にしていく。熱がぶち当たってきて僕の襟足がちりちりする。自衛隊の使用する携帯放射器。火炎放射器というと射程は数メートル程度のイメージだが、軍用のものは違う。普通油で二十メートル。今使用している専用のゲル化油では四十メートル先まで届き、敵の野営陣地などを一瞬にして焼却する。距離的に充分な余裕をもって届いた炎は瓦礫を消し飛ばす勢いで炭屑にし、周囲にも炎をばらまいていく。

だが、僕は感じた。まだいる。

次の瞬間、燃える瓦礫が爆発したように弾け飛び、宙を舞った。

粉塵の中に人影のようなものが一瞬、見えた。形はヒトだが巨大だ。そして何か……。

見ようとした瞬間、突然胸に詰め物をされたように息ができなくなった。手にしていた89式が落ちる。喉を掻きむしるが詰め物が取れない。息ができない。射撃音も止んでいた。隣でナギさんが、後ろで先輩たちが倒れていく。

呪殺。まさか、この人数を、この距離で一度に。

「し」

社長、と呼ぼうとしたが、その社長もすでに、携帯放射器を取り落として倒れていた。

全滅した。敵の姿をうっすら見ただけで。

圧倒的だった。異界駅の時も、今も。予感は正しかったのだ。「ヤバいものがいる」という予感。逃げるべきだった。だがもう遅い。

一瞬だけ空が見えた。倒れる僕に全く関心のない様子の青空と、白い雲。

## 25

顔が揺れている。いや、顔ではなく地面が揺れているのだ。地面が揺れていて、そこに触れている頬にかすかな振動が伝わっている。そこまでを理解すると、次に音に気付いた。連続する発射音。誰かが撃っているな、と思った。撃つ。誰が。何を。

目の前に土があった。地面。すぐに理解する。倒れていた。撃っている。戦闘中だ。

その途端、まわりじゅうで発射音がしていることに気付いた。89式小銃。豊後さんが、フランさんが、バンチさんが撃っている。そして正面に社長。

「リロード」

「予備弾倉、最後です。散弾に切り替えます」

「豊後、雪花は起きた?」

「起きました」

声が飛び交っている。先輩たちが戦っている。胸がちりりと痛み、それが火傷の痛みだと直感したところでようやく完全に頭が動き出した。助かったのだ。呪殺を受けたが、僕も先輩たちも、新型のSHINOBIが効いた。新型は呪殺対策として、胸元・脇腹のパッドと腰のバッテリーを装着することで小型ＡＥＤを追加装備できるのだ。バッテリー容量の関係で電気ショックは一度しかできないが、それで復活できた。皆も大丈夫なのだ。僕の隣でナギさんが起き上がり、すぐに89式を取って射撃に加わる。だが。

白衣の白が地面に広がっている。アラマタさんが仰向けに倒れたままだった。ＡＥＤで電気ショックを与えたからといって蘇生するとは限らない。

「ネズミも無事ね」社長が振り返る。「アラマタは」

「駄目です」

今、蘇生を、と僕が言うより早く、社長はアラマタさんの傍らに膝をつくと、掌底で心臓をぶっ叩いた。アラマタさんの体が跳ねあがり、一瞬後に大きく胸が膨らんだと思ったら、激しくむせ始めた。

「よし」

よし、じゃないだろうと思うが蘇生はしている。僕が抱き起こすと、アラマタさんは反射的に地面を探って落ちた眼鏡を取りながら「ひいじいちゃんがいた」と呟いた。

助かった、と思ったのは一瞬だった。

「伏せろ！」

豊後さんの怒鳴り声が聞こえ、反射的にアラマタさんごと地面に倒れ込む。それと同時に発射音が響いた。だがおかしい。こちらは誰も撃っていない。発射音は遠くからしている。むこうから撃ってきている。そんな馬鹿な。

顔を上げた僕は、初めて敵の姿を見た。

ぼろぼろの着物を着た巨体の人間、のようだった。身長、いや体高は三メートル以上ありそうだ。最初は数人の塊に見えたが、違う。腕が六本あるのだ。そして六本の腕、それぞれに銃を持っているところだった。六本のうち四本を使って二挺のアサルトライフルを。あとの二本でサブマシンガンと、ショットガンを持っている。そして人間に見えるのは上半身だけで、腰から下は巨大な蛇の姿をしていた。

社長が呟いた。

「……姦姦蛇螺！」

豊後さんが言っていた「大物中の大物」。助けるために戦っていた村人に裏切られ、世界のすべてを呪い続ける巫女。その強大な力はアンチテラーでも手がつけられず、出現区域を立入禁止にするしかない怪物。見たら死ぬとされているその下半身を顕にしている。

「まさか……本物ですか？」だが、そういえば白衣村に入る時、何かを囲っていた棒とロープが倒れているのを見た。あれが結界だったのかもしれない。

「発信者とみられる人間の死体はちらりと見えた」銃撃が続く。社長は伏せたまま言う。「おそらく奴が人間に取り憑き、発信者の役をやらせていた」

そういえば、僕と雪花さんがヤバい気配を感じたのも異界駅の中だった。姦姦蛇螺という怪異が白衣村という怪異の中に潜み、警視庁四号文書という怪異を発信させていたのだ。

「うっ」小銃弾がかすめたらしく、豊後さんが左腕を押さえた。「くそっ、なんで化け物の方が撃ってくるんだよ。聞いたことねえぞそんなの」

目の前の土が弾け、こめかみに衝撃が走った。触るとぬるりと血が出ていた。跳弾ではなく着弾時に弾かれた小石か何かが当たったのだろう。大丈夫だ。

「おそらく奴はこれまでずっと異界に潜んでいた」フランさんが応戦しながら言う。「異界の調査に来たアンチテラーを殺し続け、武器を奪って貯め込んでいたんでしょう」

社長の体が一瞬強張ったのが分かった。

姦姦蛇螺の出現と同時に戦況が逆転していた。先輩たちは散開して敵の攻撃を避けてはいたが、こちらが呪殺から復活するのと前後して攻撃が始まったのだろう。攻撃を避けるため後退せざるを得ず、M2と携帯放射器は放棄されている。06式を装着した小銃も次弾の装塡ができず、フランさんはグロックで、アラマタさんはショットガンで応戦している。だが六本の腕で一斉射撃する敵の火力が強すぎる。こちらの攻撃は散発的になり、しかも敵は動きが速かった。あの巨体でなぜ、という速度で巨大な尾を波打たせて這い、跳び、弾丸をかわす。加えて屋敷中に装塡済みの火器が置いてあったらしく、着地しては瓦礫の中から新たな武器を掴み出し、リロードなしで反撃してくる。後退しようにも、体を起こしただけでやられそうだった。だがこのまま伏せていても、いずれ頭を撃ち抜かれる。

「後退する」社長が撃ちながら叫んだ。「携帯放射器を回収する。放射と同時に後退」

雪花さんが叫ぶ。「でも」

「援護しろ」

社長は返答を待たず、前方に放棄された携帯放射器に匍匐(ほふく)前進で向かう。もはや後方はどうでもよく、僕も援護射撃に加わった。ナギさんとフランさんが同時にリロードを開始し、運悪くそのタイミングでバンチさんに弾丸がかすめて射撃が止まる。こちらの攻撃が弱まったのを見てか、姦姦蛇螺はすべての銃口をこちらに向けて一斉射撃を始めた。周囲で弾が弾け、社長の肩から血飛沫があがる。

「社長」

「後退」

社長は叫ぶと同時に携帯放射器で火炎を噴き出した。火炎放射器は弾速も射程もないが、広範囲に熱を浴びせ、視界を塞ぎ、何より爆炎が敵を怯ませる。姦姦蛇螺が大きく飛び退き、高く飛び過ぎたせいで着地点の床を踏み抜いて沈み込んだのが見えた。立ち上がり、跳弾が当ったのか脇腹を押さえているナギさんに肩を貸して後方に走る。とても勝てない。勝てないとなれば逃げるしかなかったが、他の先輩たちの無事を確認している余裕がない。隣にいたナギさんを連れて自分たちだけ真っ先に逃げるので精一杯だ。

だが、前方の家屋から白いものが飛び出してきた。右からも左からも。そして入口に向かう道からも、白い着物を着た人間の列がこちらに来る。

……白衣村。村自体が怪異。つまり死んだ村人全員が。

袋のネズミだった。退路を断たれた。姦姦蛇螺が使役しているのだろうか？　最初からこのつもりで、僕たちが屋敷に近付くまでは家屋に潜ませていたのだ。確固たる皆殺しの意志をもって。

白衣の死者たちが走ってくる。動きは死者のイメージとは程遠い速さで、皆、手には鎌や鉞を持っている。迎え撃とうと89式を構えるが、背後からの銃撃で右脚に灼熱痛が走った。ナギさんが振り返って連射する。激痛をこらえて踏ん張り、正面から来た二人を横薙ぎの連射で倒す。ここは駄目だ。周囲を見回す。あの石垣の陰を通って後退する。そう思った途端、その石垣の陰から死者が飛び出してきた。とっさに銃を掲げて鉈の一撃を止める。小銃と鉈で鍔迫り合いをしていると、死者がいきなり横倒しになって倒れた。振り返ると、すでに高台に上がった豊後さんが89式を照準してくれていた。それと背中合わせになったフランさんが、フランベルジュの一閃で死者の首を斬り飛ばす。

「ネズミ、ナギちゃん！　まっすぐ逃げろ！」

目立つ高台にいる豊後さんはそう叫んだ瞬間、銃撃を浴びた。二人が慌てて隠れようとした物陰にも死者がいて、二人を取り囲み襲いかかる。豊後さんが89式を捨てて居合で死者の両腕を斬り落とす。背中合わせのフランさんが背後から来た一人を胴斬りにする。だが新たな死者が殺到してきており、二人は全方向から群がってくる死者と揉みあいになりながら家の陰に消えた。反対側では石垣を背にアラマタさんがフォークを振るっていたが、一人突き殺す間に二人が襲ってくる。方天画戟の一撃で二人の頭部を消し飛ばした雪花さんも、続けて殺到する死者たちにすぐに囲まれた。

駄目だ。助けにいけない。退却すらできないのか。

そうしている間に89式の残弾が切れた。マガジンはまだあるがリロードしている時間がない。銃身で死者を殴り飛ばしたが、倒れる死者が銃身を掴み、89式が手から離れてしまう。

その僕の手に、連射で熱くなった89式の銃身が押しつけられた。

「持って」

ナギさんは僕に小銃を押しつけると、両腰から逆手でナイフを抜いた。そのまま前にいる一人の手首と首を切り裂く。慌てて僕が射撃すると、そのむこうにいる二人が倒れた。一瞬だが道が見えた。まっすぐに走れば入口だ。

だが走ろうとすると、また後ろから銃撃があった。振り返るより先にナギさんが崩れる。左脚を撃たれたらしくデニムに大きな血の染みができている。立ち止まったせいで、せっかく見えた退路にまた死者が集まってきた。退路が塞がる。

だが、ナイフを構えたナギさんがそこに突進した。「不快」の感覚がない彼女は痛みを無視して動けるのだ。前の一人を切り伏せ、後ろの二人を左右二度ずつの斬撃でずたずたにする。そのまま死者の群れに飛び込む。死者が彼女に群がる。援護したかったが撃てなかった。密集しすぎで彼女に当たる。

「ナギさん」

「逃げて！」

鋭く響いたナギさんの声が、僕の体を内側から振動させた。

こんな声を出すのか、と思った。「快」「不快」がなく、したいことも避けたいこともなく、ただ死地に赴き、そこから生還した時だけ僅かに表情を見せる彼女が。

迷った時間は、たぶん0・1秒もなかったはずだ。

僕は雄叫びをあげて突進し、後ろからナギさんに襲いかかる死者を銃床で殴り飛ばした。続いて銃を腰だめに構え、隣の一人の腹を銃口で突き上げ、接射で腹を吹き飛ばす。そのまま腹越しに貫通させて後ろの一人を蜂の巣にする。弾が切れると同時に麺打ち棒とグロックを抜き、右手で連射しながら左手を振るい、死者の頭を「面で潰す」。背後に気配を感じるが、振り下ろされた鉞はナギさんがナイフで受け止め、同時にもう一本のナイフで敵の頸(くび)を切り裂いていた。そのまま背中合わせになり、グロックと麺打ち棒と二本のナイフで、四方八方から迫る死者たちを打ち砕き切り裂く。

さっきの一瞬で決めていた。戦って、死ぬ。

これで死ぬことが確定した。敵が多すぎる。ナギさんと二人ではとても無理だ。先輩たちもそれぞれ死者に囲まれているから、助けは来ない。じきに押し込まれ、揉みくちゃにされて死ぬ。こういう仕事だ。知っていて選んだ。逃げて生存するというわずかな、最後の可能性はさっき捨てた。これで満足なのだろうか。僕はこれがやりたかったのだろうか。

周囲のすべてがスローモーションで見えていることに気付く。低い姿勢からナイフで斬り上げ、死者の顎を叩き切るナギさんの背中。麺打ち棒が食い込み、飛び出す死者の眼球。宙を舞う血飛沫の一つ一つまでが見える。こんな体験ができるのか、と思った。その僕の頭上から手斧の刃が迫った。脳天から割られるコース。グロックは反対を向いている。麺打ち棒は敵の顔面に食い込んでいる。避けられない。先輩たちももう死んだのだろうか。

その瞬間、迫っていた死者が突然、バランスを崩して倒れこんだ。

——何だ。なぜ倒れた。

だが周囲の死者が血飛沫をあげて次々に倒れていく。射撃音が遠くからしている。先輩たちはあんなところにはいない。姦姦蛇螺は後方だ。誰が撃っているのだろう。

そう考える間に周囲が開けた。射撃している人間たちの姿が見えた。

皆、重装備をしていた。揃いの迷彩服とアーミーベストに鉄帽をかぶった自衛隊風の集団。その隣では、デニムや革ジャケットを着たラフな恰好の集団が同じように銃を撃っている。あの人たちは何者だろうか。一つの組織ではない。だが全員、落ち着いた動きで近くの死者から順に射撃し、倒している。戦い慣れている。

——唐木田さん！　大丈夫ですか！

石垣の上で中年男性が叫んでいた。僕はナギさんに肩を貸して走りながら、ようやく理解した。

同業他社。

怪異の駆除を請け負っているのは唐木田（うち）だけではない。日本全国に何十もの同業者がおり、その中には唐木田よりはるかに多くの人員を抱え、重武装をしている会社もあると聞く。

それらが集結したのだ。うち同様、事故調から依頼を受けて。

つまり、そういうことだった。考えてみれば、これほどの案件をうち一社にしか依頼しないはずがなかったのだ。だが全国一斉に募集をかけてしまっては戦力が大きくなりすぎ、白衣村に入れない。だから事故調はこの方法をとった。その会社だけに依頼したと見せかけながら、日本中のアンチテラー、全社に声をかける。援軍の存在をお互いに全く知らない状態なら「うちだけでは無理ではないか」という不安感が生じるから、白衣村に入れる。そして一社ずつ進入した全組織は現地で一気に集結する。

日本全体で一度しか使えない作戦だろう。各社のスタッフに今回の記憶が刻まれれば、次からは「援軍があるかも」と期待してしまい、不安がなくなる。それに実行したとして、どこの会社も手を挙げない可能性も大きかった。一社だけで対抗できる相手ではないのだ。貴重な従業員を死地に送るような指示は、どこの経営者も出さないのが普通だ。

だが、アンチテラーは普通でないやつらの集まりだった。現に唐木田探偵社は参加した。社として参加はしていない。従業員個人個人がそれぞれ勝手に、自由意思で参加したのだ。そして同じようなことをした会社がうち以外にもあった。一社のつもりが二社になり、三社になり、見る限り、援軍の規模は二個小隊に近くなっている。死地と分かっているのに、自分が行かなくてもいいのに、それでも行く馬鹿が、うち以外にもこんなにいたのだ。きっと援軍の一人一人、全員が、僕たちと同じような何かの事情を抱えている。

形成が再び逆転した。援軍が前進し、敵がなぎ倒されていく。高台から周囲を見渡す余裕ができ、先輩たちの姿がそれぞれ確認できた。時代劇の殺陣のように死者を次々斬り伏せる豊後さん。見えない速度でフランベルジュを振るい、死者の腕や首を空中に舞い上がらせるフランさん。方天画戟で死者の首を飛ばす雪花さんは白い顔に返り血で模様をつけ、例によって艶然と微笑んでいる。その隣で、誰から借りたのか50ＡＥとグロックの二挺拳銃を撃ちまくるバンチさんに至っては高笑いをしていた。そこにフォークを構えたアラマタさんが合流し、突きの一撃で死者を壁に磔にする。

高台から駆け下り、戦列の後方に入ると、肩を貸していたナギさんを他社の人に任せることができた。人数が多いので衛生兵もおり、負傷者を集めて守る救護班のようなものが即席でできていた。彼女をお願いします、と頼み、他社の人から小銃を借りて前進する。しながら確認したがなんとＨＯＷＡ５・56㎜小銃。最新型である。うちより待遇のいい会社らしい。

前線に戻ると、ひときわ激しい銃声が続いていた。その原因はすぐに分かった。苦戦しているのだ。死者たちにではなく、全身火器の姦姦蛇螺に。

高速で移動している分、かえって敵の位置はすぐに摑めた。右奥の廃屋の屋根に這い上がった。その横の樹に登った。そこから跳び、石垣の陰を通って左側の廃屋の陰に。だが速すぎる。援軍は撃ち続けてはいたが、小銃の連射でも捉えきれず、逆に接近された集団から血飛沫が上がり、犠牲が出続けていた。姦姦蛇螺は倒した相手の銃を奪い、リロードの必要もなく遊軍を蹂躙していく。

動きが速すぎる。火力も強すぎる。あれを倒すには、航空機での絨毯爆撃でもしなければ。だが後退はできなかった。退却してしまえば、同じ作戦は二度と使えない。二社以上の戦力で姦姦蛇螺と戦える最初で最後のチャンスであり、姦姦蛇螺は今ここで仕留めないと次はないのだ。それにそもそも、背中を向ければ飛びかかられ、六本の腕が持つ武器のどれかで殺される。

だがせっかくの援軍が分断されていく。攻撃は減り、今や逃げ惑う人間たちを姦姦蛇螺が一人ずつ追い立て、狩る状況になりつつあった。このまま各個撃破され続ければ、奴一人に全滅させられる。

その中で、社長はまだ前線にいた。駆け寄って声をかける。「どうします？　速すぎて小銃では」

「そうね」

社長も撃とうとはしていたが、敵の動きが速すぎて照準がつけられないようだった。屋根から屋根へ。建物の陰に消えたと思うと別の建物の陰から現れ、近くの人間を連射で薙ぎ払う。

社長が「姦姦蛇螺」と呟いた。歯ぎしりをしていた。

「ネズミ君、いいところに来てくれた」社長がこちらを見た。「奴は私がやる。あそこの道の真ん中。あのマンホールのあたりに出るから、それまでの間、援護して」

「あそこですか？」

僕たちが通ってきたメインストリートだ。見通しがいい上に、周囲に味方がいない。一対一になってしまう。

「社長。でも」

「奴は私がやる。私はそのためにこの仕事をしていたの」

社長はそれだけ言うと、そのまま背中を向けて飛び出していった。僕は見ていた。彼女は89式を構えていたが、それと一緒に、かき集めたであろう手榴弾を大量にぶら下げていた。

姦姦蛇螺のいる方向を大まかに見定めて援護射撃をしながら叫ぼうとした。待ってください。だが叫ぶ余裕はなかった。叫んでもどうせ銃声で聞こえない。聞こえてもあの人は止まらない。豊後さんの言葉を思い出していた。

――仇討ちって動機でやってるやつもいるが、五年以上続く例はほとんどない。

ほとんどない、と言っていた。社長がそれだった。彼女は五年どころか、三十年やっている。おそらくはあの、姦姦蛇螺を殺すために。

道に出た社長は、大声で叫んだ。

「どうした役立たず！　せっかく余所から巫女を呼んだのに、あっさり蛇の餌とは情けないな。お前みたいな奴は見捨てられて当然だ。逆恨みはやめてもらおうか」

挑発している。姦姦蛇螺が怪物となった、そもそもの恨みを刺激するように。

巨大な影が現れ、屋根の上に下りた。社長がそちらに銃を向ける。だがそれより速く、姦姦蛇螺の連射が社長を捉えていた。血飛沫が舞い、跳ね飛ばされた社長が倒れる。その手から89式小銃が飛び、地面に落ちる。

姦姦蛇螺は高速で這い、社長の前で停止した。僕はそれを狙撃しようとしたが、敵の腕の一本が撃ち返してくる方が早かった。肩に衝撃を受けて尻餅をつく。腕に力が入らず銃を持ち上げられない。同じように狙撃しようとしていた反対側の一人も攻撃を受け、乗っていた屋根から転がり落ちる。

姦姦蛇螺が近付く。社長はもう武器がなかった。這いずり、マンホールの陰に入ろうとしていた。地面から突き出た、たった二十センチかそこらの出っぱりの陰に隠れようとしている。

それを見た姦姦蛇螺は、勝ち誇ったように社長の89式を拾い上げる。

瞬間、僕には見えた。社長が身につけていた大量の手榴弾が89式小銃に結わえ付けられ、一緒に持ち上げられている。細工されていたのだ。そう。姦姦蛇螺は倒した敵の武器を奪いたがる。だから社長の89式も必ず拾う。だが。

マンホールの陰にうずくまった社長が腕を引く。その手が何本もの、ワイヤーのようなものを引っぱっていた。

手榴弾のピンが同時に外れた。

社長の口が動き、何かを言った。

たぶん、「くたばれ」——と。

爆発が起き、姦姦蛇螺と社長の体が爆炎に包まれた。

※

## ——EMPLOYER'S FILE （藤ケ崎（ふじがさき） 玲子（れいこ））

よく考えてみれば、「親に対して何の不満もない」子供というのは、かなり珍しいのではないか。身体的・精神的に虐待をしない、というのはもちろんのこと、過保護・過干渉にならない。勝手な期待を押しつけて自己実現の道具にしない。本来子供の自由にしていいはずのことにうるさく口出ししない。「金がないから」という理由で子供がやりたいことに我慢をさせない。機嫌の良し悪しを表に出して子供に顔色を窺わせるようなことをしない。自分世代の古い常識でもって頭ごなしに決めつけをしない。子供の世界を尊重して外から口出しをしない。当たり前のように見える「しない」を並べただけでも、これらをすべて避けて一つも「しない」まま何年も育児をするのはかなり難しい。

思えば小学校の頃から、友達の漏らす「親への不満」はよく聞いた。パパがママを殴るとか、ママが宗教にはまって変なお祈りを強制される、といった深刻なレベルの話をする子は少なかったが、勉強しろってうるさい、とか、「こんなものに千円もかけて」と言われた、とか、そういったことは皆が言っていて、周囲の友達は「うちもだよ」と共感していた。私は話を合わせるため「うちも」と言ってはいたが、嘘だった。親に対するそういう愚痴は何もなかった。友達は皆、それが当たり前、という態度だった。うちは違った。うちだけが違った。

特別なところのある親ではないはずだった。父はスポーツ用品メーカーに務めるサラリーマンで、母は専業主婦。特に豊かでも貧しくもない中流で、時々レストランに連れていってもらったり、遊園地に行ったりできる。家はありふれた戸建てで、父は特に背が高いわけでもなく、母も特に美人ではなかった。うちの両親は物心ついた時からおじさんとおばさんで、友達には若いパパやママもいたから、不満といえばそのくらいだろうか。「平凡」だと思っていた。

だが成人し、大人の視点や親の立場が理解できるようになってくるにつれ、私はうちの親が平凡などではないことを理解した。失敗して痛い目に遭うと分かっているのに、頭ごなしに「こうしなさい」と言わず、黙って見守ってくれる。失敗して泣いたら一緒に残念がって慰めてくれる。どうせすぐに熱が冷める、と分かっているのにそう言って止めず、時にはお金を出してやりたいことをやらせてくれる。かといって好き勝手をやらせるのではなく、簡単に投げ出した時はちゃんとそのことを叱ってくれる。親から見ればまどろっこしいはずなのだ。失敗するに決まっている子供の挑戦。すぐ覆るに決まっている子供の決断。先が見えているのに黙って寄り添い、助け舟を出す機会を窺ってくれる。私は当たり前だと思っていたが、当たり前などではなかった。それがどんなに難しいことだったかは、大人になったら思い知った。うちの両親は私を信頼してくれていたのだ。「玲ちゃんなら大丈夫でしょう」と言って、先に注意点を言うだけで、あとは口出ししなかった。夜遊びをして悪い習慣がつくかもしれないのに、門限を設けなかった。悪い男に騙されてひどい目に遭ったり妊娠したりするかもしれないのに、異性との交遊に目くじらを立てなかった。親が信頼してくれた通り、私は自分で判断した。不良とは距離を置いたし、体目当ての男には肘鉄を喰らわせた。「女の子なんだから短大でいいだろう」と言う親もまだ多かった時代なのに、私が四年制大学に行きたいと言えば「いいよ」と学費を出してくれたし、「ただしうちから通える大学にしなさい」などと条件をつけず、私が東京で一人暮らしをすることについても、何も言わずに学費や生活費を出してくれた。これはすごいことだった。今の学生は大変らしい。物価と学費の高騰で「社会経験のためにバイトをしておく」などという優雅な身分ではなくなっているという。

私は平凡だが、何不自由なく育てられたのだ。それは極めて恵まれたことだった。よそを見れば、どこの家にも何かしらの嫌なことはあるのが普通だった。当然だ。ある項目について問題がある家の割合がたったの10％だとしても、似たような項目が十個あれば、三分の二の家がどれかに引っかかる。二十項目に渡れば、一つも引っかからない家庭は八分の一にも満たない。うちがそれだった。二十どころではない。うちはおそらく百項目以上に渡るであろう「家庭の問題」「親の嫌なところ」に対してすべて「特になし」がつく、世にも稀有な両親だったのだ。

成人式の後だった。私は親にそのことを伝えた。自分がいかに両親に恵まれたか。いかに不自由なく育てられたか。そのこと自体がいかに幸せなことか。すると両親は泣いた。母だけでなく父まで大泣きしたので驚いた。そんなに泣くほどのことだろうか、と。

だが、それには理由があった。

母親が言った。私たちは血が繫がってはいない。私は養子であり、父と母から生まれた子供ではないのだと。

父によれば、私は赤ちゃんの頃に駅に捨てられていたのだという。そういった子供は乳児院に引き取られ、普通は児童養護施設を家として育つ。だが私はたまたますぐに縁組がされ、生みの両親が別にいることを知らないまま育った。二十歳になったまさに今日、親の方はそれを伝えるつもりでいたのだという。

私はそれを聞いた時、ああ、そうだったの、と応えた。驚きはしたが、本質的に何がどうなるというものでもなかった。親といえば目の前の二人のことなのだし、生みの親が他にいるとして特に興味もないし、それがどうした、としか思わない。それでも両親の方はずっと悩み、伝えなければ、と決心した上で今、こうして言ったのだという。

いい親だったし、いい人たちだった。掛け値なしに。なのに。

電話が入ったのだ。ある日突然。両親が旅行先で死んだ、と。

最初は急病だという話だった。私が家を出てから、両親は二人でよく旅行に行った。行き先を特に決めず、歳に似合わぬ機動力を発揮して車であちこちを巡る。その時は東北に行っていて、「岩手県南部の村」で心臓発作を起こしたのだという。

わけもわからず現場に駆けつけた私を、警察と医師と、見知らぬひと家族が迎えた。両親はハイキング中に、立入禁止になっている区域に人が入っていった痕跡を見つけたらしい。心配になって跡を辿ると、迷子になった子供が泣いていた。両親は子供を連れて街道に戻り、子供を家族に引き渡し、そこで突然死んだ、という。

心臓発作、と言われた。わけがわからなかった。わからないまま両親の遺体と対面させられ、状況を理解して泣いたのは二日後だった。現場には事故調の人間も来ていたが、私は当時「偽の月」が見えず、怪異については何も聞かされないままだった。

その後、私はもう一つ思い知った。

大学や職場の先輩。それに早い子は同級生でももう結婚と出産をしていた。だが実際に彼女たち「親」の話を聞き、家に訪ねていってみると、育児というものがどういうものかを思い知らされた。まず家の中が違った。色彩が違うのだ。床自体が赤ちゃんのためのマットで安っぽい色に変わっていた。そして散らかっていた。子供のためのベッド。メリー。バウンサー。棚には無数のタオル、哺乳瓶、おむつその他。その棚自体も子供が手を出さないように仕切りがされていた。家全体が、子供のために作り替えられていた。

そして親になった友人も、常に何かをしながら話していた。話の途中でおむつを替え、ミルクをあげ、ゲップをさせて、そもそもずっと抱っこして揺らしてあやしながらだった。「睡眠はまあ、ブツ切れになるよね」と笑っていた。母は強しだね、と言ったら、いや母親だから自然にできるんじゃなくてやんないと子供が死ぬから強制的にやることになってるだけだから、と真顔で否定された。私は自分の無知を恥じた。

そして真実を理解した。うちの親もこれをやってくれていたのだ。記憶にある限り、親は呼べばすぐに来てくれたし、泣けばすぐに慰めてくれた。どんな時でもすぐに、だ。ということは、三百六十五日二十四時間、常に「すぐに」ができるよう準備していなければならない。

友人は言った。でもまあ子供、可愛いからね、と。可愛いからできる。うちの親も、私をそう思ってくれていたのだろう。

お礼を言いたかった。自分がどれほどのことをしてもらい続けてきたのか。「特に問題のない親」「平凡な親」がどれほどありがたく、大変な努力によって維持されているものなのか。しかもうちの両親の場合、「できたものは仕方がない」という形で腹をくくることすらできなかったわけだ。100%の自由意思で親になろうと決めてくれて、私にここまでしてくれた。こんな素晴らしい人たちが、この世には存在するのだ。ありがとうと言いたかった。

だが、両親はもういない。

そして、なぜ「いない」のかを、私はその半年後に知ることになる。偽の月が見え、先代社長の誘いで唐木田探偵社に転職し、その頃には理解していた。両親は病死などではなく、怪異に殺されたのだ。親切心で迷子を見つけた。ただそれだけの理由で。

両親を殺したのは姦姦蛇螺という、少なくとも戦前から日本に巣食い続けてきた強大な怪異だった。巫女を姦姦蛇螺に変えたのは村人たちの身勝手だが、ムラの外部から来た「来訪者」に対しそのような扱いをするケースは、昔の日本ではよくあることだった。姦姦蛇螺は日本のムラ社会に対する怨霊(おんりょう)であり、そうであれば、私自身の血筋とも無関係とは言いきれなかった。

だがそれでも、私の両親が殺される理由にはならない。なぜあんないい人たちが死ななければならなかったのか。

毎日寝かしつけてくれ、夜に泣けば眠い目をこすりながら落ち着くまであやしてくれた。

言葉を、常識を、ものの使い方と身のまわりのことすべてを教えてくれた。

毎日お弁当を作り、休日になれば遊びに連れていってくれた。

死んでいい人たちではなかった。絶対に。

だから許せなかった。姦姦蛇螺。奴を殺す。絶対に殺す。殺すまで、私は絶対に死なない。

どんな苦しい思いをしても、誰を切り捨てても、絶対に死なない。奴を殺すまでは。

両親はもう死んでいる。だから彼らのためではなかった。だが自分のためでもなかった。死んではいけない人たちが殺された。その落とし前をつけなければ、この世界そのものが不条理になる。それが許せなかった。世界のまともさのために、姦姦蛇螺は殺されなくてはならなかった。だから私は止まらない。たとえ死んでも止まらない。世界には道理というものが存在する。私が死んでも、その力がいつか絶対に奴を殺すだろう。

※

「……社長！」

僕は斜面を滑り降り、横から来た狩り残しの死者を一斉射で砕いて社長に駆け寄った。社長はうつ伏せに倒れていて、手榴弾の同時爆発をまともに受けた姦姦蛇螺は胸から上が吹き飛び、下半身の蛇だけが煙を立ちのぼらせながら、ぐったりと地面に伸びていた。無視して社長に駆け寄る。背中と後頭部が爆風にやられ、肉がえぐられ、火傷で真っ黒になっていた。

だが、社長は呻いた。まだ生きている。彼女が倒れ込んだ傍らにあるマンホールが目に入った。周囲の土がなくなってしまったため、コンクリートをむき出しにしてそこだけ高くなっているマンホール。そのわずか二十センチの高さが社長を爆風から護った。ただ地面に伏せただけだったら吹き飛ばされていただろう。

「ＡＥＤ！　救護班お願いします！」

僕は叫び、同時に背後からの気配を感じて振り返った。蛇の下半身だけになった姦姦蛇螺がこちらに向かってきていた。僕は小銃を向け、フルオート連射でそれを肉片にした。

残骸処理。アンチテラーの基本だ。

少しの間をおいて周囲からざわめきが起き、遠くで誰かが「勝ったぞ」と叫んだ。見回すと、白装束の死者たちは消えていた。姦姦蛇螺の残骸も消えていて、周囲の林からは鳥の囀り(さえずり)が聞こえてきた。

勝ったのだ。本当に。

喝采(かっさい)が聞こえた。僕は膝をついて社長に声をかけた。

「勝ちました」

社長は目を閉じたまま、わずかに頷いた。確かに聞こえていた。

# 26

「あっ、出た」

珍しく皆が静かに作業をしていたオフィスに、雪花さんの声が響いた。皆、あまり手を止めたくないという程度に集中していたようで、誰も声では反応せず、黙って雪花さんの発言の続きを待つ様子だった。雪花さんの方も大きな声を出したことは自覚しているだろうから、何が「出た」のか、聞かなくても言ってくれるだろう。

「ねえ、先月の統計出たよ」

おそらくはそれだろうと思っていたが、やはりそうだった。僕のPCは文書作成中で、事故調のサイトに改めて入るのは面倒なので、立ち上がって雪花さんの席に行く。同じようにフランさんとバンチさんが立ち上がってのそのそと雪花さんの後ろに集まり、アラマタさんは椅子を滑らせて移動してくる。豊後さんは社長席の自分のPCで同じものを見ているようだが、ナギさんは特に動かず作業を続けている。

**10月　特定事故件数　（前年同月比）**
**遭遇件数　２２２（＋１７９）**
**うち新種　１４９（＋１４２）**
**死者数　１１０（＋８６）**

やった、と誰かが言った。

「変わっ、て……ない！」

「微減、いや微増？」

「伸び……悩んだ！　うん！」

数字が微妙すぎて、皆、喜び方がいささか中途半端である。仕方のないことだった。姦姦蛇螺討伐、警視庁四号文書発信者死亡の効果が現れたのは月後半からで、それまでは指数関数的に増え続けていたのだ。数字としてはこういうことになる。「九月と変わらず」。だがやっていなければ状況がさらに悪くなって悪夢のようなことになっていたのだ。さらに悪化させずに持ちこたえた、というのは大勝利に等しい。

「数字より詳細報告の方を読め」豊後さんが言う。「『月後半からは新種の報告が激減した。姦姦蛇螺処理及び警視庁四号文書封印の効果が出始めたものとみられ、翌月は例年通りの数字が予想される』」

一瞬皆が顔を見合わせ、それから歓声とともにハイタッチをしまくった。誰からともなく社長席を囲んで豊後さんともハイタッチする。僕はナギさんの席に行って結果を報告し、右手を差し出した。「なぜそんなことをするのか分からない」という無表情で手を差し出してくる彼女と握手を交わす。

社長席では豊後さんが皆に肩を叩かれている。「やりましたね社長」「社長」「ボーナス出ないんですか社長?」

「うるせえ」豊後さんは皆を追い払い、携帯を出した。「あ、こちら豊後です。社長、今よろしいですか？　先月の統計が出ました」

豊後さんが携帯をスピーカーモードにすると、社長の声が聞こえた。

——病室のＰＣでも見られるから。確認済みよ。……お疲れさま。

再び歓声があがる。「社長」「社長 YEAAAAH!」

が、社長はこちらがスピーカーモードになっていることを知らないのか、豊後さんに説教を始めた。

——豊後さん、ちゃんとやってる？　社長席は遊びじゃないんだからね。業者だって商売なんだから。代理のこいつはふっかけられるぞ、なんて舐められちゃ駄目よ。

「……はい」

——それと事務作業。いつも以上にきっちり監視すること。すぐ適当になる人がたくさんいるんだからね。うちは。

「……だそうだぞ。お前ら」

——は？

「あ、今スピーカーモードにしてます」

皆がおどけて直立不動になり、バンチさんの号令で Aye, Ma'am!　と唱和する。社長は少しも慌てずに「よろしい」と応え、じゃあ背中痛いから、と通話を切った。

姦姦蛇螺を吹っ飛ばした社長は奇跡的に一命をとりとめ、奇跡的にとりとめたにもかかわらずすごい勢いで回復し、少なくとも喋りだけはいつも通りに戻っている。背中側は広範囲の大火傷だけでなく肉までえぐれていたとのことで、以前通りに身体機能が回復するかは分からない、ということだったが、現在は治療から機能回復のためのリハビリに移行しつつある。社長は白衣村の一件を最後に現場から退くことを決めており、今後は経営と指揮に専念するということだったが、今のところ業務上の支障はない（休みは減った）。事故調からは引退も勧められたそうだが、「次期社長が豊後さんじゃ心配すぎる」と断ったのだという。

「よーし、仕事終わったら呑もうぜ。先月の統計出たし」

「なに祝いですか？　現状維持祝い？　地味！」

「何でもいいでしょう。実は最近アーモンドクリームを使ったピティビエという菓子を試してみたのですが」

「いいねー。じゃ、終わった人からネズミくん家集合ね」

「じゃ、とっとと片付けんぞ。決裁印ここだから回せ」

これである。社長の心配は正しい。もっとも来月には戻ってくるということなので、一時の羽休めというか、「先生が急遽お休みになったので自習」のようなものである。他の従業員はおおむね軽傷で済んだ上、出動が目に見えて減ったので、それでも回っている。

落ちるのが早くなった夕日がオフィスに差し込み、白い壁に影の模様を描く。とっとと片付けんぞ、と言っているが調査部はもう半ば終業の雰囲気になっている。

ついでなので僕は、一人黙々と仕事しているナギさんの席に行き、囁いた。「今週、木曜は休みかぶってますよね？　よかったらアラマタさんも誘って池袋行きません？　西口に新しいボードゲームカフェができたらしくて、なんかお洒落で楽しそうなんで」

ナギさんはこちらを見ると、こくりと頷いた。あれ今ちょっと微笑んだかな、いや気のせいかな、などと席に戻りながら考える。以前からの彼女を知っているわけではないので断定はできないが、最近のナギさんは表情はともかく反応が増えた気がする。誘った時の返答も早い。

そうなのである。僕は最初から疑問に思っていた。知覚も知性もそのままなのに、「快」「不快」が麻痺したからといって、人間が完全に興味関心を失うなどありうるのだろうか？　知性がある以上、何かを知ろうとして動くのではないか。そしてそこにはいつしか欲求が発生し、欲求は快・不快を生むのではないか。

仕事とは関係ない、ナギさんのプライベートにすぎない。だがそこには一つの希望があった。快・不快の感覚が戻れば、ナギさんは唐木田探偵社にいる必要がなくなる。現調査部においては初の「円満退職者」が生まれるかもしれないのだ。

僕は？　まだ分からない。それは当分ない気がしている。自分がなぜこの仕事を辞めないのか、という問題について、うっすらと、しかし極めて単純な解答が浮かび上がってきたのだった。

オフィスを見回す。さすがに騒ぎは収まって皆、席に戻り、しかしさっきまでよりだいぶ弛緩した気楽さで声をかけあいながら事務作業をしている。

もしかしたら、僕はこの仕事が好きなのではないか。依頼を受け、都市伝説の報告を集めて怪異の性質を見極め、調査、試行の後、戦闘して駆除する。この仕事が。

先輩たちには言わない。言えば一番の変態は僕ということにされそうだからだ。射撃や斬りあいができるから、とかではなく、この仕事そのものが好き。確かに変態だった。

でも、と思う。人間には、色々な奴がいるのだ。

※

あいつはまだついてくる。

これは悪い夢だ、と思った。わたしはきっと電車内とかで居眠りをしてしまっていて、今は悪夢を見ているのだ。だっておかしい。さっきは信号機の上にいたのに、いつの間に街路樹の枝の間に移動したのか。あいつは人間じゃない。あんな動物もいない。怪物。そんなものがいるはずがない。それに、夜空のあれだって。

振り返ると、まだあった。夜空の高い位置にあるのに不自然に大きな、汚い茶褐色の月。まるでこちらをじっと見て、わたしを狙ってついてきているような偽物の月。あれも、おかしい。だからこれは現実ではないのだ。

がさり、と後ろで音がした。駅からずっと後ろをついてきて、物陰からこちらを見ているあいつ。人間の体型はしているけど、黒っぽいだけで姿がよく分からない。どこまでついてくるのだろうか。それに。

さっきは街路樹の上の方にいたのに、今は電柱の中ほどにしがみついている。だんだん近くなってきている。帰る前に追いつかれたらどうなるのだろうか。もうすぐ家だが、家に帰っても誰もいない。どうなるのだろうか。

がさり、という音が再び聞こえた。電柱を振り返ったがそこにはおらず、横のポストの陰に移動していた。近い。思わず息が止まり、わたしは急いで携帯を出していた。110番しないと。だがそこで致命的なことに気付く。携帯の画面が点かない。画面を叩いても、電源ボタンを押しても、真っ黒のままだ。

どうして。

がさり、と音がして、そちらを見ると、五、六メートル先の地面にあいつが立っていた。ゆっくりこちらに向かって歩いてくる。目がこちらを見ている。

当然後ろで足音がして、爆竹のようなすさまじい音が弾けた。耳を覆って周囲を見る。

男の人が三人いた。一人はスーツに眼鏡。一人は和服。もう一人は左目に眼帯をし、左手に手袋をしている、男性というより男の子のような印象の人だった。三人が手にしているものが火を噴いた。鉄砲だ。自衛隊で使っているような機関銃。激しい発射音に身を縮めるわたしの耳に、眼帯の男の子の声が届いた。

——至急、至急。こちらネズミ。末広(すえひろ)町二丁目路上にて遭遇。調査中の「べとべとさん」です。要救一。負傷者なし。応援及び発砲許可求む。

そう言う間にも他二人の男性が機関銃を撃っている。黒っぽい怪物は悲鳴をあげてのけぞっている。

わたしの隣に眼帯の男の子が来て、わたしの肩を抱いて後ろに下がらせた。「下がっててください。そこで地面に伏せて」

言われた通りに膝をつき、地面に伏せる。だが。「あの、あなたたちは」

眼帯の男の子はわたしを見て微笑んだ。

「唐木田探偵社です」

# あとがき

ネコを飼ったことはないのですが、ネコって本当に箱に入りますね。「ネコは果たして、どのくらいの大きさの箱まで入ろうとするのか?」を検証している動画があったのですが、その動画でネコは大きい箱に迷わず入り、体ギリギリの小さい箱に無理矢理入り、体が入らない箱にも脚だけねじ込み、脚すら入らない箱には顔を突っ込んでいました。つまり結論は『どのくらい』とかではなく、箱なら入る」でした。それだけでなく「透明なケース」でも入り、「スカスカの籠」でも入り、「ロープで輪っかを作っただけの場所」にも入り、あげくに「床に線を描いて囲っただけ」の空間にすらネコはトコトコとやってきて、枠線のにおいをちょっと嗅いだ後、線をまたいで入り、「えっこらせ」と枠内に香箱座りしました。

これはいったいどういう本能なのでしょうか。外敵に見つかりにくくするためなら透明のケースに入るのはなぜでしょうか。物理的防御力というならスカスカの籠に入るのはなぜでしょうか。そもそもどちらの観点からしても「ただの枠線」に入る意味が分かりません。まあそういうわけのわからなさもまた、ネコという動物の魅力の一つなんだよな……としみじみしながら実家から届いたトウモロコシを茹でていたのですが、私はその時、トウモロコシの入っていた段ボール箱を開けたままリビングに放置していることを忘れていたのでした。

リビングを見ると息子が入っていました。
私は考えました。これはどういうことか。

①息子がネコ
②このトウモロコシの箱に何らかの魔力がある
③人間にも入りたがる本能がある

一番考えられるのは①ですが、私の子供なのでネコというのは無理があります。蛙の子は蛙と言うではありませんか。[*1] 鳶が鷹を生むとも言いますね。どうなんでしょう。青は藍より出でて藍より青し、とも言いますが、そりゃ「青さ」で比べてるんですから青が一番青いに決まっています。藍より出でた青が藍より藍だった場合に初めて驚くべきではないでしょうか。②もちょっと考えられません。そんな箱であれば受け取って開封して焼き方を調べてご近所へのお裾分け用に詰め替えていた私の方がとっくに魔力の影響で爪とか羽とか生えて、右手の甲に「魔封の紋章」とかが浮かんでいなければ理屈が通りません。

*1　蛙の子はオタマジャクシじゃん！　などと言う奴がいるが、それを言ったら人間の子は赤ちゃんだし、イノシシの子はウリ坊だし、ミズクラゲの子はプラヌラ幼生である。

だとすると、結論は③ということになります。確かにこの仮説にはちょっと思い当たるところがあります。私も子供の頃、押し入れの上の段に本とかおもちゃとか、自分の好きな物を詰め込み、家に常備してある懐中電灯一つを手に襖を閉めて閉じ籠もり、懐中電灯の電池がなくなるからやめなさい！　と親に怒られるタイプの子供でした。そう。押し入れは閉じ籠もる空間として実に魅力的です。立ち上がると頭がぶつかる低さ。脚を伸ばせない狭さ。暗さ。息苦しさ。外の音が意外と遮断される静けさ。閉所恐怖症でない限りどれもたまりません。それでいながら家の中にいるという清潔感と安心感。修学旅行で雑魚寝をすると必ず一人は押し入れに入って寝て、あだ名が「ドラえもん」になる奴がいましたが、気持ちはよく分かります。

そして人間の場合、ただ体を狭いところに押し込む快感（「押しくらまんじゅう」などの遊びはまさにそれ）だけでなく、自分のものをたくさん持ち込んで自分ゾーンを作る快感、というのもあります。押し入れはただ籠もるより、中に自分の好きな物をたくさん持ち込んで「そこだけで何時間でも過ごせる」ようにした瞬間に最もワクワクします。オフィスの自分の机をぬいぐるみとかガチャガチャで集めたあれこれとか不必要な文房具などで埋め尽くす人（衝立がない場合は積んだ本や書類で衝立を作る性質がある）、車の中にお守りをぶら下げぬいぐるみを並べる人、壁がすべて本棚で塞がった狭い書斎に閉じ籠もらないと仕事ができない小説家、その他いろいろいます。この種の人間はただ単に「狭い場所に閉じ籠もること」が好きというより、「自分のお気に入りで埋め尽くされた空間に閉じ籠もること」が好きなのだ、と言えるでしょう。

そしてなぜ「お気に入りに囲まれた広い空間」より「お気に入りで埋め尽くされた狭い空間」を好むのかというと、これは空間の中の「自分濃度」を高く保ちたいからではないでしょうか。自分がたくさん触れて自分のにおいがついたお気に入りの持ち物というのは「自分の肉体の拡張された外縁部」であり、すでに何割か自分です。したがって空間を自分の肉体とお気に入りの持ち物で満たすことで作った「自分濃度」の高い空間は、主にとって最も落ち着く「巣」と認識でき、動物は本能的に自分の周囲にこれを作りたがるのではないでしょうか。そう考えれば、ネコが「床に描いたただの枠」に入りたがる理由も説明ができます。視線を遮ってくれるわけでも背後からの攻撃を防いでくれるわけでもなく、壁への接触の快感もないただの「枠」でも、枠の内と外を区別する機能はあります。したがって枠の「内」に自分が入ってしまえば、そこは「自分濃度」の高い空間になるわけで、居心地がいいのです。そういえば昔の鉄道車両はロングシートの真ん中一人分だけ色が違う部分がありましたが、子供の頃の私はそこが「スペシャル席」で、親と離れてでもそこに座りたがりました。ネコとたいして変わりませんね。

トウモロコシの箱に息子が入る謎が解けたところで紙面がなくなる感じになってきた気がいたします。右手の甲にも何やら紋章が浮かんできましたし、あとがきはここまでにします。今回も刊行にあたり、様々な方にお世話になりました。ＫＡＤＯＫＡＷＡの担当Ｆさん、「べ」と「ベ」を識別し修正のエンピツを入れる、という神業校正を見せた校正担当者様、装画のＴＥＲＵ先生、お世話になりました。ブックデザイン大原由衣様、製本・印刷業者様、いつもありがとうございます。今回も、見本の到着を楽しみにしております。ＫＡＤＯＫＡＷＡ営業部の皆様、配送業者の皆様、取次各社の担当者様、そして全国書店・電子書店の担当者様。うちの子を日本中に届けていただきありがとうございます。どうかたくさんの人に読まれますように。

そして本書を手に取ってくださいました読者の皆様。今回は趣味全開のお話でして、お読みいただけて本当に嬉しく思います。また次の本でお会いできますように。

令和五年七月　　似鳥　鶏

X（旧Twitter）　https://twitter.com/nitadorikei
Blog「無窓鶏舎」　http://nitadorikei.blog90.fc2.com/

# 似鳥　鶏　著作リスト

▼最新の著作リストはこちら
（2023年9月現在）

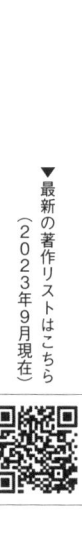

| タイトル | 版元／レーベル | 発行年月 |
|---|---|---|
| 『理由（わけ）あって冬に出る』 | 創元推理文庫 | 2007年10月 |
| 『さよならの次にくる〈卒業式編〉』 | 創元推理文庫 | 2009年6月 |
| 『さよならの次にくる〈新学期編〉』 | 創元推理文庫 | 2009年8月 |
| 『まもなく電車が出現します』 | 創元推理文庫 | 2011年5月 |
| 『いわゆる天使の文化祭』 | 創元推理文庫 | 2011年12月 |
| 『午後からはワニ日和』 | 文春文庫 | 2012年3月 |
| 『戦力外捜査官　姫デカ・海月千波』 | 河出書房新社 | 2012年9月 |
| 同文庫 | 河出文庫 | 2013年10月 |
| 『昨日まで不思議の校舎』 | 創元推理文庫 | 2013年4月 |
| 『ダチョウは軽車両に該当します』 | 文春文庫 | 2013年6月 |
| 『パティシエの秘密推理　お召し上がりは容疑者から』 | 幻冬舎文庫 | 2013年9月 |
| 改題『難事件カフェ』 | 光文社文庫 | 2020年4月 |

『神様の値段　戦力外捜査官』 河出書房新社 2013年11月
同文庫 河出文庫 2015年3月
『迫りくる自分』 光文社 2014年2月
同文庫 光文社文庫 2016年2月
『迷いアルパカ拾いました』 文春文庫 2014年7月
『ゼロの日に叫ぶ　戦力外捜査官』 河出書房新社 2014年10月
同文庫 河出文庫 2017年9月
『青藍病治療マニュアル』 KADOKAWA 2015年2月
改題『きみのために青く光る』 角川文庫 2017年7月
『世界が終わる街　戦力外捜査官』 河出書房新社 2015年10月
同文庫 河出文庫 2017年10月
『シャーロック・ホームズの不均衡』 講談社タイガ 2015年11月
『レジまでの推理　本屋さんの名探偵』 光文社 2016年1月
同文庫 光文社文庫 2018年4月
『家庭用事件』 創元推理文庫 2016年4月
『一〇一教室』 河出書房新社 2016年10月

似鳥　鶏
著作リスト

| | | |
|---|---|---|
| 『シャーロック・ホームズの十字架』 | 講談社タイガ | 2016年11月 |
| 『彼女の色に届くまで』 | KADOKAWA | 2017年3月 |
| 同文庫 | 角川文庫 | 2020年2月 |
| 『モモンガの件はおまかせを』 | 文春文庫 | 2017年5月 |
| 『100億人のヨリコさん』 | 光文社 | 2017年8月 |
| 同文庫 | 光文社文庫 | 2019年6月 |
| 『破壊者の翼　戦力外捜査官』 | 河出書房新社 | 2017年11月 |
| 『名探偵誕生』 | 実業之日本社 | 2018年6月 |
| 同文庫 | 実業之日本社文庫 | 2021年12月 |
| 『叙述トリック短編集』 | 講談社 | 2018年9月 |
| 同文庫 | 講談社タイガ | 2021年4月 |
| 『そこにいるのに』 | 河出書房新社 | 2018年11月 |
| 改題『そこにいるのに　13の恐怖の物語』 | 河出文庫 | 2021年6月 |
| 『育休刑事（デカ）』 | 幻冬舎 | 2019年5月 |
| 同文庫 | 角川文庫 | 2022年8月 |

『目を見て話せない』　KADOKAWA　2019年10月
改題『コミュ障探偵の地味すぎる事件簿』　角川文庫　2021年12月
『七丁目まで空が象色』　文春文庫　2020年1月
『難事件カフェ2　焙煎推理』　光文社文庫　2020年5月
『生まれつきの花　警視庁花人犯罪対策班』　河出書房新社　2020年9月
『卒業したら教室で』　創元推理文庫　2021年3月
『推理大戦』　講談社　2021年8月
『夏休みの空欄探し』　ポプラ社　2022年6月
『小説の小説』　KADOKAWA　2022年9月
『名探偵外来　泌尿器科医の事件簿』　光文社　2022年12月
『育休刑事（デカ）（諸事情により育休延長中）』　角川文庫　2023年4月
『唐木田探偵社の物理的対応』　KADOKAWA　2023年10月

本書は書き下ろしです。

似鳥 鶏（にたどり　けい）
1981年千葉県生まれ。2006年『理由（わけ）あって冬に出る』で第16回鮎川哲也賞に佳作入選し、デビュー。同作から始まる「市立高校」シリーズや、「楓ヶ丘動物園」シリーズ、14年にドラマ化された「戦力外捜査官」シリーズ、23年にドラマ化された「育休刑事（デカ）」シリーズなど、多数の人気ミステリシリーズを執筆。ユーモラスな文体を活かしたキャラクターミステリから、社会問題を扱った重厚なサスペンスまで、幅広い作風を使い分ける。近著に『名探偵外来 泌尿器科医の事件簿』『育休刑事（デカ）（諸事情により育休延長中）』がある。


唐木田探偵社の物理的対応（からきだたんていしゃのぶつりてきたいおう）

2023年10月20日　初版発行

著者／似鳥 鶏（にたどり けい）

発行者／山下直久

発行／株式会社KADOKAWA
〒102-8177　東京都千代田区富士見2-13-3
電話 0570-002-301（ナビダイヤル）

印刷所／旭印刷株式会社

製本所／本間製本株式会社




ISBN 978-4-04-114021-5　C0093